KB232182

우계로 가는 도중에
尤溪道中

물은 절로 잔잔하게 흐르는데 해는 절로 비껴 있고
닭도 개도 하나도 없는데 까마귀만 울고 있네
온 촌락은 한식 때처럼
사람도 연기도 보이지 않고 부질없이 꽃만 보이네

水自潺湲日自斜
盡無鶏犬有鳴鴉
千村萬落如寒食
不見人煙空見花

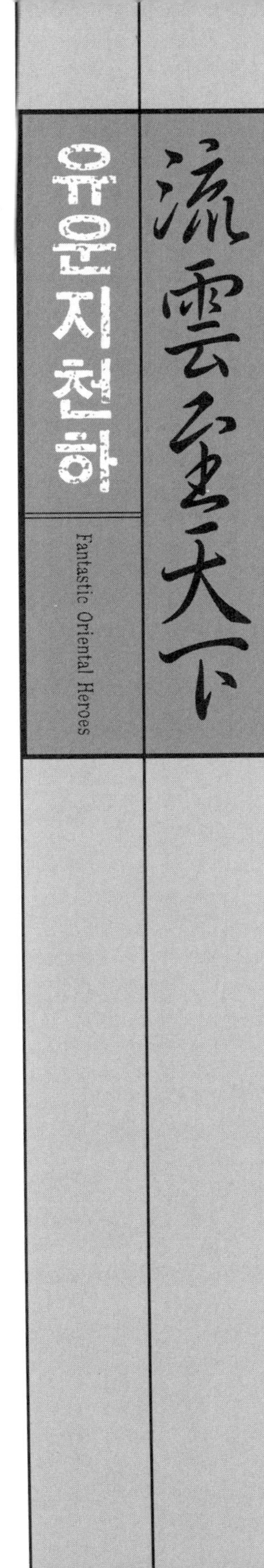
流雲天下
야운지천하
Fantastic Oriental Heroes

유운지천하 5

소보 新무협 판타지 소설

초판 1쇄 찍은 날 § 2005년 6월 15일
초판 1쇄 펴낸 날 § 2005년 6월 25일

지은이 § 소보
펴낸이 § 서경석

편집장 § 문혜영
편집책임 § 유경화
편집 § 장상수 · 이재권

펴낸곳 § 도서출판 청어람
등록번호 § 제1081-1-89호
등록일자 § 1999. 5. 31
어람번호 § 제2-0622호

주소 § 경기도 부천시 원미구 심곡1동 350-1 남성B/D 3F (우) 420-011
전화 § 032-656-4452   팩스 § 032-656-4453
http://www.chungeoram.com
E-mail § eoram99@chollian.net

ⓒ 소보, 2005

ISBN 89-5831-587-3 04810
ISBN 89-5831-445-1 (세트)

5
완결
流雲天下
유운지천하
소보 新무협 판타지 소설
Fantastic Oriental Heroes
도서출판
청어람

목차

제1장
탄자공의 요결

"엇!"

목영은 깜짝 놀라 엉겁결에 마주 십단금을 내지르며 뒤로 몸을 튕겼다.

팡!

허공에서 장력이 마주치고 그 힘에 목영은 땅으로 내려선 뒤에도 세 걸음이나 더 밀렸다.

물론 힘에 밀렸다기보다는 목영이 뒤로 몸을 뺀 결과였다.

목영이 중심을 잡고 앞을 바라보니 한 노승과 게 명의 중년승이 그의 앞에 나타났다.

"시주는 무슨 일로 이 늦은 시간에 소란을 피우는 게요?"

노승이 나서서 목영에게 부드럽게 말했다.

그러나 부드러운 말속에 뼈가 있다고 다분히 목영을 힐난하는 의미였다.

"흥, 소림이 사람을 무시하지 않는다면 왜 내가 소란을 피우겠소?"

목영의 대꾸에 그 노승은 만각을 바라보았다.

도대체 무슨 일이냐는 물음이었다.

만각은 하필 이 성질 고약한 장경각의 각주가 시기를 딱 맞춰 나타났다는 사실에 참담한 심정을 느끼며 더듬거리는 말로 대답했다.

"가, 각주님, 그, 그는 다짜고짜 장문인을 뵈어야겠다며 제자의 말을 무시하고 안으로 뛰어들었습니다."

"쯧쯧."

그 노승은 만각을 향해 혀를 두어 번 차더니 다시 목영을 향해 고개를 돌렸다.

"장문방장을 만나고자 한다면 방문록을 올리고 지객당에서 기다리면 될 것을 무작정 들어오시면 어떻게 한단 말이오. 이번 일은 시주께서 소림의 법도를 잘 몰라 오해에서 비롯된 일인 듯하니 없었던 것으로 하겠소. 그러니 어서 돌아가시오."

그 노승은 말을 마치고 막 뒤로 돌아서려 하였다.

하지만 그의 말에 순순히 물러날 목영이 아니었다.

"흥, 장문인께선 너무도 바빠 일반 중생은 만나보기가 하늘의 별 따기보다도 어려우니 차라리 소림은 장문인을 한 열 명쯤 뽑는 것이 어떻소? 그러면 바쁜 중생들이 기다릴 필요가 없으니 이 또한 중생을 구제하는 길이 아니겠소?"

"뭣이?"

목영의 비아냥거림에 돌아서던 노승은 눈썹을 꿈틀하였다.

자신은 큰 소란을 일으킨 이 사내에게 호의를 베풀어 지금까지의 일을 없었던 일로 해주겠다고까지 하였는데 이 사내는 오히려 소림을 비난하고 있지 않은가?

“감히 소림을 능멸하고자 하는가?”

그 노승의 두 눈에서 정광이 뻗어 나왔다.

‘이크, 이거 내가 너무 심했던 모양이구나. 이래서야 나중에라도 탄지공을 얻어 배우기가 어렵겠는데.’

목영은 자신의 목적이 목적이니만큼 얼른 표정을 바꾸어 얼굴 한가득 웃음을 지었다.

“하하하, 그럴 리가 있겠습니까? 저는 다만 장문인을 좀 빨리 뵙고자 하는 것이지요.”

하지만 산문 안에서 거의 평생을 보낸 노승은 독영의 웃음을 보고 자신을 놀린다고 생각했다.

“흥, 네놈이 하늘 높은 줄을 모르는구나. 좋다! 정 그렇게 장문인을 빨리 보고자 한다면 그만한 자격이 있는지 네놈의 실력을 한번 보자꾸나. 사대금강의 합공을 오십 수만 버틴다면 내 특별히 장문인께 고하여 오늘 밤에 친견토록 해주마.”

노승의 말이 끝나자마자 뒤에 시립해 있던 네 경의 중년승이 바닥을 박차고 허공으로 날아올랐다.

그들은 목영을 중심으로 사방을 점하며 허공에서 내려와 합장 배례하였다.

“행전(行顚), 행치(行癡), 행법(行法), 행우(行愚)가 가르침을 청합니다.”

목영은 그 네 명의 승려는 쳐다보지도 않고 여전히 노승에게 시선을 고정한 채 말했다.

“아하, 이제 보니 방법이 아예 없는 것이 아니었구려. 진작 알았더라면 시간을 허비할 필요가 없었을 텐데.”

안하무인이 따로 없는 태도였다.

이제 그 노승뿐 아니라 사대금강마저 분을 삭이지 못하고 봉을 든 손에 불끈 힘을 주었다.

“자, 딴소리 마세요. 오십 초입니다.”

그것을 아는지 모르는지 목영은 검을 뽑아 들었다.

“차앗!”

사대금강이 기마 자세를 취하며 봉을 치켜들자 목영은 기다렸다는 듯 발을 튕겼다.

파르르 떠는 목영의 철검이 힘차게 찔러 들어오는 봉을 맞았다.

따다다다당—

“오 초요.”

목영은 검날을 흔들어 한 번의 부딪침에 봉을 다섯 번이나 때리며 외쳤다. 이어 훌쩍 뛰어오르며 옆에서 들어오는 봉을 같은 방법으로 때렸다.

따다다다당—

“십 초요.”

그리고 몸을 돌리며 다가온 두 봉을 좌우로 밀어내었다.

물론 봉과 검이 순간적으로 다섯 번 부딪치게 하는 것을 잊지 않았다.

“십오 초요.”

“이얏!”

목영의 해괴한 셈법에 사대금강은 대꾸도 못하고 봉을 돌려 잡으며 위에서 아래로 내려쳤다.

“이크!”

목영은 몸을 웅크리며 옆으로 발을 튕겨 피했다. 그리고는 아래로 떨어지는 봉을 위쪽에서 돌아가며 때렸다.

따다다다당—

“이십 초요.”

목영의 의기양양한 외침이 울려 퍼졌다.

"이, 이!"

사대금강은 이제 분기가 치솟아 머리에서 김이 날 지경이었다. 그러면서도 고지식한 승려들은 달리 할 말을 찾지 못했다.

"자자, 빨리 나머지 삼십 초를 채우고 장문인께 갑시다."

목영은 어서 덤벼보라는 듯 손짓을 하며 말했다.

"흥!"

처음과 같이 목영의 사방을 포위한 형태로 선 사대금강은 코웃음을 치면서도 이제는 쉽게 달려들지 못했다.

이제 삼십 초면 약속한 오십 초를 다 채우는 것이 아닌가?

그들은 목영과 대치한 채 머뭇거리다가 갑자기 서로 눈빛을 마주친 후 봉을 뒤로 던져 버렸다.

목영이 봉을 여러 번 튕기며 초수를 세니 아예 봉을 놓고 권과 장으로 대결을 하려는 생각인 것이다.

"어? 무기를 버리는 것은 항복하는 것이오, 항복?"

목영은 그들의 행동에 삿대질을 하며 외쳤다.

그러나 사대금강은 목영의 말을 무시하며 일장을 내질렀다.

반야장(盤若掌).

강맹한 장력이 사방에서 밀려들기 시작했다.

"헛!"

더 이상 소홀히 대할 수 없었다.

목영은 칠성둔형을 극성으로 끌어올려 북두칠성의 일곱 방위를 따라 발을 옮기기 시작했다.

그러나 사대금강의 합공은 역시 만만한 것이 아니었다. 교묘한 시간 차를 이용하여 초수가 더해질수록 그들은 점점 목영을 한쪽으로 밀어붙였다.

움직일 수 있는 공간이 줄어들자 그는 발을 놀리기가 더욱 어려워졌다.

'이대로는 낭패를 보겠는데……'

목영은 자신이 점점 궁지로 몰리자 뭔가 수를 내기 위해 머리를 굴리기 시작했다.

그 순간 퍼뜩 탄구공을 연마하던 쇠구슬이 떠올랐다.

"옳거니!"

그는 쾌재를 부르며 품속에서 한 움큼의 쇠구슬을 꺼내 들었다.

그는 다시 서로 간에 자리를 바꾸며 달려드는 사대금강을 향해 쇠구슬을 뿌렸다.

"받아라!"

"엇?"

사대금강은 갑자기 목영이 쇠구슬을 던지자 깜짝 놀라 몸을 뒤로 뺐다. 그렇지만 그 많은 쇠구슬을 다 피해낼 수는 없었다.

그들은 나한권을 발휘하여 단단한 주먹을 이용해 날아오는 쇠구슬을 튕겨내었다.

픽픽픽픽!

물론 목영이 마구잡이로 던진 구슬을 그들은 별 어려움 없이 막아낼 수 있었다. 하지만 그들이 쇠구슬을 다 튕겨냈을 때는 이미 오십 초가 넘어서고 있었고 목영은 여유롭게 뒷짐을 진 자세로 한껏 웃어 젖혔다.

"하하하! 이제 약속한 오십 초가 다 지났습니다. 어서 장문인께 가십시다."

"끄응!"

정말 너무도 허무하게 오십 초가 지나가 버린 것이다.

“이, 이놈! 어디서 얄팍한 술수를 부리느냐? 제대로 센다면 십 초도 안 됐겠다!”

보다 못한 노승이 호통을 지르며 발을 박차고 날아올랐다.

단 한 번의 도약으로 십여 장의 거리를 좁힌 그는 오른손을 등 뒤로 빙글 돌려 뻗어내었다. 그러나 목영은 피할 생각이 없는 듯 그의 눈을 바라보며 여전히 웃음을 지었다.

‘명색이 땡초인데 설마 죽이기야 할라구. 대충 한 대 맞아주면 내 부탁을 거절하진 못하겠지.’

하지만 노승은 목영의 생각을 아는지 모르는지 계속해서 목영의 가슴을 향해 쇄도했다.

한데 막 그의 장력이 목영의 가슴을 강타하려는 순간, 한 소리 외침이 그의 손을 붙잡았다.

“멈추시게, 현명(玄鳴) 사제!”

현명이라 불린 노승은 뻗었던 손을 좌우로 흔들어 모은 기를 털어내며 뒤를 돌아보았다.

“허, 아미타불. 조금만 늦었어도 큰일날 뻔했구먼. 장문방장님의 전갈일세. 현명은 손님을 모시고 방장실로 들라 하네.”

뚱뚱하고 혈색 좋은 한 노승이 안도의 한숨을 쉬며 불호를 외었다.

“혀, 현정(玄淨) 사형.”

현명은 하소연하듯 나타난 노승을 불렀다.

“허허, 어서 가보시게.”

현정은 지천명(知天命)의 나이를 넘긴 사제가 아직도 호승심을 이기지 못해 씩씩대는 모습이 우스운지 입가에 미소를 띠었다.

“이이! 따라오시오.”

현명은 그래도 분기를 가라앉히지 못하고 잇소리를 내다가 목영에게 한마디 툭 던지고는 앞장섰다.

'이런 제기랄, 이렇게 되면 탄지공을 얻어 배우긴 글렀구나. 한 대 맞았어야 하는데. 쩝! 이왕 예까지 왔으니 장문인이나 한번 보고 가는 수밖에.'

목영은 툴툴거리며 앞서 가는 현명을 따라 발걸음을 옮겼다.

현명은 대웅전의 옆쪽에 자리한 장문인의 집무실로 목영을 안내했다.

그를 따라 안으로 들어서며 스윽 훑어보니 방장실은 초라하게 보일 만큼 작고 아무런 장식이 없었다.

'이, 이게 방장실이야?'

매우 실망스러웠다.

대소림사의 방장실이 이렇게 볼품이 없다니.

더구나 가부좌를 한 채 자신을 맞이하는 노승은 비쩍 말라 한 줌 바람에도 날아가 버릴 것만 같았다.

그러나 이름이 주는 무게를 다 털어버릴 수는 없었다.

소림사.

중원무공의 태산북두라 하지 않는가?

더구나 배움을 청하기 위해 온 자리였다.

"무당의 속가제자 석목영이 장문인을 뵙습니다."

목영은 정중히 포권을 취해 예를 갖추었다.

"허허허, 어서 오시지요. 현통(玄痛)이라 합니다."

그는 큰 눈에 가득 정광을 띠며 목영을 바라보았다.

목영이 가만 그 눈을 마주하고 보니 맑디맑은 눈빛이 자신의 마음마저 깨끗하게 해주는 듯하지 않은가?

'으음, 과연 장문인이라 하더니 뭔가 다른 점이 있긴 있구나.'

그리고 보니 초라하게 느껴졌던 방 안의 풍경도 마치 천년고목의 그늘처럼 엄숙하고 또 편안하게 느껴졌다.

"그래, 시주께서는 무슨 일로 나를 보자 하셨습니까?"

그는 여전히 온화한 미소를 머금은 채 목영에게 물었다.

"저, 그것이… 음, 저."

목영은 쉽게 자신의 의도를 말하지 못하고 우물쭈물하였다.

어찌 됐든 장문인을 만났으니 부탁은 한번 해보아야겠는데 마땅한 핑곗거리가 떠오르지 않았기 때문이다. 그런 중에 퍼뜩 자신이 탄구공을 생각하게 된 결정적인 원인이 삼뢰승의 분뢰수임을 떠올렸다.

"예, 사실은 제가 얼마 전에 소뢰음사의 삼뢰승이란 자들과 비무를 벌인 적이 있었습니다. 한데 그중 한 노승이 분뢰수라는 무공을 사용하더군요."

목영은 운을 떼며 슬쩍 현통의 눈을 바라보았다. 과연 자신의 말을 믿고 있는지 의심스러웠기 때문이다. 한데 그는 호기심을 잔뜩 담은 채 천진난만한 어린아이처럼 자신을 바라보고 있는 것이 아닌가?

'옳거니!'

그는 자신감이 불끈 솟았다.

이제 생각이 술술 풀려 나왔다. 그는 더욱 열기를 띠며 말을 이어나갔다.

"분뢰수는 염주알을 마치 암기처럼 튕겨내는 무공인데 저는 나머지 두 사람은 제압을 하였지만 결국 그 분뢰수를 쓰는 자와는 동수를 이루고 말았습니다. 그가 말하길 소림의 탄지공이라면 모를까 그 어떤 무공도 두렵지 않다고 하더군요. 저는 일 년 후 다시 한 번 비무를 벌이기로 하고 제 나름대로 탄구공이란 무공을 연마하기 시작했습니다."

그는 품속에서 쇠구슬 하나를 꺼내어 보여주었다.

자신의 말에 신빙성을 더하기 위함이었다.

"그러나 혼자하다 보니 결국 벽에 부딪치고 말았습니다. 해서 탄지공의 원리를 접목해 볼 수 있을까 하는 바람으로 오늘 장문인을 찾아뵙게 되었습니다."

목영은 기대 어린 눈빛으로 장문인을 바라보았다.

물론 그는 소림의 중들이 자신에 대해 잘 모를 것이라고 판단하고 있었다. 자신이 몰락한 석가장의 막내이며 현상 수배범이란 사실을 알았다면 방명록에 이름을 올린 순간 어떤 반응을 보였어야 하지 않겠는가?

하나 그것은 그 혼자만의 생각이었다.

무림의 태산북두라는 소림의 눈과 귀는 그렇게 어둡지 않았다.

이미 목영이 누구라는 것을 알고 있었고 그의 방문을 받고 장로들 사이에선 갑론을박 말이 많았었다.

현상 수배범이지만 같은 구파인 무당의 제자를 그냥 모른 척할 수 없다는 동정론파와 분명 갈 곳이 없어 몸을 의탁해 왔을 텐데 받아주어선 안 된다는 강경론파가 팽팽히 맞서 있었다.

해서 결론을 내지 못하고 차일피일 만남을 미루어왔던 것이다.

그러니 목영의 거짓말을 모를 리 없었다.

가문이 몰락한 마당에 무슨 비무 타령이란 말인가?

"흥, 이런 가증스런 놈!"

옆에 앉아 목영의 말을 다 듣고 난 현명은 대뜸 호통부터 지르고 나왔다.

하긴 교묘히 서장무림과 중원의 자존심이 걸린 비무인 듯 얘기했지만 결국은 공으로 탄지공을 꿀꺽하겠다는 말이나 진배없었다.

하나 그는 말을 끝까지 이을 수 없었다.

장문인 현통이 조용한 말로 그의 말을 막았기 때문이다.

"사제는 잠시 고정하시게."

그는 목영의 말이 끝나자 조용히 눈을 감고 생각에 잠겼다가 맑은 눈빛을 빛내며 목영을 바라보았다.

"무릇 무당의 기(氣)와 소림의 기(氣)는 그 성질이 다르지만 그렇다고 그 근본마저 완전히 다르진 않으니 인연이 있다면 불심의 한 자락을 볼 수도 있겠지. 현명, 탄지공의 원리를 말해 보게."

그는 혼잣말을 하듯 중얼거리다 대뜸 현명에게 고개를 돌렸다.

"자, 장문 사형!"

조용한 장문인의 말이 현명에겐 청천벽력으로 들렸다. 자연 사형을 부르는 그의 목소리가 클 수밖에.

그러나 그는 미소를 머금은 현통의 눈빛에 반항하지 못하고 심호흡으로 마음을 추스르고 탄지공의 원리를 풀어내기 시작했다.

"모든 무공과 마찬가지로 탄지공 또한 술(術)과 기(氣)의 운용으로 이루어지니 술이란 손가락을 튕겨 내 원하는 곳으로 원하는 시간에 원하는 만큼 보내는 공간의 일치성에 있는 것이다. 그리고 기의 운용이란 실낱 같은 흐름을 대해(大海)로 바꾸어 손끝에 가두는 축(蓄)을 이용한 기의 집(集)이 그 하나요, 집을 탄(彈)으로 바꿀 줄 아는 깨달음이 그 둘이니 술과 기가 하나가 되었을 때 드디어 탄지의 힘을 얻으리라."

어느새 현명의 목소리도 사라지고 방 안엔 고요함만이 가득하였다. 목영은 저도 모르게 눈을 감은 채 현명이 읊어준 구결을 마음속으로 되뇌어보았다.

'그렇구나! 탄지공의 요결이란 바로 집을 탄으로 바꾸는 것이었구나!'

목영은 이제 길을 본 듯하였다.

잠시 후 현통의 목소리가 들렸다.

"아마 우리 소림이 해줄 수 있는 것은 여기까지인 듯하네. 작은 인연에 큰 깨달음을 얻으시길 바라네. 아미타불."

현통은 그 말을 끝으로 조용히 눈을 감았다.

물러갈 때가 된 것이다.

목영은 자리에서 일어나 예를 갖추고는 조용히 방을 나왔다.

"사형, 어찌 그에게 탄지공의 원리를 알려주신 겁니까?"

목영이 나간 후 현명은 볼멘소리로 물었다.

"허허허, 태평성대에는 어진 군주가 백성을 편안하게 할 것이고 난세에는 강력한 군주가 백성을 구하는 법이라네. 이제 그의 가문이 몰락하였으니 그는 자연의 섭리에 따라 강한 군주를 찾아 의지해야 할 터이고 세상을 바꾸는 데 일조를 하게 되겠지. 그러니 소림도 자연 한 팔을 더해야 하지 않겠는가? 더구나 명교가 우리 구파의 힘이 미치지 못하는 황제의 그늘에 숨었으니 그의 힘을 빌어서라도 혹세무민하지 못하도록 해야 할 것이네. 이 또한 오묘한 부처님의 뜻이 아닐 수 없네그려, 나무아미타불 관세음보살. 허허허."

조용한 산사에 밤이 더욱 깊어가고 있었다.

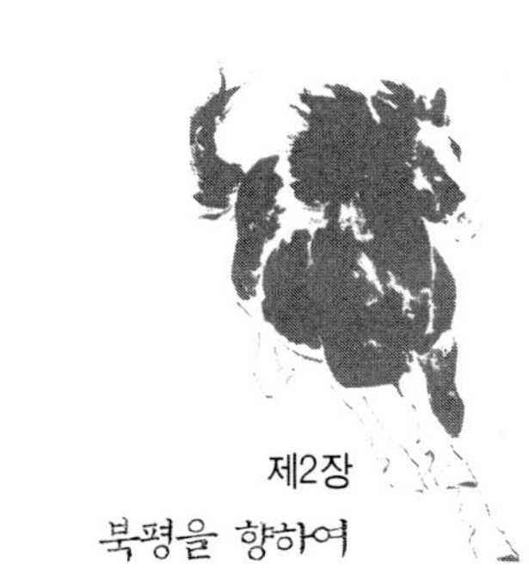

제2장

북평을 향하여

　　　겨울이 한창 깊은 어느 날, 북평 성내에서 북쪽으로
꽤 올라간 변두리에 만리상회(萬里商會)라는 작은 상점이 문을 열었다.

　　그곳은 북으로 만리장성을 넘어 몽고로 향하는 사람들을 상대로 여행
에 꼭 필요한 물목들을 파는 작은 가게였다. 그러나 그것은 밖으로 드러
난 일부일 뿐, 그 상회는 이곳 북평에서 범인이 상상하기 힘든 막대한 양
의 물목이 드나드는 몇 안 되는 곳이었다.

　　문을 연 지 얼마 되지도 않은 만리상회가 그렇게 크게 된 것은 바로 북
평의 봉왕인 연왕과의 거래를 통해서였다. 연왕이 비밀리에 키우고 있는
삼천의 군대가 소비하는 식량과 의복을 모두 이 만리상회가 책임을 지고
있는 것이다.

　　물론 그러한 거래를 위해 만리상회는 위험을 감수하고 그들의 본거지
인 원봉산까지 물품의 운송을 책임져야만 했다.

　　이곳은 국경이 멀지 않은 곳으로, 범죄를 저지른 도망자들이 국경을

넘기 전에 도피 자금을 마련하고자 끼리끼리 무리를 지어 도적질을 일삼
는 경우가 왕왕 있었기에 원본산까지의 운송은 결코 쉬운 일이 아니었
다.

더구나 그들 중엔 무공에 일가견이 있는 자들도 꽤 많았다.

그래서 만리상회는 백여 명의 표사들을 고용하였는데 워낙 급히 구하
다 보니 실력있는 표사들을 구하기가 어려웠다.

그런 상황에서 어느 날 사내 다섯이 표사를 해보겠다고 만리상회를 찾
아왔다. 그들은 마치 산적들이 사용하는 대감도와 같은 도신이 넓은 무
기를 사용하였는데 그 실력이 근방에서 보기 드문 발군의 실력이었다.

그리고 그중 한 사내는 비도를 잘 다루었다.

"그래, 어디 출신이신지요?"

그곳에서 부국주라 불리는 한 여인이 잔뜩 고민에 싸인 얼굴로 그들에
게 물었다. 물론 그녀는 석가장의 며느리요, 목영의 부인인 남궁아연이
었다.

그녀의 물음에 사내들 중 비도를 쓰는 자가 대답했다.

"여기저기 떠돌아다니는 낭인이 무슨 출신 내력이 있겠소? 여러 말 물
을 것 없이 가부만 말해 주시오."

일자리가 아쉬워 찾아온 사람들치곤 아주 당돌하고 건방진 태도였다.

아연이 눈빛을 빛내며 그들을 쏘아보았다.

'실력은 믿을 만한데 사람은 어떨지 모르겠구나.'

그때 그녀의 옆에 앉아 있던 한 젊은이가 상체를 그녀 쪽으로 기울여
작게 말했다.

"숙모님, 저 정도 실력이면 어디를 가도 대우를 받을 만합니다. 다소
건방져 보이긴 하지만 뭐 별일이야 있겠습니까? 웬만하면 그냥 받아주시
지요."

그는 바로 죽은 석인영의 뒤를 이어 가주에 오른 석무종(石茂種)이었다.

아무래도 그는 그들의 실력을 더 높이 산 모양이었다.

"가주께서 그리 생각하신다면 그렇게 하십시다."

망설이던 그녀는 찜찜함을 훌훌 털어내고 흔쾌히 그들을 받아들였다.

그렇게 표사로 채용된 그들은 몇 번의 운송에서 도적들을 물리치는 데 큰 공을 세웠다.

결국 그들은 만리상회에 합류한 지 세 달도 채 지나지 않아 두터운 신임을 받게 되었고 비도를 쓰는 도병무(度炳武)란 자는 표두의 자리를 맡게 되었다.

나머지 네 사내도 조장에 임명되었다. 그만큼 실력있는 사람이 없기 때문이기도 하였지만 그들의 실력은 기대 이상이었다.

어쨌든 이제 표행은 점차 안정되어 큰 걱정이 없는 것처럼 보였다.

그러나 부국주인 아연은 언제나 표행에 빠지지 않고 직접 따라나섰다. 일도 일이거니와 한가한 시간은 오히려 목영에 대한 생각으로 견디기 힘들었기 때문이다.

"아니, 숙모님, 오늘도 직접 표행을 나갈 생각이세요?"

술시(밤 7시~9시) 말, 무장을 갖추고 마당으로 나서는 아연을 보고 석무종이 걱정스런 표정을 지었다.

운송을 다녀온 지 사흘도 지나지 않아 다시 나서는 표행이었다.

이번만은 좀 쉬었으면 하는 게 그의 생각이었다.

"이번엔 도 표두에게 맡겨놓고 좀 쉬시지요."

옆에서 진 장로도 거들었다.

"이 거래는 우리에게 유일한 생명줄이나 다름없습니다. 만에 하나 잘못되기라도 한다면 이젠 정말 갈 곳이 없잖아요? 당연히 제가 가야지요.

그리고 별로 힘들지 않으니 너무 걱정들 마시구요.”

그녀는 무종과 진 장로에게 대답하며 말에 올랐다.

그때 밖에서 한 청년이 뛰어들어 왔다.

“어머니! 헉헉, 벌써 떠나시게요?”

그 청년은 바로 그녀의 아들인 무화였다.

“그래, 오늘도 소식이 없는 모양이구나.”

그녀의 눈가에 아쉬움이 스쳤다.

“예, 하지만 너무 걱정 마세요, 아버님께선 꼭 돌아오실 것이에요. 그리고 오늘은 가 노인께서 더 늦게까지 자리를 지키시겠답니다.”

무화는 아연에게 가까이 다가와 손을 꼭 잡았다.

가 노인은 예전 북평의 석가상회가 있던 자리를 지키는 점원이었다. 계절에 맞는 먹거리를 파는 노점상 노릇을 하면서 그곳으로 찾아올 목영을 기다리는 중이었다.

물론 주위의 많은 사람들은 목영이 결국 명교의 포위망을 뚫지 못한 모양이라 여기고 있었다. 만약 살아 있다면 벌써 네 달이 넘어가고 있는데 아직까지 이곳에 오지 못했을 리가 없지 않은가?

그러나 그녀 앞에선 아무도 그런 내색을 비출 수 없었다. 워낙 그녀의 태도가 단호했기 때문이다.

“자, 이제 떠나야겠다. 며칠 걸리지 않겠지만 어른들 말씀 잘 듣고 무공 수련도 게을리 하지 말아라.”

“예, 어머니.”

두 사람의 작별 인사를 끝으로 아연이 먼저 말을 몰아나가자 그 뒤를 도 표두가 따르고 표사들과 긴 표행의 행렬이 따르기 시작했다.

이제 북평이 코앞인 고안(固安)이었다.

소림을 나와 곧장 북평으로 향했지만 오는 내내 탄구공을 연구하느라 생각보다 시간을 많이 보냈다.

다행히 성과가 있어 이제 탄의 기를 구슬에 실어 제법 빠르게 날릴 수가 있었다. 단순히 탄구공으로만 상대한다면 별 위력이 없을지도 모르지만 비도와 적절히 섞는다면 의도대로 효과를 볼 수 있을 것 같았다.

"모두들 잘 지내고 있는지 모르겠구나."

부인과 아들의 얼굴이 떠올랐다. 북평에서 자리를 잘 잡았는지, 끼니 걱정은 하지 않는지.

그래도 생각할수록 든든한 마음이 들었다. 언제 어디서나 굴하지 않는 아연이 아닌가? 잘 지내고 있으리라.

이제 고안에 당도한 이상 밤이 되길 기다려 신벽을 발휘한다면 오늘 중으로 그리운 가족들을 만날 수 있을 것이다.

목영은 급한 마음을 달래며 한 야산에서 날이 저물기를 기다리고 있었다. 밝은 대낮에 성내로 들어가기가 껄끄러웠기 때문이다.

아직은 수배범이 아닌가.

나무에 등을 기대고 저물어가는 하늘을 보고 있는데 멀리서 말발굽 소리가 들려왔다.

"이 저녁에 뭐가 그렇게 급한 거야? 집에 마누라가 바람이라도 났나? 흐흐."

목영은 목을 세워 아래쪽을 내려다보았다.

일행은 모두 다섯 명이었는데 맨 앞에는 풍채 좋은 한 노인이 뭔가 급한 일이 있는 듯 말에 박차를 가하고 있었다.

그 뒤로 삼남 일녀가 말을 달리고 있었다.

"어? 어디서 본 것 같은데… 어디서 봤을까?"

목영은 고개를 갸우뚱하였다.

자연스레 무리 중 여인에게 시선이 갔는데 낯이 익었다.

"아, 바로 그년이었구나."

곰곰이 생각하던 목영은 드디어 그녀가 누군지 생각해 냈다.

그녀는 바로 현호법과 함께 선원에서 그를 습격했던 명교의 토행기주 남선옥이 아닌가?

목영은 비탈길을 구르듯 서둘러 관도로 내려와 그들이 사라진 방향을 바라보았다. 하나 이미 그들의 모습은 저 멀리 고개 너머로 사라져 보이지 않았다.

"이거 뭔가 불길한걸. 더 기다릴 것 없이 서둘러 성내로 들어가 보아야겠다."

목영은 서둘러 관도를 달리기 시작했다.

"으악, 강도다!"

"놈들을 잡아라!"

밖에서 들리는 호통 소리에 아연은 새벽녘에 잠시 붙였던 눈을 떴다.

"강도?"

아연은 서둘러 천막의 한쪽을 걷으며 밖으로 나왔다.

아직 날이 밝지도 않았는데 한쪽에서 타오르는 큰 불꽃에 주위는 환하게 밝혀져 있었다.

아마 표물에 불이 붙은 모양이었다.

그리고 이리저리 뛰어다니는 표사들과 사방으로 날뛰는 고삐 풀린 말들, 거기다 사람과 말의 비명 소리까지 장내는 그야말로 아비규환이었다.

히이잉!

타다다다—

“으악!”

“장 표사! 무, 무슨 일인가?”

아연은 지나가는 표사 한 명을 붙잡고 물어보았다.

“아, 부국주님! 크, 큰일났습니다. 도, 도 표두가… 으악!”

그러나 그는 말을 끝맺지 못하고 날아온 비도에 맞아 비명과 함께 고꾸라졌다.

“장 표사! 장 표사!”

그녀는 그를 두어 번 흔들어보다가 이를 악물었다.

“이, 이놈이 결국!”

그때 허공을 가르며 두 자루의 비도가 날아들었다.

“흥!”

아연은 펄쩍 뛰어오르며 검을 휘둘렀다.

챙—

“으하하하! 제법이구려, 부국주!”

비도를 팅겨내고 다시 땅으로 내려서는 그녀 앞에 번들거리는 눈빛을 빛내며 도 표두가 나타났다.

“네 이놈! 내 섭섭치 않게 대우해 주었거늘 이게 무슨 짓이냐?”

검을 치켜든 채 아연은 그를 노려보았다.

“하하하, 그깟 돈 몇 푼으로 날 부릴 수 있다고 생각했단 말이냐? 어림없지.”

그는 소도 한 자루를 왼손과 오른손으로 번갈아 쥐며 여전히 능글거리는 웃음을 풀지 않았다. 그러나 눈만은 그녀에게 고정시킨 채 빈틈을 노리고 있었다.

“으악!”

“사람 살려!”

두 사람이 대치한 중에도 주위에는 표사들의 비명이 그치지 않았다. 아마 도 표두의 일행에게 당하고 있는 모양이었다.

"모두 내 뒤로 모이거라!"

그녀는 기를 모아 외쳤다.

표사들의 수가 놈들보다 훨씬 많으니 진형만 회복한다면 쉽게 물리칠 수 있으리라 생각되었다. 그러나 그녀가 잠시 말을 하느라 주의력이 분산된 순간을 놓치지 않고 도병무는 비도를 날렸다.

쇄애액!

허공을 가르며 비도가 그녀의 가슴을 파고들었다.

"엇!"

그녀는 얼른 한 발을 뒤로 빼어 몸을 세우고 검을 휘둘러 전면을 막았다.

챙!

비도가 튕겨져 나갔다.

"흐흐, 역시 호락호락하진 않구나."

어느새 그는 또 한 자루의 소도를 손에 들고 그녀를 노리고 있었다. 그러나 이번에는 그녀가 먼저 바닥을 박차고 날아올랐다.

"차앗!"

순식간에 거리를 좁힌 그녀의 검이 그의 목줄기를 노리고 달려들었다.

"헉!"

깜짝 놀란 그는 뒤로 발을 튕겼다.

그러나 그녀의 검은 집요하게 그를 따라붙었다.

비도를 날리지 못하도록 계속해서 그를 몰아붙인 것이다.

그는 할 수 없이 급한 대로 손에 든 소도로 그녀의 검을 막았다.

챙!

그러나 장검을 쳐내기는 역부족이었다. 그는 장검에 실린 힘을 견디지 못하고 휘청거렸다.

"이놈, 가라!"

채 중심을 잡지 못한 도병무를 향해 아연은 호통을 지르며 검을 휘둘렀다.

"이, 이런!"

한 수에 밀린 그는 재차 돌아 나오는 그녀의 검을 피해 결국 바닥을 구를 수밖에 없었다.

땅!

아슬아슬하게 비껴간 검이 바닥을 때리며 불꽃을 튕겼다.

"홍!"

그러나 그가 몸을 채 일으키기도 전에 다시 아연의 검이 그의 옆구리를 파고들었다.

"멈춰라!"

막 그의 옆구리를 도륙내려는 찰나, 주위에 있던 그의 동료들이 그를 구하고자 일제히 그녀에게 달려들었다.

"앗?"

채재쟁!

사방에서 달려드는 도를 막으며 그녀는 재빨리 뒤로 물러섰다.

부지불식간에 달려드는 네 자루의 도는 그녀에게도 매우 위협적이었다.

그사이 도병무는 재빨리 일어나 네 명의 사내들과 나란히 섰다.

네 사내가 아연에게 달려드느라 자리를 뜨자 정신없이 몰리던 표사들이 숨을 돌리며 그녀의 주위로 몰려들었다.

그녀가 좌우를 살펴보니 모여든 표사는 오십여 명 정도 되는 것 같았

다. 백여 명의 표사들이 출발했으니 벌써 반수의 표사들을 잃은 셈이었
다. 아마 모르긴 몰라도 그중에 또 반은 혼전을 틈타 몸을 빼 달아났으리
라.

그만큼 급히 모은 무사들이다 보니 결속력이 약할 수밖에 없었다. 남
아 있는 이들도 불리하다 싶으면 언제 달아날지 모르는 것이다.

그녀는 답답한 마음을 숨기며 앞에 선 다섯 명의 사내들에게 소리를
질렀다.

"천하의 못된 놈들 같으니! 재주를 인정하여 내 네놈들을 중용하였거
늘 은혜를 모르고 오히려 검을 겨누다니 결코 용서치 않으리라! 표사들
은 놈들을 포위해라!"

일단은 놈들을 물리치고 볼 일이었다.

사실 겨우 다섯 놈밖에 되지 않지 않은가?

아연의 명령에 표사들은 서로 눈치를 보다가 하나둘 주뼛거리며 그들
을 포위했다. 어쨌든 저들의 숫자가 얼마 되지 않으니 승산이 있다고 판
단한 것이다.

'속전속결로 끝내야 한다. 질질 끈다면 몇 놈이나 남아 있을지 모르
니.'

아연은 앞의 다섯 놈보다도 솔직히 표사들이 더 걱정되었다.

만리상회가 강하다는 것을 자꾸 보여주어야 잡범들이 얼씬거리지 않
을 것이고 또 서로 표사를 하겠다고 모여들 것인데 이런 어처구니없는
일이 일어나다니, 생각할수록 놈들에게 화가 치밀어 올랐다.

"어디, 얼마나 실력이 있는지 한번 보자!"

아연은 다시 검을 치커들며 놈들에게 쇄도하려 하였다.

한데 그 순간 포위망 안으로 한 사람이 뛰어들며 음산한 웃음소리를
뿌렸다.

"크크크, 누가 누구를 포위한다는 말이냐?"

풍채 좋은 한 노인이었다.

그러나 웃음소리만은 듣는 이의 모골이 송연할 만큼 귀기스런 분위기를 풍겼다.

아연은 그 노인의 말에 깜짝 놀라 사방을 둘러보았다.

어느새 그녀와 표사들 주위로 삼십여 명의 사내들이 둘러서 있는 것이 보였다.

"이제 보니 패거리가 있었구나."

그녀는 가슴이 덜컥 내려앉는 것을 느꼈다.

도 표두가 세 달 전쯤 만리상회에 나타났으니 그때부터 오늘을 위해 철저한 준비를 했다는 말이었다. 그것만 보아도 결코 예사 놈들이 아닌 것이 분명했다.

"좀도둑은 아닌 모양인데 도대체 네놈들의 목적이 무엇이냐?"

"호호호, 밤이 길면 꿈도 많은 법. 더 이상 말해서 무엇 하겠느냐? 죄라면 너희들이 연왕의 일을 하고 있다는 것이겠지."

풍채 좋은 노인이 거북한 음성으로 대답했다.

"그, 그렇다면 관군이란 말이냐?"

아연은 이들이 연왕 운운하자 그의 세력을 치기 위해 관군이 동원된 것인가 하여 물었다.

"크크크!"

그는 대답을 웃음으로 얼버무리며 손을 뿌렸다.

백살장.

하얀 구슬이 맺히는가 싶더니 어느새 가느다란 빛살로 나누어지며 사방으로 뻗어나갔다.

"으악!"

갑작스런 공격에 십여 명의 표사들이 쓰러졌다.

"호호호!"

그는 기세가 오른 듯 땅을 박차고 허공으로 날아오르며 다시 손을 뿌렸다.

"앗! 이제 보니 네놈들은 명교의 놈들이로구나!"

일찍이 이 백살장과 유사한 홍살장에 당한 적이 있는 아연은 단번에 그들의 정체를 알아보고는 경악성을 토했다.

여기까지 놈들이 나타나다니…….

"차앗!"

그녀는 창궁밀밀로 전면에 검막을 치며 노인을 막아섰다. 어떻게든 노인을 막아야 피해를 최소화할 수 있으리라.

"흥, 어딜?"

그는 다가오는 그녀를 향해 다시 손을 뿌렸다.

그러자 이번엔 손끝에 맺힌 구슬이 그대로 아연을 향해 날아갔다.

팡!

검막에 구슬이 부딪치자 폭음이 울려 퍼졌다.

"으윽!"

그녀는 그 힘을 이기지 못하고 뒤로 튕겨졌다.

땅에 내려서서도 다섯 걸음이나 더 뒤로 밀렸다.

그사이 도병무의 비도까지 허공을 갈랐고 다시 대여섯 명의 표사들이 또 쓰러졌다. 그리고 어디서 나타났는지 한 여인이 아미자를 휘돌리며 표사들을 밀어붙였다.

다행히 밖에서 포위한 무리들은 따로 지시가 있었는지 대형을 유지한 채 멀찍이 물러나 장내의 싸움엔 직접적으로 참여하지는 않았다. 어쩌면 도망가는 자는 잡지 않겠다는 의도인지도 몰랐다.

“아아, 정녕 여기서 끝이란 말인가?”

아연은 돌아가는 장내의 상황에 아찔함을 느꼈다.

이제 연왕과의 거래마저 성사시키지 못한다면 더 이상 갈 곳이 없었다. 석가장의 재기란 이룰 수 없는 꿈이 되고 마는 것이다.

“자, 그만 가거라.”

자포자기 상태에 빠진 아연을 향해 노인이 다시 한 번 몸을 튕겨 쇄도했다.

쐐애액!

“물러서라!”

바로 그 순간 두 자루의 비도가 허공을 갈랐다.

한번의 도약으로 십여 장의 거리를 단숨에 좁히며 포위한 사내들의 머리 위를 훌쩍 뛰어넘은 한 사내가 노인을 향해 날린 비도였다.

“엇!”

예상치 못한 공격에 노인은 허공에 뜬 채로 잠시 허둥거렸다.

그러나 그는 경험 많은 노인답게 뒤로 몸을 빙글 돌리며 재빨리 비도를 피해 땅으로 내려섰다.

한데 비도는 마치 눈이라도 달린 듯이 아래로 휘어지며 그를 노렸다.

“헉! 이런!”

노인은 다시 몸을 뒤로 튕기며 비도를 향해 장력을 날렸다.

팡팡!

비도는 장력의 힘을 견디지 못하고 그대로 땅속에 처박혔다.

“네, 네놈은 누구냐?”

겨우 여유를 찾은 노인이 사내를 향해 눈을 부라렸다.

그 사내는 흐트러진 머리카락을 쓸어 올리며 말했다.

“누가 감히 석가(石家)의 앞을 막는 것이냐! 그 누구라도 석가의 일에

참견한다면 내가 용서치 않으리라!"

사내의 얼굴이 드러났다.

잘생긴 얼굴이었지만 얄팍한 입술이 날카로운 인상을 풍겼다.

"여, 여보!"

"헉! 네, 네놈은?"

아연과 남선옥이 동시에 놀란 외침을 토했다.

그는 바로 석목영이었던 것이다.

서둘러 북평에 들어선 그는 가 노인을 만나 만리상회로 안내되었고 그곳에서 그리운 가족들과 상봉을 하였다.

하지만 곧 아연이 운송을 위해 길을 나섰음을 알게 되었고 초저녁에 마주친 명교의 무리가 마음에 걸려 진 장로를 길잡이 삼아 부랴부랴 이곳으로 달려온 것이다.

"그동안 당신이 고생이 많았구려. 고맙소, 여보."

목영은 미소 띤 얼굴로 아연을 바라보았다.

아연의 두 눈은 벌써 붉게 충혈되어 있었다. 이제나저제나 돌아오기만을 기다리던 남편이 아닌가?

"홍, 한 수 득을 보았다고 기고만장하구나."

그때 뒤로 물러섰던 천호법이 백살장을 날리며 달려들었다.

앞에 있는 자신들은 안중에도 두지 않고 둘이서 얘기를 나누니 분기탱천한 것이다.

"이 늙은이가?"

목영은 아연을 밀어내며 발을 튕겼다.

팡!

간발의 차이로 백살장이 바닥을 때렸다.

뽀오얀 먼지가 피어오르는 사이로 천호법이 다시 움직였다.

챙!

허공에 뜬 채 목영은 재빨리 검을 뽑아 들었다.

"이얏!"

다시 날아드는 백살장.

목영의 검이 마주 뻗어 나왔다.

둥—

운중만개.

장력의 중심을 파고들며 목영의 검이 작은 원을 그렸다. 꽃이 만발하듯 점차 원이 커지며 백살장을 허공으로 흩뜨렸다.

"이놈이? 제법 한 수가 있었구나."

노인은 다가들던 기세 그대로 이 장을 더했다.

팡팡!

두 개의 하얀 구슬이 앞서거니 뒤서거니 목영에게 쇄도해 들었다.

"흥!"

코웃음을 치며 목영은 검을 맹렬하게 휘돌렸다.

유운첩첩.

기의 막이 겹겹이 싸였다.

파방!

검과 장이 부딪치며 굉음을 토해내었다.

"으음!"

그 반발력에 두 사람은 똑같이 세 걸음씩을 물러섰다.

한데 물러서던 목영은 마지막 뒷발로 바닥을 차며 허공으로 날아올랐다.

"차앗!"

우르르릉—

오첩의 파동공명장이 목영의 손끝에서 펼쳐졌다.

땅이 들썩이며 흙먼지가 피어올랐다. 뒤를 이어 날아드는 비도.

"헉!"

가려진 시야 사이로 날아드는 비도에 혼비백산한 노인이 몸을 휘돌리며 우측으로 재빨리 피했다.

하지만 노인이 비도에 정신을 빼앗긴 그 사이에 목영의 손가락에서 쇠구슬이 튕겨졌다.

핑!

"으악!"

비도를 피해 몸을 날렸던 노인은 갑자기 밀려드는 화끈한 통증에 비명을 토했다.

"천호법님!"

도병무와 토행기주 남선옥이 노인에게 달려와 양쪽에서 그를 부축하였다.

천호법의 허벅지는 이미 피에 홍건히 젖어 있었다.

쐐애액!

그러나 잠시 쉴 틈도 없이 또다시 비도가 날아들었다.

"이 쌍놈의 새끼!"

천호법은 도병무와 남선옥을 양옆으로 밀어내며 날아오는 비도를 향해 다시 백살장을 뿌렸다.

팡!

장력에 밀려 바닥으로 처박히는 비도 사이로 이어지는 쇠구슬, 탄구공이었다.

핑!

"같은 수에 당할쏘냐?"

천호법은 부상을 당하지 않은 왼발을 축으로 몸을 팽이처럼 돌리며 부풀어 오른 장포 자락을 휘둘렀다.

파방!

쇠구슬이 장포 자락에 휘말려 방향을 잃었다.

"흥, 비곗덩어리 같은 놈이 제법 날쌔구나."

그러나 목영은 노인의 약을 바싹 올리며 다시 한 번 손가락을 튕겼다. 한데 이번 것은 쇠구슬이 아니라 작은 주머니였다.

"앗!"

천호법은 눈앞으로 다가온 둥근 주머니에 이것저것 생각할 겨를도 없이 몸을 뒤로 젖혀 피하고자 하였다.

한데 그 순간 아래쪽에서 한 자루의 비도가 날아올라 그 주머니를 터뜨리며 지나갔다.

팍!

주머니 속에 들어 있던 하얀 가루가 흩날렸다.

그것은 바로 목영이 준비한 몽혼분이었다.

그러나 천호법은 몽혼분이라고는 꿈에도 생각지 못했다.

"독?"

천호법은 목영이 독분을 뿌렸다고 판단하고는 얼른 호흡을 멈추고 두 손으로 땅을 짚으며 뒤로 공중제비를 돌았다.

그러나 이어지는 오첩 파동공명장이 흙먼지와 함께 몽혼분을 날렸다.

먼지를 뒤집어쓴 노인은 재빨리 호흡을 가다듬었다.

하나 몸속엔 아무런 이상이 없었다.

'이상한데?'

그러나 이상이 없는 것은 다행이지 잘못된 것이 아니지 않은가?

그는 별것 아니라 여기고 안심하며 다시 앞으로 몸을 튕겼다.

“하하, 노인네가 아직도 팔팔하구나.”

목영은 옆으로 몸을 빼며 비도를 뿌렸다. 조금만 지나면 몽혼분의 약효가 나타날 것이니 이제 급할 것이 없지 않은가.

과연 열 걸음도 채 옮기지 않아 천호법은 비틀거렸다.

갑자기 사물이 두 개, 세 개로 흔들리며 눈이 감겨왔기 때문이다.

“이, 이런!”

노인은 힘주어 고개를 흔들었다.

“호호, 딱 걸렸구나.”

순간 목영은 발을 튕겼다.

오첩십단금.

부드러운 바람이 천호법의 가슴을 때렸다.

빡!

“으악!”

결국 그는 핏줄기를 뿜으며 뒤로 날아가 곤두박질쳤다.

“천호법님!”

“네, 네놈이!”

잠시 뒤로 빠져 있던 도병무와 남 기주가 뒤늦게 목영에게 달려들었다.

그러나 그들은 목영의 비도에 삽시간에 수세로 몰렸다. 더구나 탄구공을 연마한 후 목영의 비도는 속도도 가일층 배가되어 있었다.

“으윽!”

휘어져 들어오는 비도에 두 사람은 갈지자로 몸을 피하다가 결국 옆구리를 깊이 베이고 말았다.

핑!

그 순간 쇠구슬이 다시 날았고 잠시 주춤거린 사이 그들의 미간에 쇠구슬이 박혀들었다.

쿵!

두 사람은 그대로 앞으로 고꾸라져 절명하고 말았다.

"후, 후퇴하라!"

세 사람이 눈 깜짝할 사이에 운명을 달리하자 남은 명교의 무리들은 허둥대며 순식간에 장내에서 사라졌다.

"만리상회 만세!"

"국주 만세!"

주위에 남아 있던 표사들이 환호성을 질렀다.

"여, 여보!"

눈가에 맺힌 눈물을 닦을 생각도 못하고 아연은 그대로 그의 품으로 뛰어들었다. 뒤늦게 합류한 진 장로가 고개를 끄덕이며 하나가 된 두 사람을 바라보고 있었다.

제3장
장군이 된 석목영

자신을 뒤따라온 석무종과 만리상회의 표사들의 도움으로 목영은 운송을 무사히 마치고 만리상회로 들아와 모처럼 아연과 포근한 시간을 보냈다.

혼인 후 이렇게 행복한 시간이 없었기에 그는 모든 산적한 일을 잠시 잊은 채 꿀맛 같은 시간을 보냈다.

그렇게 닷새가 지난 후 만리상회로 귀한 손님이 찾아왔다.

"와, 왕자님! 이런 누추한 곳까지 어떻게?"

만리상회의 모든 가솔들이 나와 무릎을 꿇었다.

맨 앞에서 목영이 큰절을 올리려 하자 왕자는 얼른 다가와 그를 만류하며 말했다.

"허허! 대협, 절이야 제가 올려야지요. 생명의 은인이 아닙니까?"

"별말씀을 다 하십니다. 저희 가문에 내려준 은혜가 하해와 같사온데……"

그러나 목영은 말은 그렇게 하면서도 억지로 절을 하려고 하지는 않았다.

"내 얘기는 들었소이다. 그간 얼마나 고생이 크셨소? 그래도 이렇게 살아 돌아오셨으니 정말 다행한 일이오. 오늘은 그간의 모든 시름을 잊고 나와 한잔 술을 나누어봅시다. 하하하!"

그는 호탕하게 웃으며 목영의 손을 잡았다.

"아니, 왕자님? 술이라니요?"

목영은 예전 몇 잔 술에 횡설수설하던 왕자를 떠올리며 눈을 크게 떴다.

"하하하, 그동안 나도 술이 많이 늘었으니 걱정 말구려."

"그래요? 하하하, 그렇다면 오늘은 기대를 해보겠습니다. 자, 안으로 드시지요."

왕자는 따라온 무사들을 모두 물리고 이기융 좌영반만을 대동한 채 안으로 들어갔다.

목영의 안내로 자리를 잡자 술상이 나오고 가주인 석무종이 격식을 갖추기 위하여 자리에 참석했다. 이렇게 해서 초저녁부터 때 이른 술자리가 만리상회의 객청에서 벌어지게 되었다.

밤이 깊어지고 술이 몇 순배 돌고 나자 무종은 먼저 자리를 떴다.

아무래도 왕자가 목영을 보러 온 것이니 자리를 비워주려는 의도였다.

그가 자리를 뜨자 왕자는 한 잔 술을 목영에게 권하고는 술병을 내려놓으며 말했다.

"대협, 이제 아버님께서 드디어 저 간악한 간신배의 무리로부터 황제를 구하고 천하 만백성을 편안하게 하고자 깃발을 높이 드시었소. 아마 올해가 가기 전에 군사를 일으켜 금릉으로 진격하게 될 것이오."

왕자는 혈기가 끓어오르는 듯 침을 튀겨가며 열변을 토했다. 한데 그러면서도 힐끔 목영의 반응을 살피는 것을 잊지 않았다.

"백성의 한 사람으로 왕야의 결단에 깊이 감사할 따름입니다."

목영은 아래위로 눈알을 굴리며 아첨의 말을 늘어놓았다. 하나 머리는 분주해지고 있었다.

'흥, 황제를 구하다니? 결국 네놈들이 천하를 꿀꺽하겠다는 말이 아니냐? 한데 이놈이 왜 이런 중대사를 내게 얘기하는 것이지? 뭔가 부탁할 것이 있는 모양이구나.'

과연 목영의 생각대로 잠시 후 왕자의 목소리가 한층 낮아졌다.

"한데 대협, 이번 거사를 성공시키자면 장강을 장악해야 합니다. 최소한 파양호를 수중에 넣어야 동서 간의 군사 이동을 각아낼 수 있습니다."

그 대목에서 왕자는 목영의 눈치를 살피며 침을 삼켰다.

목영은 관심이 있는 듯 눈을 크게 뜨곤 다음 말을 재촉했다.

"해서 말인데, 대협, 대협께서 파양호파를 좀 도와주시는 것이 어떻겠습니까?"

왕자의 말에 목영은 속으로 코웃음을 쳤다.

'흥, 결국 내게 파양호의 수적들을 도와 장강을 장악하라는 부탁을 하는 것이었구나. 그럼 그렇지, 아무런 이유 없이 나를 이렇게 대해줄 리가 없지. 암.'

그러나 겉으로는 모른 척 시침을 떼고 물었다.

"예? 파양호파라면 이미 동정호파에 본거지를 빼앗기고 지금 왕야 밑에서 식객 노릇을 하고 있다 들었습니다만."

목영은 자신이 도울 일이 무엇이냐는 듯이 고개를 갸웃했다.

"언제까지 그들을 우리가 데리고 있겠소. 그들도 다시 자신들의 본거지를 되찾아야지요. 현재 그들은 이미 장강으로 이동하여 한수에 자리를 잡았습니다."

"한수라면?"

목영은 무창에서 가까운 한수라는 말을 듣자 귀가 번쩍 뜨였다.

"예로부터 한수는 동정호와 파양호의 중간에 위치하여 완충 역할을 해오던 곳입니다. 한데 이번에 동정호파가 일통을 하였으니 그들로서도 자신들의 안위가 걱정되지 않겠습니까? 그 점을 이용하여 설득한 결과 이번에 파양호파와 손을 잡게 된 것입니다."

"아… 예. 하지만 저 한 사람이 좌우할 수 있는 싸움이 아닌 듯합니다. 제가 함께 간다고 해서 무슨 큰 도움이 되겠습니까?"

목영의 대답은 다분히 회의적이었다.

그 순간 왕자가 목영의 손을 덥석 잡았다.

"대협, 이번에 한 번 더 우리를 도와주신다면 정말 그 은혜는 잊지 않겠습니다. 아무렴요, 대협이야말로 이번 거사의 일등공신이지요. 아니 그렇습니까, 좌영반?"

왕자는 옆에 앉은 좌영반의 동의를 구했다. 혼자서 이야기하여 설득이 잘 안 되니 좌영반을 끌어들인 것이다.

가만히 있을 좌영반이 아니었다.

"그렇습니다. 물론 지금까지도 큰 공을 세우셨습니다만 이번의 일만 성사시켜 주신다면 그야말로 일등공신 중에도 일등공신이 아니옵니까? 아마도 왕야께서 따로 특별히 선물을 내리실 겁니다. 뭐, 이를테면 대륙의 소금 독점권이라든지……."

말끝을 흐렸지만 의도는 분명하였다.

이번 거사가 성공한다면 명의 소금 독점권을 석가장에 주겠다는 말이었다. 그렇다면 이것은 재기가 아니라 단숨에 천하제일상가가 되는 것이다.

하긴 그만큼 쉬운 일은 아니다.

연왕의 군대가 금릉으로 입성할 때까지 파양호에 진을 치고 모든 물길을 막아 금릉으로 가는 모든 지원을 막아야 하는 것이다. 거기다 예전부터 황제파에 속한 동정호파의 이동도 철저히 봉쇄해야 하는 것이다.

'집 잃은 기러기 신세가 된 파양호파 놈들은 겨우 천여 명. 채에 남아 있는 놈들이 협조를 해야만 승산이 있을 텐데…….'

목영은 열심히 머리를 굴렸다. 벌써 놈들을 상대할 방법을 궁리하고 있는 것이다. 단숨에 석가장을 천하제일로 만드는 일이니 당연한 것이 아닌가?

하지만 목영이 선뜻 대답을 하지 않으니 왕자와 좌영반은 대가가 부족하여 그러는 모양이라고 생각했다.

이제 마지막 보따리를 풀기로 하고 왕자는 목소리를 가다듬었다.

"에헴! 대협, 그리고 석가장이라면 철광산도 하나쯤 운영을 해야 격이 맞지 않겠습니까?"

"예? 철광산이요?"

목영은 왕자의 말에 두 눈을 크게 뜨며 되물었다.

"하하하, 대협의 공에 비한다면 결코 크다고 할 수 없지요."

이게 무슨 말인가?

일만 성사시켜 주면 소금 독점권과 철광산까지 내어주겠다는 말이었다. 그야말로 대대손손 부귀영화를 보장하겠다는 것이다.

목영은 얼른 무릎을 꿇으며 말했다.

"성은이 망극하옵니다. 그렇게까지 저를 생각해 주신다면 이 한 몸 가루가 되는 한이 있더라도 왕야께 충성을 다하겠습니다."

"하하하! 고맙소이다, 고마워. 하하하!"

왕자는 목영을 내려다보며 호탕한 웃음을 지었다.

그러나 눈꼬리를 치켜 올리며 좌영반을 바라보는 시선에는 안도감보다는 교활함이 묻어 나왔다.

사실 그들은 결코 목영이 그 일을 해낼 수 있을 것이라고 여기지는 않았다. 구파와 소원해진 지금 궁여지책으로 그를 찾았지만 명교의 고수들을 그가 어찌 혼자 당해낼 수 있겠는가?

그들의 바람이라면 그저 무당의 제자인 그의 죽음으로 구파의 공분을 불러일으켜 주는 것뿐이었다.

"자자, 이제 좌영반은 왕야의 첩지를 전해주시구려."

왕자의 말에 목영은 몸을 일으키다 다시 상체를 숙였다.

"으음, 그럼 연왕야의 첩지를 전해 올리겠습니다."

좌영반은 자리에서 벌떡 일어나 품속에 간직했던 첩지를 꺼내 들었다.

"짐은 천하 만백성의 안위와 사직의 보존을 위하여 이제 분연히 일어나 저 간악한 역도의 무리를 처단하려 한다. 이에 석씨 세가의 목영을 여서대장군으로 삼아 수군의 총대장으로 임명하니 그대는 짐의 뜻을 받들어 선봉으로 나아가 장강을 수복하고 수로를 장악하여 짐의 뜻을 만천하에 알리도록 하여라. 그 징표로 두치검을 하사하노라."

'이, 이런! 하고많은 이름 중에 여서대장군이 뭐란 말이냐?'

목영은 속으로 볼멘소리를 하였다. 그러나 밖으로 내색할 수는 없었다.

"신 석목영은 왕야의 뜻을 받들어 임무를 꼭 완수하겠나이다."

그는 공손히 왕자가 내미는 두치검을 받아 들었다.

가문의 몰락 후 이곳 북평에 자리를 잡기 위해 지난번 왕자에게서 빼앗은 두치검은 이미 돌려주었는데 이제 다시 대장군의 징표로 두치검을 하사받게 된 것이다.

이렇게 하여 목영은 옛 파양호파의 수적들을 주축으로 급조된 장강수룡대(長江水龍隊)의 총대장이 되어 건천당과 태지당의 이백여 명의 군사를 이끌고 한수로 출발하게 되었다.

물론 수군 이래 봐야 연왕과 손을 잡은 파양호파의 수적, 천여 명이 전부였지만.

"아니, 장군께서는 아직도 그러고 계신 게요?"

지금은 신당(信黨)의 당주가 된 장무진이 좌중을 향해 물었다.

장강수룡대는 대장군 휘하의 직속 부대인 건천당과 태지당을 비롯하여 옛 파양호파 시절의 이름을 그대로 딴 무하당, 감당, 신당, 수당, 그리고 요당으로 조직화된 것이다.

"에헴, 여부가 있겠소?"

무하당의 구염이 못마땅한 듯 기침을 하며 비꼬아 말했다.

"허허, 이 급한 와중에 도대체 뭐 하는 짓인지?"

"흥, 내 진작부터 알아보았소이다. 수전(水戰)이란 수 자도 모르는 사람을 장군으로 삼은 것부터가 잘못이지. 에잉!"

감당의 방연과 요당의 곽승이 돌아가며 한마디씩 하였다.

"참내, 이러다 영영 우리 채를 찾지 못하는 게 아니오?"

"아니, 방 당주! 거 재수없는 소리 좀 작작하시오!"

"흥, 내 말이 틀렸단 말이오? 지금 돌아가는 꼴을 보시오, 꼴을. 이래서야 무슨 수로채를 다시 찾겠소?"

"자자, 모두 조용히 좀 해보시오. 우리가 새벽부터 이러자고 모인 게 아니질 않소."

결국 방연과 이문박이 티격태격하기 시작하자 구염이 나섰다.

사실 그들은 오늘 부족한 배를 어찌 조달할 것인지를 협의하기 위해 이른 새벽부터 한자리에 모인 것이다.

한수의 채주 박장소와 동맹을 맺었다지만 그가 한 일이라곤 이 한수의 하류에 자리잡는 것을 모른 척해주는 것뿐이었다. 이 싸움에서 파양호파가 실패를 한다 해도 자신은 피해를 입지 않겠다는 심산인 것이다. 이래저래 심기가 불편한 당주들이 모이자 결국 여서장군에 대한 푸념만 잔뜩 늘어놓는 자리가 되고 말았다.

사실 그들은 자신들을 지원하고 지휘할 대장군이 온다 하여 잔뜩 기대를 하였다.

한데 나타난 장군은 석목영이었다.

일찍이 서로 간에 안면이 있는 처지여서 그가 꽤 높은 무공을 소유하고 있다는 것은 잘 알고 있었지만 그는 표국의 국주였다.

어찌 수천 명이 싸우는 수상전을 알 것인가?

처음부터 실망이 이만저만 아니었다.

거기다 더욱 기가 막힌 것은 그가 나타나자마자 벌인 일이었다.

갑자기 몽혼귀도대(夢魂鬼刀隊)를 만들어야겠다며 각 당에서 제일 날랜 놈들로만 서른 명을 쏙 뽑아가더니 허구한 날 가르치는 것이 비도술이었다.

배와 배가 부딪치는 수상전에서 비도술을 어디에 쓰겠다는 것인지 답답하기 그지없었다.

당연히 훈련이라면 궁술을 연마해야 맞지 않은가?

그런데 더욱 해괴한 일은 그 다음이었다.

기껏 날랜 놈들을 데려다가 시키는 연습이란 게 빨리 던지기였다.

표적에 맞든 안 맞든 그런 것엔 신경도 쓰지 않고 그저 빨리 던지기만 연습을 시키고 있었다.

비도술이라면 빨리 던지는 것보다도 정확히 표적에 맞추는 것이 더 중요한 것일 텐데 무조건 빨리 던지라니…….

몽혼귀도대에 들어간 서른 명의 사내들조차도 황당해하고 있었다.

그나마 제대로 하는 것이라면 건천당과 태지당에게 끈 달린 갈고리를 주고 매일 물속에서 배 위로 오르는 연습을 시킨 것이었다.

그것은 기습전에서 매우 효과가 있는 것이니 다행스런 일이었다.

아무튼 시끌벅적하던 장내의 분위기가 구염이 나섬으로써 다소 진정이 되었다.

"지금 우리가 이럴 때가 아니란 말이오. 여러분도 아시다시피 저 파양호에 있는 저 동정호파 놈들에게는 전투선이 오십여 척이나 있소. 한데 우리는 한수의 박 채주에게 돈을 주고 산 두 척이 고작이란 말이오. 이래서야 파양호에 가보지도 못하고 전멸을 하게 생겼소이다. 지금 만들고 있는 배라고 해봐야 소선인 쾌속선이 전부인데 이 난국을 어떻게 하면 좋단 말이오?"

하나 구염의 걱정에 돌아온 대답은 또다시 목영에 대한 신당 장무진의 비웃음뿐이었다.

"이보시오, 구 당주. 그렇게 걱정할 것 없소이다. 아, 우리의 여서장군께서 다 알아서 하실 텐데 우리가 걱정할 것이 뭐가 있단 말이오? 아니 그렇소, 여러분?"

"옳소. 장군께서 저리 태평인데 우리끼리 고심할 필요가 뭐가 있단 말이오? 차라리 그럴 시간에 우리도 비도술이나 익힙시다. 하하하!"

요당의 곽승이 맞장구를 쳤다.

"하하하! 지당하신 말씀이오."

"옳소이다. 오랜만에 시원한 소리구려."

다른 당주들도 모두 웃음으로 그들의 말에 동조하였다.

"여러분, 이럴 게 아니라 오늘은 아예 장군께 가서 담판을 지어봅시다."

"그게 좋겠소."

“자, 다 같이 가서 따져 봅시다.”

결국 감당의 방연의 제안에 그들은 우르르 연무장으로 달려갔다.

“일대(一隊), 준비됐나?”

“예!”

“그럼 시작한다. 투도(投刀)!”

여서장군 목영의 명령에 앞에 죽 늘어선 십여 명의 사내들이 비도를 날리기 시작했다.

슈슈슉─ 슈슈슉─

사내들의 두 팔이 보이지 않을 정도로 휘둘러지자 허공을 가득 메우며 비도가 날기 시작했다.

슈슈슉─ 파바박!

그러나 앞에 세워놓은 표적에 제대로 꽂히는 비도는 거의 없었다.

“허허, 정말 빠르긴 빠르구나.”

연무장에 도착한 당주들은 어이없는 웃음을 흘리며 그 모양을 바라보았다.

순식간에 자신이 가지고 있던 백여 자루의 비도를 날린 사내들은 다 던진 순서대로 하나, 둘, 셋 번호를 부르며 자리에 앉았다.

다섯까지 외치는 소리가 들리자 목영의 목소리가 다시 울렸다.

“그만. 이대(二隊) 준비!”

그러자 다섯 명 안에 들지 못한 나머지 사내들은 우거지상을 해가지고 한쪽으로 모였다.

그들은 이제 벌칙으로 하루 종일 천 개의 비도를 날려야만 하는 것이다.

곧 이대의 비도 빨리 날리기 시합이 벌어졌고 이대에서도 다섯 명의 패배자가 생겼다.

한데 그들 중 한 사내가 앞으로 나섰다.

뒤에 당주들이 구경을 하고 있으니 힘을 얻은 모양이었다.

평소에는 고분고분하던 그 사내는 눈에 쌍심지를 켜고 목영에게 대들 듯이 말했다.

"장군, 말이 안 됩니다! 저것을 보십시오. 저는 비록 조금 늦게 던졌지만 거의 표적에 명중했습니다. 한데 빨리 던진 사람들의 비도를 보십시오. 거의 표적에 맞은 것이 없습니다. 그런데도 늦게 던졌다는 이유만으로 벌을 받아야 한다니요? 저는 승복할 수 없습니다!"

"뭐야? 네놈이 감히 나에게 대드는 것이냐?"

벌떡 일어난 목영이 언제 뽑았는지도 모르게 검집째 검을 뽑아 그 사내의 머리통을 후려쳤다.

딱!

"어이쿠!"

그 사내는 머리를 부여잡으며 땅을 굴렀다.

다행히 피가 튀지는 않았지만 무척이나 아픈 듯 보였다.

그 모양을 보던 당주들의 표정이 일그러졌다. 자신들이 보기에도 그 사내의 말이 맞는 것 같았기 때문이다.

"에헴! 장군, 너무하시는 것 아닙니까? 저자의 말이 가히 틀린 것 같지도 않은데 높은 지위를 이용해 윽박질러서야 군율이 제대로 서겠습니까?"

"암, 그렇고말고요."

방연과 이두박이 나란히 한마디씩 하였다.

"하하하, 이제 보니 당주들께서도 이 훈련에 불만이 많은 모양이오? 좋소, 좋아. 이번에는 처음이니만큼 내 이 훈련이 무엇을 의미하는지 보여주도록 하겠소. 하나 차후에는 어떤 이유든 명령에 따르지 않는 자는 군율로 엄히 다스리도록 하겠소. 그럼 두 눈 크게 뜨고 잘 보도록 하시오. 삼대는 앞으로 나서거라!"

열 명의 사내들이 다시 앞으로 나섰다.

'흥, 얼마나 빨리 던지는지 또 보여줄 심산인가? 참내, 그래 가지고야 전장에서는 웃음거리만 될 텐데. 혹시 모르지, 경극단을 만들겠다고 나설는지? 정말 한심하구나, 한심해.'

당주들은 잔뜩 비웃음을 담은 시선으로 목영과 사내들을 바라보았다.

잠시 후 십여 명의 사내들이 진형을 갖추자 목영은 그들의 중간으로 걸어 들어가며 외쳤다.

"준비. 투도."

사내들은 두 손을 눈에 보이지 않을 정도로 움직이며 비도를 뿌려대기 시작했다.

슈슈슉―

허공을 가득 메우며 날아가는 비도들.

"차앗!"

한데 그 순간 목영이 한 소리 기합성과 함께 두 손을 내뻗었다.

'하하하, 이제는 별 지랄을 다 하는구나. 엇?'

날아가는 비도를 향해 기합을 지르는 어처구니없는 행동에 막 웃음을 지으려던 당주들은 갑자기 입을 쩍 벌리며 두 눈을 크게 떴다.

이게 무슨 조화인가?

무슨 요상한 일이란 말인가?

제멋대로 날아가던 비도가 목영의 기합 소리에 퍼뜩 정신을 차린 듯이 방향을 틀어 표적을 향해 날아가고 있었다.

바로 목영이 외기를 집중시키자 비도들이 그의 의도대로 표적을 향해 날아간 것이다.

파바박!

수십 자루의 비도가 표적의 정중앙에 소나기처럼 박혀들었다.

갑자기 장내가 조용해졌다.

당주들은 물론 비도를 던지던 사내들도 믿기지 않는 눈빛으로 표적과 자신의 손에 들린 소도를 번갈아 바라보며 할 말을 잃었다.

"장군, 저희들이 죽을죄를 지었습니다!"

제일 먼저 정신을 차린 구엽이 무릎을 꿇으며 사죄하였다.

"저희들을 용서하여 주시옵소서!"

다른 당주들도 모두 무릎을 꿇었다.

그러자 아까 목영에게 대들던 사내가 얼른 나섰다.

"우리 장군님은 무신(武神)이오, 무신! 자, 다 같이 찬양합시다! 여서 장군 만세!"

"여서장군 만세!"

"여서장군 만세!"

몽혼귀도대가 다 같이 외치자 산이 떠나갈 듯하였다.

"하하, 뭐 이 정도를 가지고……. 나는 잠시 쉴 터이니 계속 훈련들 하시게."

목영은 쑥스러운 듯 손을 흔들며 숙소로 걸어갔다.

전투선 문제를 한번 따져 보겠다고 우르르 몰려온 당주들도 그것에 관해선 한마디 말도 못한 채 서로 뒤질세라 소리 높여 만세를 외칠 뿐이었다.

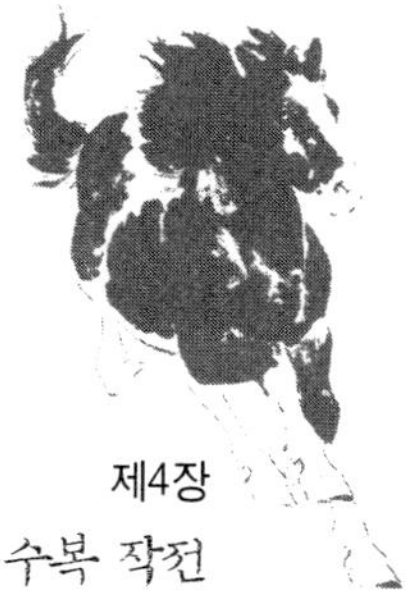

제4장
파양호 수복 작전

봄이 끝나갈 즈음, 드디어 목영은 출전을 명했다.

갑작스런 목영의 출전 명령에 웅성거리던 당주들은 구염의 옆구리를 쿡쿡 찔렀다.

"자, 장군! 우리는 배가 절대적으로 부족합니다. 전투선은 고작 두 척밖에 없지 않습니까? 놈들의 배는 오십여 척이나 되는데 도대체 무슨 수로 파양호를 되찾는단 말입니까? 이대로는 모두 고기밥이 되기 십상입니다."

할 수 없이 나선 구염은 슬슬 눈치를 살피며 목영에게 말했다.

"아니, 구 당주, 당주는 채를 되찾고 싶은 게요, 아니면 배를 다 박살을 내고 싶은 게요?"

'아니, 저게 도대체 무슨 말이냐? 당연히 채를 되찾으려는 것이지. 하나 놈들의 배를 격파하지 못한다면 무슨 수로 채를 되찾는단 말인가?'

그는 의문을 담아 당주들을 돌아보았다.

그러나 모두 눈길을 피할 뿐, 누구 하나 대답하는 이가 없었다.

"채를 되찾으면 모두 우리 것이 될 배입니다. 아껴두어야지요. 하하하!"

목영은 그런 당주들을 스윽 둘러보곤 이해하지 못할 말만 남긴 채 자리를 떴다. 당주들은 고개를 갸웃거리면서도 저마다 자신들의 거처로 돌아가 준비를 서두르기 시작했다.

다음날 드디어 장강수룡대는 오백여 명씩 두 척의 배에 나누어 타고 한수를 출발했다. 그동안 만들어두었던 소선들도 몇 척은 싣고 몇 척은 뒤에 매달아 끌며 파양호를 향해 나가기 시작했다.

오월이 끝나갈 무렵.

늦은 밤인데도 파양호 변엔 어느 고관대작이 연회라도 베푼 모양인지 붉은 등롱을 단 놀잇배들이 구강의 선착장 앞에 불야성을 이루고 있었다.

그 배들은 밤새 흥청망청거리더니 새벽녘이 되어서야 조용해졌다.

아마 이젠 모두들 취해 잠이 든 모양이었다.

배들이 물결을 따라 출렁거리며 서서히 파양호의 중심으로 떠내려가기 시작했다. 배 안에선 아무런 기척도 들리지 않는 것이 모두 잠이 든 게 확실해 보였다.

그러던 중 배 한 척이 갑자기 소용돌이에 휘말렸는지 빙글빙글 돌다가 급기야 훌렁 뒤집어졌다.

"어푸어푸! 사람 살려! 사람 살려!"

배에 타고 있던 사람들은 물에 빠져 허우적거리며 소리를 질렀다.

다행히 멀지 않은 곳에서 큰 배 한 척이 다가왔다.

바로 밤새 순찰 업무를 마치고 무하채로 돌아가는 배였다.

"하하하, 꼴좋다! 밤새 지랄을 떨더니."

뱃전에서 한 텁석부리 장한이 고소하다는 듯 큰 웃음을 지었다.

순찰을 돌면서 구강 앞에 장사진을 이루었던 배들을 그도 이미 본 까닭이다.

"딱표, 밧줄을 던져 주어라."

뒤쪽에서 나타난 한 매섭게 생긴 사내가 허우적거리는 대여섯 명의 사내들을 바라보다가 텁석부리 장한에게 말하며 뒤돌아섰다.

그는 조민영이 파양호에 남겨둔 질풍대의 일조 조장 박승(朴昇)이었다. 그가 바로 오늘 순찰대의 총지휘자인 것이다.

'흥, 저런 놈들은 고생 좀 하게 더 내버려 둬야 하는데……'

딱표는 박승의 뒤통수를 흘겨보며 툴툴거렸다.

그는 예전 파양호파의 무하채에서 구염의 휘하에 있던 수적이었다.

동정호파의 총채주 조민영은 남은 그들을 동정호파의 수적들과 마찬가지로 잘 대해주었지만 빡빡해진 규율과 규칙적인 생활, 거기다 통행세 외에는 일체 손을 대지 못하게 하는 것까지 그들은 모든 것들을 못마땅하게 여기고 있었다.

그러다 보니 자기도 모르게 슬슬 불만이 싹트고 있었던 것이다.

"야 이놈아! 못 들었어? 밧줄을 던져 주란 말이다!"

그는 옆에서 같이 낄낄거리는 장소(張昭)의 뒤통수를 후려치며 말했다.

생각 같아서는 목숨이 간당간당할 때까지 내버려 뒀다가 눈물, 콧물을 쏙 뺀 후에 건져 주고 싶었지만 마음에 들지 않아도 상관의 명령이었다.

"에이, 왜 때려요?"

장소는 뒤통수를 비비며 물러나 밧줄을 가져왔다.

"기회는 한 번뿐이다. 잘 잡아라."

장소는 힘껏 밧줄을 던졌다.

허우적거리던 사내들은 머리 위로 밧줄이 떨어지자 얼른 밧줄을 잡고 필사적으로 매달렸다.

"자, 당겨라!"

장소와 함께 몇몇의 사내들이 달려들어 밧줄을 잡아당겼다.

곧 물에 빠졌던 여섯 명의 사내들이 모두 배 위로 끌어 올려졌다.

"쿨럭, 쿨럭. 고맙소이다."

좀 진정이 된 듯 헐떡이던 숨이 잦아들자 뒤쪽에 있던 박승이 앞으로 나섰다.

"우리는 곧 돌아가야 하니 당신들은 여기에 계속 머물 수가 없소. 작은 배를 한 척 내줄 터이니 떠나도록 하시오."

이제 교대 시간이었다.

채로 돌아가야 하는데 그들을 데리고 갈 수는 없었다.

"알겠습니다. 구해주신 것만도 감사할 따름입니다. 저희는 저기 오고 있는 동료들과 함께 가면 되니 따로 배를 주실 필요는 없습니다."

그 사내의 말에 박승은 좌측을 돌아보았다. 과연 그의 말대로 어느새 십여 척의 등롱을 밝힌 소선들이 빠르게 다가오고 있었다.

'이, 이거 뭔가 이상한데?

자신이 눈치채지 못한 사이에 빠르게 접근하는 배들을 보고 그는 바싹 긴장하였다.

하지만 소선이었다. 여차하면 자신들의 전투선으로 밀어붙여 버리면 될 일이었다.

그때 소선에서 한 사내가 소리를 질렀다.

"이보게, 진곤! 괜찮은 겐가?"

"나는 괜찮네. 여기 이분들이 우리를 구해주셨으니 와서 인사라도 좀 올리게."

진곤이라는 사내가 동료의 부름에 난간으로 다가가 손을 흔들었다.

“아, 아니오! 그럴 필요 없소!”

박승은 당황하여 외쳤다.

빨리 가야 하는데 또 이 배로 건너오겠다니? 그러나 인사를 하겠다는 데 화를 낼 수도 없었다.

그 순간 소선에서 소리치던 그 사내가 뱃전을 박차고 날아올랐다.

“엇?”

그는 깜짝 놀랐다.

‘십여 장의 거리를 뛸 생각이라니, 그렇다면 무림인?’

그의 뇌리를 스쳐 가는 생각이었다.

더구나 십여 장을 그것도 아래에서 위로 뛰어오른다는 것은 무림인으로서도 어려운 일이었다. 역시 뛰어오른 그 사내도 무하채의 배에 못 미처 아래로 떨어지기 시작했다.

한데 그 순간 진곤이란 자가 품에서 밧줄을 꺼내어 그를 향해 던졌다. 기다리고 있었다는 듯 그는 그 밧줄을 멋지게 낚아채며 배 위로 뛰어올랐다.

“하하하, 안녕들 하시오!”

그는 능글거리는 웃음을 지으며 포권을 취했다.

얼굴이 연약한 미공자처럼 생겼지만 웃음을 짓자 은연중 표정에 영악함이 풍겨 나왔다.

바로 석목영인 것이다.

“흥, 이놈들이? 뭔가 꿍꿍이가 있었구나! 포위해라!”

박승은 재빨리 검을 뽑아 들며 외쳤다.

넋 놓고 구경만 하던 수적들도 퍼뜩 정신을 차리고 도를 치켜들었다.

그러자 물에 빠졌던 여섯 명의 사내들이 품에서 검을 빼 들며 말했다.

“흐흐흐, 이미 늦었다. 살고 싶거든 모두 물러서라.”

“감히! 모두 쳐라!”

“와아!”

박승의 명령에 수적들이 소리를 지르며 달려들었다.

“어딜!”

목영이 앞으로 한 걸음 나서며 두 손을 내뻗었다.

우르릉― 꽝!

파동공명장이 출렁거리며 선상을 휩쓸었다.

“으악!”

우당탕탕!

달려들던 수적들이 장력에 휘말려 뒤로 굴렀다.

선상 위에 놓여져 있던 집기들이 날리고 바닥이 삐걱거리며 비명을 질
었다.

“보통 놈이 아니로구나.”

박승이 장력을 피해 바닥을 박차고 날아올라 목영에게 달려들었다.

“호, 제법이로구나.”

목영은 웃음을 지우지 않은 채 검을 빼 들었다.

위에서 내려치는 박승의 검을 우측으로 빙글 돌아 피하며 그의 검이
호선을 그렸다.

다시 위로 올라오던 박승의 검이 목영의 검기에 미끄러져 엉뚱한 곳으
로 휘둘러지고 가슴이 훤히 드러났다.

빡!

오첩십단금이었다.

“으악!”

비명과 함께 박승은 뒤로 날아가 처박혔다.

“조, 조장님!”

뒤늦게 질풍대의 대원들이 달려나왔다.

"이놈들, 모두 쳐라!"

뒤로 물러났던 수적들까지 도를 빼 들었다. 그리고 아래에 있던 수적들까지 우르르 선상 위로 올라왔다.

그때 가까이 다가온 소선에서 갈고리들이 날아올랐다.

파바박!

뒤이어 갈고리에 연결된 줄을 당기며 순식간에 이십여 명의 사내들이 배 위로 뛰어올랐다. 몽혼귀도대와 당주들, 그리고 태지당의 몇몇 대원들이었다.

"앗! 채, 채주님!"

딱표가 위로 올라온 사내들 중 구염을 알아보고 소스라치게 놀라며 소리쳤다.

"어? 네놈은 딱표가 아니냐? 으하하하! 설마 네놈이 내게 도를 겨누려는 것은 아니겠지? 뒤로 물러서거라."

구염은 옛 부하에게 눈을 부라렸다.

"옛? 예… 예."

그는 주춤거리며 쉽게 결정을 내리지 못했다. 한데 옆에 있던 동료들이 서로 얼굴을 마주 보더니 슬슬 뒤로 물러서는 것이었다. 그는 얼른 큰 소리로 대답하며 자신도 뒤로 물러섰다.

그러나 모든 수적들의 반응이 똑같은 것은 아니었다.

이미 마음으로 동정호파에 승복했거나 나중에 들어온 수적들은 돌아온 채주에게 승복할 리가 없었다.

"채주라니? 무슨 개뼈다귀 같은 소리냐?"

배 위의 수적들 중 반은 도를 치켜들며 나섰다.

"저놈들도 한패가 분명하다! 모두 쳐라!"

부조장 소이곽(巢怡廓)의 명령에 따라 양분된 수적들이 순식간에 배 위에서 난전을 벌였다.

그사이 이십여 명의 사내들이 앞으로 나서서 목영 일행을 덮쳐 왔다.

"오냐, 오너라! 비도!"

목영이 한 손을 번쩍 치켜 올리며 소리쳤다.

쇄도하는 이십여 명의 질풍대를 맞아 몽혼귀도대가 앞으로 나서서 비 도를 뿌리기 시작했다.

"앗? 으하하하!"

질풍대원들은 몽혼귀도대가 비도를 빼어 들자 몸을 웅크리며 바싹 긴 장하였다.

그런데 비도들이 천지사방으로 비산하는 것이 아닌가?

그들은 큰 소리로 비웃음을 흘리며 다시 바닥을 박차고 날아올랐다.

쇄애액!

그러나 엉뚱한 곳으로 날아갈 것 같았던 비도는 중간에서 교묘한 호선 을 그리며 방향을 틀더니 정확하게 그들을 향해 날아드는 것이었다.

"으악!"

"피해라!"

순식간에 다섯 명의 질풍대가 선상에 쓰러졌다.

땅따당!

남은 대원들은 검으로 비도를 쳐내며 뒤로 물러섰다.

"으악!"

그러나 비도는 정신없이 그들을 몰아붙였다.

또다시 서너 명의 대원이 비도에 맞아 쓰러졌다. 그리고 그때까지 뒤 쪽에서 비도만 조종하던 목영이 바닥을 박차고 날아올랐다.

쇄애액!

그의 손에서 다섯 자루의 비도가 날았다. 그 비도는 지금까지 날아들던 비도와는 그 속도가 달랐다.

"으악!"

핑!

뒤이어 날아드는 쇠구슬.

이제 두 발로 서 있는 질풍대원은 고작 다섯 명이었다.

"이얏!"

양 떼 속에 뛰어든 이리처럼 목영은 내려서며 그대로 남은 질풍대를 몰아붙이기 시작했다.

"엇, 이놈!"

갑자기 뛰어들며 검을 휘두르는 목영을 보고 놀란 부조장 소이곽은 주춤 물러서다가 더 이상 물러나선 안 된다는 절박한 심정으로 앞으로 나섰다.

옆에 있던 그의 수하들도 동시에 검을 휘두르며 다가섰다.

"훙!"

목영의 검이 허공의 한 점을 찌르려는 듯 뻗어 나와 빙글 원을 그렸다. 꽃봉오리가 피어나듯이 한 점에서 시작한 원이 점점 커졌다.

운중만개(雲中滿開).

앞에서 다가오던 다섯 개의 검이 사방으로 미끄러져 나갔다.

파방!

그 사이로 작렬하는 십단금.

"으악!"

"이얏!"

두 명의 대원이 뒤로 날아가고 세 명의 대원이 다시 검을 휘둘렀다. 목영은 빙글 몸을 돌리며 우측의 검을 접(接) 자결로 당겼다.

챙!

세 자루의 검이 서로 엉켜 허공에서 부딪쳤다.

“하하하! 바보 같은 놈들!”

그 틈을 이용해 목영은 뒤로 몸을 튕기며 허공을 세 번 때렸다.

파바방!

“크악!”

마지막 세 명의 대원이 비명과 함께 뒤로 날아가 처박혔다.

질풍대 일 개 조가 순식간에 박살이 난 것이다.

그리고 이제 수적들 간의 난전도 어느 정도 수그러들고 있었다.

태지당이 가세하여 반항하는 자를 몰아붙이자 대다수는 물로 뛰어들어 도망치고 일부는 끝까지 반항하다 목숨을 잃고 만 것이다.

“와아! 이겼다!”

첫 번째 전투에서 별 사상자 없이 쉽게 승리를 얻어내자 장강수룡대의 대원들은 한껏 고무되어 소리를 질렀다.

어느새 숨어 있던 두 척의 전투선도 약속대로 도착하여 함께 승리의 기쁨을 나눴다.

“자, 좋아하고 있을 때가 아니오. 어서 무하채로 갑시다.”

목영은 서둘러 진격을 명했다. 지금부터는 속전속결로 밀어붙여야 하는 것이다.

그 순간 한쪽에 물러나 있던 딱표가 앞으로 나섰다.

“채, 채주님, 지금부터는 저희들에게 맡겨주십시오!”

그는 이제 옛 채주가 돌아왔으니 이 기회에 공을 크게 세워 한자리를 차지할 요량이었다.

구염은 목영에게 고개를 돌렸다.

어찌할까를 물은 것이다.

목영이 고개를 끄덕이자 그는 딱표에게 말했다.

"잘만 해주면 그동안의 일은 모두 불문에 붙이고 크게 상을 내릴 터이니 최선을 다하도록 해라."

"예, 채주님!"

그는 함박웃음을 지으며 큰 소리로 대답하고 자신과 함께 물러나 있던 수적들을 독려하여 무하채를 향해 진격하기 시작했다.

무하채가 가까워지자 목영이 양쪽의 두 배에 손짓을 하였다.

이미 약속한 대로 두 배는 선착장 앞의 모퉁이어 선체를 숨겼다. 선착장을 점령한 후 숨어 있던 천여 명의 대원들이 일시에 채로 쳐들어갈 작정인 것이다.

곧 빼앗은 무하채의 순찰선을 타고 목영과 대원들이 선착장에 도착하였다.

"어이, 오늘은 늦었구면."

선착장에 있던 한 사내가 슬금슬금 다가와 배 위에서 던진 밧줄을 기둥에 묶으며 말했다.

"오늘은 좀 멀리까지 갔다 오느라 늦었네그려."

딱표가 뱃전에서 사방을 살피며 소리쳤다.

평소와 다름이 없었지만 괜스레 마음이 불안한 까닭이었다.

바로 그때 뒤쪽에서 하늘로 불꽃이 솟아올랐다.

슈우웅— 팡!

아마 강물로 뛰어든 놈들 중에서 신호탄을 가진 자가 있었던 모양이다.

어쨌든 기습을 감행하려던 목영의 의도는 보기 좋게 어긋났다.

밧줄을 묶던 사내가 벌떡 일어났고 그의 뒤에서 질풍대의 이조장이 선착장으로 뛰어왔다.

"일조장은 어디 있느냐? 박승! 박 조장!"

“그, 그는…….”

딱표는 이조장의 물음에 대답하지 못하고 우물쭈물하다가 도움을 청하듯 뒤를 돌아보았다.

“흥, 네놈들이 배신을 했구나!”

그런 와중에 뒤쪽에서 다시 두 척의 배가 나타났다.

바로 숨어 있던 장강수룡대의 전투선이었다.

솟아오른 불꽃을 보고 뭔가 잘못되었다는 것을 직감한 구 당주가 선착장으로 배를 몰아온 것이다.

“엇, 다른 놈들도 있었구나. 모두 후퇴하라!”

그는 이곳에서 막기에는 적의 숫자가 너무 많다는 판단에 지체없이 몸을 뒤로 튕겼다. 그를 따라 질풍이대의 이십여 명의 사내들이 채로 향하는 비탈길을 오르기 시작했다.

다시 그 뒤로 무하채의 수적들이 뒤를 따랐다.

“놈들을 잡아라!”

목영은 선실에서 올라와 발을 동동 굴렀다.

그러나 그들은 벌써 저 멀리로 달아나고 있었다.

목영은 훌쩍 선착장으로 뛰어내려 앞으로 달려갔다.

“어서! 어서 서둘러라!”

태지당주 진곤의 재촉에 몇 명의 태지당원들이 아래로 뛰어내려 목영을 뒤따랐다.

“멈춰라!”

목영은 달려가는 기세를 실어 비도를 뿌렸다.

“으악!”

맨 뒤의 두 사내가 비도에 맞아 아래로 굴렀다.

그러나 앞선 사내들은 뒤도 돌아보지 않고 모퉁이를 돌아 사라졌다.

“이런, 제기랄!”

목영은 투덜거리며 뒤를 돌아보았다.

겨우 십여 명이 뒤를 따르고 있었고 함께 온 대원들은 그제야 부랴부랴 배에서 내려오고 있었다.

“잠시 기다린다.”

이젠 어쩔 수 없었다.

십여 명이 달려가 보아야 놈들을 다 잡을 수도 없거니와 자칫 포위 공격을 받을 염려도 있었다.

수하들과 함께 일시에 진격하는 수밖에 다른 방법이 없었다.

잠시 후 천여 명의 사내들이 진형을 갖추자 목영은 명령을 내렸다.

“자, 가자! 가서 채를 되찾자!”

“와아!”

함성을 지르며 그들은 비탈길을 달려 올라가기 시작했다.

한데 산의 중턱에 자리잡은 무하채의 대문에 이를 때까지 매복이 있을 법도 하건만 너무나 조용했다.

사방을 둘러보아도 고요함만 가득할 뿐이었다.

목영의 뒤를 따르는 대원들마저 저도 모르게 입을 다물고 말았다.

아무런 반응이 없는데 자신들만 미친놈처럼 소리를 지를 수는 없지 않은가.

‘뭔가 이상한데?’

목영은 고개를 갸웃거리며 한쪽 문을 밀어보았다.

삐이익—

문은 힘없이 열렸다.

열려진 문틈으로 넓은 마당이 보였다.

물론 그 마당은 텅 비어 있었다.

목영은 조심스럽게 안으로 들어갔다. 좌우를 살피며 목영은 멀리 보이는 전각으로 조심조심 다가갔다.

바로 채주가 머물던 무하각이었다.

안으로 들어가 보았지만 개미새끼 한 마리 보이지 않았다.

"이게 어찌 된 일일까요?"

뒤따라온 구염이 속삭이듯 물었다.

"으하하하! 어찌 되긴 뭐가 어찌 되었단 말이오! 우리의 기세에 놈들이 겁을 먹고 모두 달아난 것이지요!"

목영은 커다란 소리로 웃으며 호기롭게 말했다.

그러나 그 말이 끝나기가 무섭게 쾅 소리가 울리더니 수많은 사람들의 비명이 들려왔다.

"뭐, 뭐냐?"

목영은 쏜살같이 밖으로 뛰어나왔다.

마당을 가득 채운 수하들.

목영을 따라 별 의심 없이 모두 안으로 들어온 것이다.

한데 뒤의 대문이 쾅 소리와 함께 닫히며 마당을 둘러싼 목책 뒤에서 화살이 하늘을 가득 메우며 날아들었다.

"으악!"

순식간에 마당 안은 아비규환 속에 빠지고 말았다.

화살을 피하려 이리저리 마구 뛰어다니는 자, 다리에 화살을 맞은 채 엉금엉금 기며 살려달라고 아우성치는 자, 이미 가슴과 배에 화살을 맞고 피를 철철 흘리며 쓰러진 자, 그야말로 지옥이 따로 없었다.

그 와중에 한 사내가 소리쳤다.

"모두 건물 안으로 피해라!"

그러자 마당에서 우왕좌왕하던 사내들이 모두 무하각을 향해 뛰었다.

"아, 안 돼!"

목영은 두 손을 들어 올려 밀려드는 사내들을 필사적으로 막으려 하였다.

좁은 무하각에 모두 들어올 수도 없을뿐더러 안으로 숨었다 해도 밖에서 불이라도 지른다면 모두 독 안에 든 쥐 신세가 아닌가?

그러나 그 사이에도 화살은 계속 날아들었고 살길은 오직 무하각 안으로 들어가는 길뿐이라는 듯 사내들은 서로 밀치며 꾸역꾸역 안으로 밀려들었다.

우지끈!

결국 밀려드는 사람들의 물결을 이기지 못하고 무하각의 문이 부서져 나갔다.

그리고 사방의 벽이 삐걱거렸다.

잘못하다간 건물이 통째 무너질 것만 같았다.

무하각 안은 정말로 발 디딜 틈 없이 사내들로 가득 찼다. 그런데도 아직 많은 사람들이 밖에 남아 있었고 그들은 안으로 들어오기 위해 사력을 다하고 있었다.

슈우욱— 파악!

그때 예상대로 불화살이 무하각을 향해 날았다.

"앗! 뜨거!"

"으악!"

사방의 벽이 순식간에 불길에 휩싸였다. 그리고 잠시 후엔 천장까지 불길에 휩싸였다.

"콜록콜록!"

매캐한 연기가 무하각 안에 가득 찼다.

빼곡히 밀려든 사내들은 쉽게 무하각을 빠져나가지 못하고 시커먼 연기에 숨이 막혀 하나둘 쓰러져 갔다.

밖에 있던 사내들은 무하각이 불타오르자 사방으로 흩어져 달아나기 시작했다.

“놈들을 잡아라!”

“와아!”

그러자 목책을 넘어 무하채의 무리들이 함성을 지르며 도를 치켜들고 달려왔다.

“으악!”

이미 진형이 흐트러진 수룡대의 대원들은 속수무책으로 당할 수밖에 없었다.

건천당과 태지당의 대원들이 발군의 실력을 보이며 포위망을 좁히는 수적들을 막았지만 그들도 곧 이백여 명의 질풍대와 흑살대가 수적들과 함께 달려들자 슬슬 밀리기 시작했다.

쾅!

“이놈들!”

화가 머리끝까지 치솟은 목영이 무하각의 지붕을 뚫고 날아올랐다.

이어 마당으로 내려선 목영은 사방으로 검을 휘둘렀다. 쉴 새 없이 밀려드는 도를 맞아 그저 막고 찌르고 베고 쳐내었다.

유운검의 묘리를 따질 때가 아니었다.

순식간에 십여 명의 베어냈지만 천여 명이 어우러진 전투였다. 목영의 활약은 한계가 있을 수밖에 없었다. 그 순간에도 여기저기에서 수하들은 팔다리가 잘려 쓰러지고 있었다.

“자, 장군! 퇴각해야 합니다. 이러다간 몰살을 당합니다!”

건천당주 조지명이었다.

몇 명의 수적들을 베어내고 목영의 곁으로 다가온 그는 정신없이 검을 휘두르고 있는 목영을 향해 절규했다.

퍼뜩 정신을 차린 목영은 사방을 둘러보았다.

'이럴 수가……!'

너무나 끔찍한 광경이었다.

별 생각 없이 한 발 두 발 놈들이 파놓은 함정에 빠져 결국 수하들만 잔뜩 잃고 만 것이다.

"으아아……! 모두 퇴각하라!"

그는 하늘을 향해 울분을 토해내고는 어쩔 수 없이 퇴각 명령을 내렸다.

그렇지만 그마저도 쉬운 게 아니었다.

무하채의 수적들이 악착같이 달려드니 그 누구도 쉽게 몸을 뺄 수 있는 상황이 아니었다.

목영은 다시 달려드는 세 사내를 밀어내고 펄쩍 뛰어 무하채의 대문을 향해 몸을 날렸다. 일단은 길을 여는 것이 급선무였기 때문이다.

"비켜라, 이놈들!"

목영의 손에서 문을 막고 있던 십여 명의 수적들을 향해 비도가 날았다.

"으악!"

네 명의 수적이 비도에 맞아 쓰러지고 나머지 수적들은 바닥을 굴러 피했다.

목영은 다시 십여 자루의 비도를 날리고 이어 쇠구슬을 튕겨 문 앞에 공간을 만들었다.

"건천당은 길을 열고 태지당은 뒤를 막아라!"

그는 다시 문으로 다가오는 수적들을 막으며 소리쳤다.

조지명과 진곤을 비롯하여 몇몇의 대원들이 문 쪽으로 모여들었다.

이제 문을 등지고 작은 진형이 형성되었다.

목영은 한 걸음 뒤로 물러나 밀리는 쪽으로 간간이 비도를 던지며 대형을 유지하려 애썼다.

다행히 건천당과 태지당의 대원들이 속속 합류하며 문 앞의 진형이 점점 커졌다. 그리고 몇몇의 몽혼귀도대원도 진형의 안쪽으로 들어와 비도를 던지기 시작했다.

"조 당주는 어서 대원들을 이끌고 밖으로 탈출하라!"

목영의 외침에 태지당의 대원들이 양쪽으로 갈라지며 길을 열었고 건천당이 앞장서 뒤쪽의 문을 통해 무하채를 빠져나가기 시작했다.

"앗! 놈들이 달아난다! 막아라!"

"잡아라!"

수적들은 더 더욱 함성을 올리며 몰려들었다.

거기에 맞서 태지당과 몽혼귀도대가 사력을 다해 문을 막아섰다.

물론 수적들이 압도적인 병력으로 밀어붙였지만 앞에서 막고 있는 태지당과 그 뒤에서 비도를 날리는 몽혼귀도대의 조화가 잘 어우러져 실력 이상의 효과를 발휘해 수적(數的)으로 앞서는 무하채의 수적들을 백여 명의 대원들이 잠시 주춤거리게 만들 수 있었다.

"자, 우리도 가자!"

앞선 대원들이 멀리 물러나자 목영은 남은 대원들에게 명령했다.

그의 지시에 따라 먼저 앞에 있던 태지당이 뒤로 달려나가고 몽혼귀도대가 비도를 뿌린 후 그 뒤를 따랐다.

"쫓아라!"

"잡아라!"

그 뒤로 수적들이 대감도를 흔들며 달려나왔다.

이제 믿을 건 두 다리밖에 없었다.

목영과 대원들은 걸음아 나 살려라, 뒤도 돌아보지 않고 선착장을 향해 달렸다.

선착장에 도착해 보니 먼저 온 수룡대의 대원들은 모두 배 위로 오른 상태였다.

"장군, 어서요! 어서!"

구엽이 목영을 향해 손을 흔들며 재촉했다.

남은 대원들이 배 위에서 내려진 밧줄에 매달렸다.

그들이 배로 오르는 동안 수적들이 접근하지 못하도록 수룡대는 활을 쏘기 시작했다.

"으악!"

"이, 이런! 어서 화살을 쏘아라!"

바싹 뒤를 쫓던 수적들은 배 위에서 날아오는 화살에 속수무책이었다.

그들은 오던 것보다도 빠르게 우르르 뒤로 물러났다.

이어 궁수대가 앞으로 나서며 배로 오르는 태지당과 몽혼귀도대를 향해 마주 화살을 쏘아댔다.

"윽!"

몇몇 대원들이 아래에서 날아오는 화살에 맞아 밑으로 떨어졌다.

"서둘러라!"

목영은 배의 옆면을 차고 좌우로 날아다니며 정신없이 화살을 쳐냈다.

그사이 남은 대원들은 무사히 배 위로 올랐다.

마지막으로 목영이 배의 옆면을 차고 날아올라 선상에 내려섰다.

"어서 가자!"

둥둥둥!

북소리가 울리고 노가 일제히 물을 쳐내자 수룡대의 배는 서서히 강 쪽으로 움직이기 시작했다.

그때까지도 궁수대는 수적들을 향해 계속 화살을 쏘아댔다.

선착장이 점점 멀어지자 그제야 그들은 한숨을 돌릴 수 있었다.

"쫓아오는 놈들은 없소?"

무하강을 거의 빠져나온 지점에서 목영은 구염에게 물었다.

"예. 그러나 안심할 순 없습니다. 파양호엔 다섯 개의 채가 있지 않습니까? 벌써 어느 채의 놈들이 출동해서 앞을 막고 있을지 모르는 일입니다."

"별 탈 없이 빠져나가야 할 텐데……. 그래, 피해 상황은 어떻소?"

"이백여 명이나 잃었습니다."

대답하는 구염의 표정이 침통했다.

그때 뒤쪽을 감시하고 있던 진곤이 목영에게 달려왔다.

"자, 장군! 놈들이 따라오고 있습니다!"

"뭣이?"

목영과 구염은 재빨리 선미로 가보았다.

멀리에서 무하강을 내려오고 있는 대여섯 척의 배가 보였다.

"구 당주, 어서 서두릅시다. 여기서 발목이 잡힌다면 다른 채의 수적들까지 모두 몰려들 게요."

'흥, 일을 이 지경으로 만들어놓고 저 죽는 것은 두려운 모양이구나.'

구염은 슬쩍 목영을 흘겨보고 나서 앞쪽으로 달려갔다.

"자, 서둘러라! 힘을 내라!"

그는 아래쪽의 노 젓는 대원들에게 소리를 질렀다.

지금 할 수 있는 일이라고는 그들을 다그치는 길밖에 없지 않은가?

하지만 파양호를 점령하고 있던 흑살대와 질풍대의 반응은 장강수룡대가 생각했던 것보다 훨씬 빨랐다.

서둘러 배를 몰았지만 이미 다섯 척의 배가 길목을 막고 그들을 기다리고 있었다.

분명 신강채의 배였다.

"하하하, 이놈들! 네놈들은 독 안에 든 쥐다! 감히 파양호에 와서 행패를 부리고 살아 돌아갈 줄 알았느냐? 어림없다!"

얼굴이 온통 수염투성이인 한 사내가 그들을 향해 소리쳤다.

그는 신강채를 이끌고 있는 흑살대 일조 조장 주호성(周昊星)이었다.

"이, 이런 제길! 결국 포위되고 말았구나!"

목영은 안타까운 듯 발을 한번 굴렀다.

이제 앞뒤로 포위된 상태에다 적의 배는 세 배가 넘으니 이 일을 어찌해야 한단 말인가?

목영은 눈앞이 캄캄해짐을 느꼈다.

배 위에 있던 모든 대원들도 다가오는 배를 보며 동요하기 시작했다. 노를 젓던 대원들마저 노를 멈춘 채 웅성거렸다. 이제 배는 사람들의 마음을 대변하듯 그저 물길에 출렁거릴 뿐이었다.

그런데 늙은 생강이 맵다고 했던가?

바로 그 위기의 순간에 구염의 호통 소리가 들렸다.

"뭣들 하는 것이냐? 노를 저어라! 궁수대는 활을 준비하라!"

"활을 준비하라!"

그의 말을 받아 진곤이 덩달아 소리쳤다.

우왕좌왕하던 대원들이 저마다 자리를 잡기 위해 이리저리 뛰었다.

곧 난간에 빽빽이 붙어선 그들은 활에 화살을 메긴 채 앞을 주시했다. 그러나 활을 든 그들의 손은 가늘게 떨리고 있었다.

너무 불리한 싸움에 자신이 없는 까닭이었다.

십여 장 안으로 신강채의 배가 접근해 오자 드디어 구염의 명령이 떨어졌다.

"쏴라!"

슈슈슉―

양쪽의 배에서 하늘을 가득 메우며 화살이 날아올랐다.

"으악!"

어느 쪽의 비명인지도 알 수 없었다.

여기저기서 풍덩 소리와 함께 화살에 맞은 사내들이 물 위로 떨어져 내렸다.

"계속 쏴라!"

슈슈슉—

또 하늘을 가득 메우며 화살이 날았다.

그러나 다섯 척의 배에서 날리는 화살을 세 척이 감당할 수가 없었다.

"으악!"

장강수룡대의 대원들은 속절없이 화살에 맞아 아래로 곤두박질쳤다.

그사이 뒤쪽에서도 무하채의 배가 점점 다가오고 있었다.

'이런 제기랄! 이대로는 모두 물고기 밥이 되겠구나.'

정신없이 검을 휘둘러 화살을 쳐내던 목영은 앞뒤를 번갈아 쳐다보며 열심히 눈알을 굴렸다.

잠시 동안 이쪽저쪽을 바라보던 목영은 어느 한순간 뭔가 길을 찾은 듯 갑판에서 배 아래로 뛰어내렸다. 바로 대원들이 좌우로 도열하여 노를 젓는 배의 맨 아래에 있는 노실(櫓室)이었다.

"장강의 전사들이여! 무엇을 두려워하는가? 너희들의 두 어깨에 이 배의 운명이 달려 있다! 사나이 대장부로 태어나 죽을 때 죽더라도 적의 간담을 서늘하게 해주어야 하지 않겠는가? 자, 가자! 노를 저어라! 이판사판 너 죽고 나 죽자 하는 심정으로 달려든다면 감히 누가 우리 앞을 가로막을 수 있겠느냐! 내가 너희들과 함께하리라! 두려워하지 말라! 자, 다 같이 힘찬 외침과 함께 노를 저어라! 하나, 둘! 하나, 둘! 영차, 영차!"

밖의 동향에 촉각을 곤두세운 채 형식적으로 노를 돌리던 대원들이 일순 눈을 빛냈다.

그들이 누구인가?

바로 이 파양호의 터줏대감이 아닌가?

지금은 집을 뺏기고 떠돌이 생활을 하고 있을망정 자신들이 진정한 이 파양호의 주인이 아닌가? 파양호의 고기밥이 될지라도 누가 진정한 이곳의 주인인지 알려주어야 하지 않겠는가?

"하나, 둘! 하나, 둘! 영차, 영차!"

목영의 구령에 따라 한 명 두 명 소리를 지르며 힘차게 노를 젓기 시작했다.

얼마 안 가 하나로 합쳐진 함성은 배를 울리고 강물을 울렸다.

"하나, 둘! 하나, 둘……!"

노가 힘차게 돌아가고 배는 쑥쑥 앞으로 나아가기 시작했다.

당연히 뒤에 있던 두 척의 배에도 그들의 열기가 그대로 전해졌다.

"가자! 우리도 뒤를 따르자!"

곧 두 척의 배도 빠르게 달려나오기 시작했다.

"엇? 노, 놈들이 배를 부딪쳐 온다! 피해라!"

갑작스레 달려드는 배를 보고 혼비백산한 신강채의 배는 얼른 배의 앞머리를 옆으로 돌렸다.

우지끈!

그러나 물 위에서 움직이는 배가 그렇게 빨리 피할 수는 없는 법. 결국 두 배의 뱃머리가 비껴나며 부딪쳤다.

"어이쿠!"

두 배가 부딪치자 달려가던 수룡대의 배가 훨씬 이득을 보았다.

신강채의 배는 옆으로 뱃머리를 돌리는 중이어서 힘이 옆으로 쏠렸기 때문이다. 그렇다 보니 신강채의 배는 기우뚱거리며 옆으로 튕겨져 나갔고 배 위의 많은 수적들이 선상에 나뒹굴었다.

물론 수룡대의 배에도 충격이 가해졌다.

선상 위의 대원들도 마찬가지로 뒹굴 수밖에 없었다.

쿵!

한쪽 난간에 어깨를 부딪친 구염은 얼굴을 찡그리며 일어섰다.

수룡대의 배는 좌우로 흔들리면서도 노의 힘을 빌려 유유히 신강채의 배 옆을 스쳐 지나 포위망을 빠져나가고 있었다.

'거참, 희한한 노릇이구나.'

그는 고개를 갸웃거리며 아래에서 흔들림없이 주먹을 흔들고 있는 목영을 바라보았다.

처음엔 실실거리는 모양새가 무공만 셌지 어디에도 쓸모없는 놈인 줄 알았는데 어느 순간 대원들을 하나로 만드는 권위를 보여주다니.

'어쩌면 저놈, 아니지, 저 사람으로 인하여 내 소원인 채의 수복을 이룰지도 모르겠구나.'

그는 스스로도 의식하지 못한 채 씨익 웃음을 지었다.

아무튼 수룡대의 배는 여전히 힘차게 움직이는 노 덕택에 앞으로, 앞으로 나아갔고 신강채의 배 위에선 조장 주호성이 고래고래 악을 썼다.

"놈들이 빠져나간다! 막아라!"

그러나 이미 세 척의 수룡대의 배는 포위망을 빠져나와 점점 멀어지고 있었다.

신강채의 배들은 뒤늦게 방향을 돌려보려 안간힘을 썼지만 그 또한 쉬운 일이 아닌 데다 뒤에서 달려오던 무하채의 배와 엉키자 이러지도 저러지도 못하는 애매한 상황만 만들고 말았다.

"이런 젠장!"

멀어지는 수룡대의 배를 보며 주호성이 짜증을 내며 발을 굴렀다.

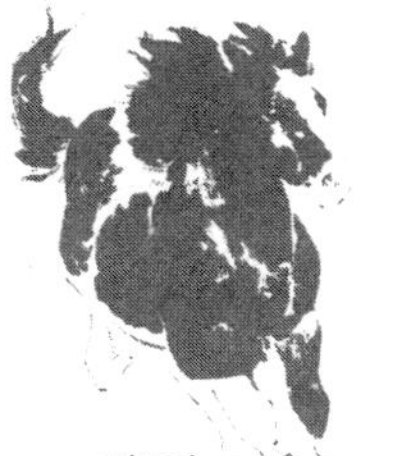

제5장

송 노인

백 리 길을 정신없이 달려 겨우 닻을 내렸다.

대원들의 얼굴엔 안도와 함께 절망감이 짙게 배어 나왔다.

포위망 속에서 무사히 탈출했지만 적의 숫자를 눈으로 확인한 지금 절망에 빠질 수밖에 없었다.

겨우 세 척의 배에 이제 남은 인원이라고는 고작 팔백여 명, 파양호의 다섯 채 중 하나도 제대로 감당하기 어려운 숫자였다.

뭔가 획기적인 돌파구가 필요했다.

'무슨 수가 없을까?'

목영은 이 상황을 타개하기 위해 하루 종일 생각에 빠져 시간을 보냈다. 장강수룡대의 대장군으로서 책임감을 느끼지 않을 수 없었기 때문이다.

그러나 아무리 생각을 해보아도 별 뾰족한 수가 떠오르지 않았다.

'거참, 당주들을 불러볼까? 에구, 아서라, 아서.'

그는 아무래도 파양호 주변의 지형을 잘 아는 당주들을 불러 상의를
해볼까 하다가 곧 스스로 머리를 저었다.

아무리 생각해도 그들에게서 좋은 수가 나올 것 같지 않았다.

그저 목소리만 컸지 눈치도 없고 머리 쓰는 일엔 더 더욱 소질들이 없
었다.

그 순간 퍼뜩 한 사람의 얼굴이 떠올랐다.

'송가라고 했던가?'

바로 왕자를 구출할 때 자신의 의도를 재빨리 눈치채고 대처한 노인으
로 수적 놈들 중에도 쓸 만한 사람이 있긴 있구나 하는 생각에 눈여겨보
았던 자였다.

"밖에 누구 없느냐?"

"예, 찾으셨습니까?"

바로 오늘밤 장군의 선실 앞을 경계하고 있던 건천당의 대원이었다.

"너 당장 가서 송가라는 노인을 데려오너라."

"예?"

그 사내는 뜬금없는 대장군의 명령에 순간적으로 당황하였다.

팔백여 명의 남은 병력 중에 송가라는 노인을 어찌 찾는단 말인가?

"저, 이름이……?"

이름이라도 알아야 찾지 않겠느냐는 말이었다.

그러나 목영도 이름을 모르긴 마찬가지니 그저 소리를 지를 수밖에 없
었다.

"이놈이? 뭘 그렇게 꾸물대느냐? 송 노인을 데려오란 말이다!"

냅다 소리를 지르자 그 대원은 혼비백산하여 일단 달려나갔다.

그저 송가라는 것 하나만으로 사람을 찾아오라니 마음으로야 억울하
였지만 어쩔 것인가? 대장군의 명인 것을.

하나 그는 의외로 쉽게 그 노인을 찾았다.

투덜거리다가 처음 마주친 무하당의 대원에게 송가라는 노인을 아느
냐고 묻자마자 그 무하당의 대원은 대뜸 한 노인에게 그를 데려다주는
것이었다.

아무튼 장군의 불호령을 면하게 되자 그는 안도하며 송 노인을 데리고
목영에게 돌아갔다.

"장군, 송 노인을 데려왔습니다."

"들어오너라."

목영은 들어서는 노인의 얼굴을 빤히 바라보다가 웃음을 지으며 자리
에서 일어섰다. 바로 자신이 생각했던 그 송 노인이었던 까닭이다.

"아, 송 노인. 그간 잘 지내시었소?"

그는 반가운 눈빛으로 인사를 건넸다.

"예."

송 노인은 짧게 대답하고 고개를 숙였다.

"자자, 일단 앉아서 얘기합시다."

목영은 자리를 권하며 먼저 의자에 앉았다.

송 노인이 다시 한 번 고개를 숙이며 자리에 앉자 그는 단도직입적으
로 물었다.

"송 노인, 뭐 좋은 방책이 없겠소?"

물론 송 노인은 대장군이 찾는다는 말을 듣는 순간 왜 자신을 찾는 것
인지 어렴풋이 짐작을 하였다.

이 난국을 타개할 방도를 묻고자 함이 아니겠는가?

순간적으로 단 한 번의 만남이었는데 그것을 기억하고 자신을 찾아주
는 것이 신기하기도 하고 다른 한편으론 고마운 마음이 들기도 하였다.

어찌 됐든 자신을 높이 평가해 준 것이 아니겠는가?

“예, 사실은 저에게 한 가지 방책이 있습니다.”

노인의 말에 목영은 마른침을 꿀떡 삼켰다. 지푸라기라도 잡고 싶은 심정인 것이다.

“어서, 어서 뜸 들이지 말고 말해 보시오.”

그는 상체를 바싹 당기며 말했다.

“장군도 아시다시피 이 파양호엔 장강십팔채 중 다섯 개의 채가 모여 있습니다. 한데 보시는 바와 같이 신강의 위쪽에 낙안강이라는 또 하나 의 강이 있는데 유독 그곳엔 자리잡은 채가 없습니다.”

송 노인은 목영의 앞에 펼쳐진 지도의 한곳을 가리키며 말했다.

“이제 보니 정말 그렇구려. 한데 그 이유가 무엇이오?”

목영은 송 노인의 말에 흥미를 느꼈다.

“그건 다름이 아니오라 수심이 얕아 큰 배들이 지나기가 어려운 까닭입니다.”

‘엥? 수심이 얕아 큰 배가 지나지 못한다고? 아니, 그렇다면 아무짝에 도 쓸모없는 것인데 왜 그런 얘길 하고 지랄이야?’

목영의 표정이 금세 시큰둥해졌다.

하지만 이어지는 송 노인의 말에 목영은 딱 하고 책상을 내려쳤다.

“한데 오월부터 구월 중에는 비만 내리고 나면 하루 이틀 동안은 배가 지나다닐 만큼 수심이 깊어지지요.”

“하하하!”

단번에 그는 송 노인이 하고자 하는 얘기의 의도를 알아채고 너털웃음 을 터뜨렸다. 미리 그곳에 매복을 했다가 비가 온 후 놈들을 그쪽으로 유 인해 쳐부수자는 말이 아닌가?

“송 노인, 정말 묘책이오!”

그는 송 노인을 한껏 치켜세웠다.

“허허허, 감사합니다. 그리고 말이 나온 김에 이것을 한번 보아주시지요.”

송 노인은 자신의 의도를 곧바로 알아채고 호응해 주는 목영에게 호감을 갖게 되자 품속에서 한 장의 종이를 꺼내어 목영에게 건넸다.

“아니, 이건 또 뭐요?”

목영은 그림이 그려진 종이를 들여다보았다.

“대궁기(大弓機)라는 것인데 전에 생각해 둔 것입니다. 수상전에선 꽤 쓸모가 있지 않을까 싶어서…….”

그것은 활 모양의 큰 구조물이었는데 배의 앞에 설치하여 통나무처럼 거대한 화살을 날릴 수 있는 것이었다.

만약 제대로 작동만 한다면 그야말로 배의 옆면을 부술 수 있는 강력한 것이었다. 다만 워낙 무거운 화살을 날려야 하기에 가까운 곳에서만 사용할 수 있다는 단점이 있었다.

“정말 송 노인은 큰 재주를 가지셨구려. 하하하! 이것을 세 척 모두에 설치하도록 합시다. 그건 그렇고 낙안강 작전에 대해 좀 더 구체적으로 얘기를 나누어봅시다.”

그로부터 날이 새도록 두 사람은 은밀한 작전 계획을 짰다.

다음날 송 노인은 장강수룡대의 군사로 임명되었고 그에게 지시를 받은 무하당의 대원들은 새벽을 틈타 소선을 이용해 낙안강으로 떠났다.

그리고 나머지 대원들은 배에 대궁기를 설치하기 시작했다. 그러나 모든 준비가 갖추어졌는데도 비가 오지 않았다.

그 옛날 제갈공명이 비바람을 불렀다는 신통력이라도 있었으면 좋으련만 장강수룡대는 그저 맑은 하늘만 바라보며 빌고 또 비는 수밖에 없었다.

그렇게 십여 일이 지난 어느 날, 드디어 목메게 기다리던 비가 내렸다.

장강수룡대의 대원들은 목영의 명령을 받고 각자 맡은 바 임무를 가지고 빗속을 헤치며 어디론가 떠나갔다. 목영도 건천당과 몽혼귀도대를 이끌고 무하강의 하류에 매복을 하기 위해 길을 떠났다.

다음날 화창하게 날씨가 개자 초저녁부터 파양호 변엔 놀잇배들이 하나둘 등롱을 밝히기 시작했다.

한데 비 갠 후라서일까?

평소보다 많은 배들이 모여들기 시작했다.

하지만 한번 놀잇배에 당한 경험이 있는 흑살대에겐 그것이 예사롭게 보이지 않았다.

습격을 받은 후 도망친 무리들을 찾기 위해 주변의 순찰을 강화했지만 그들의 그림자도 볼 수 없었는데 갑자기 놀잇배가 잔뜩 늘어나니 긴장할 수밖에.

한데 밤이 깊어 자시(밤 11시~새벽 1시) 말이 넘어가는데도 배는 좀처럼 줄지 않고 더욱 늘어만 갔다. 물론 이것은 수룡대가 구강에서 고용한 선착장의 인부들이 가세했기 때문이다.

갑자기 인부를 구한다더니 시키는 일이 고작 밤새 배에 불을 밝히고 술을 먹으라는 것이었다. 주변에 그 소문이 퍼지니 밤이 깊어갈수록 당연히 놀잇배는 늘어만 간 것이다.

"아무래도 수상하다. 지원을 요청해라."

오늘밤 구강 쪽의 순찰을 책임진 신강채의 주호성이 옆의 수하에게 명을 내렸다. 그가 보기엔 영락없이 또 놈들이 수작을 부리는 것으로 보였다.

신호탄이 날아올랐고 잠시 후 다른 쪽을 순찰하던 두 척의 배가 합류했다.

“주 조장, 무슨 일인가?”

다가온 배 중 한쪽에서 흑살대 이조장 한무영(韓茂榮)이 소리쳐 물었다.

“아무래도 저 놀잇배가 심상치 않네. 해산시켜야겠어. 혹시 무슨 일이 생길지 모르니 뒤에서 엄호를 부탁하네.”

“음, 근래 보기 드물게 많긴 많구먼. 알았으니 염려 붙들어 매고 시작하게.”

한무영은 등롱을 밝힌 놀잇배들을 죽 둘러보며 대답했다.

뒤쪽에서 동료의 배들이 자리를 잡자 주호성은 호변 쪽으로 배를 몰아갔다.

“이놈들! 밤이 깊었으니 이제 모두 돌아들 가라!”

그는 큰 배를 이용하여 놀잇배들을 위협하며 소리쳤다.

“어떤 놈이 지랄이야?”

이미 취기가 오른 취객이 고함을 지르며 뱃전에 얼굴을 내밀었다.

한창 분위기가 무르익어 가는데 웬 놈이 자리를 파하라 하니 순간적으로 노기가 치솟아오른 것이다.

“아니, 저놈이? 그만 돌아가라는데 말귀를 못 알아듣는구나? 따끔한 맛을 봐야 정신을 차릴 모양이로다.”

주호성으로선 자신들의 배를 보고도 반항을 하다니 어처구니없는 일이었다.

“얘들아, 몇 척 밀어버려라!”

“예!”

주변에서 위협만 하던 순찰선이 길을 뚫듯 놀잇배들 사이로 돌진했다.

쾅!

“뭐, 뭐냐!”

“으악! 어푸, 어푸!”

부딪친 몇 척의 놀잇배가 부서지며 뒤집혀 안에 있던 사람들이 물속으로 풍덩 빠지고 말았다.

“야, 이놈들이 사람 죽인다!”

주변의 놀잇배에 있던 사람들이 무슨 일인가 하고 배 밖으로 고개를 내밀어 보고는 거대한 배가 놀잇배 사이를 가르며 지나가자 악을 썼다.

몇몇 사람들은 빠진 사람들을 건져 올리려 정신없이 우왕좌왕하였다.

“그러게 좋게 말할 때 물러가라 하지 않더냐? 빨리빨리 돌아들 가라. 아니면 모두 고기밥을 만들어줄 테다. 하하하!”

주호성은 놀잇배들 사이에 배를 세운 채 다시 한 번 소리쳤다.

한데 그때 강가의 어둠 속에서 검은 수피를 입은 일단의 무리들이 미끄러지듯 물속으로 스며들어 주호성의 순찰선으로 다가가기 시작했다. 그들의 움직임을 전혀 눈치채지 못한 주호성은 놀잇배들이 어느 정도 물러나자 닻을 걸어 올리고 그 자리를 떠나려 하였다.

그때 그 수피인들이 물 위로 솟구치며 갈고리를 배의 난간을 향해 집어 던졌다.

덜컥!

“뭐, 뭐냐?”

깜짝 놀란 한 수적이 소리쳤다.

그러나 대답 대신 날아드는 것은 한 자루의 검이었다.

“으악!”

가슴을 관통당한 그 사내는 비명을 지르며 뒤로 쓰러졌다.

“앗, 적이다!”

옆에 있던 사내가 소리치며 뒷걸음질을 쳤다.

그러나 벌써 십여 명의 수피인들이 배 위로 뛰어들기 시작했고 그 뒤를 이어 번들거리는 수피에 온몸을 감싼 수십 명의 사내들이 계속해서 배 위로 올라왔다.

"웬 놈들이냐?"

뱃전에 있던 주호성이 뒤로 돌아서며 호통을 쳤다.

"네놈들을 모셔갈 저승사자다."

맨 먼저 배 위로 오른 사내, 바로 태지당의 진곤이 검을 좌우로 뿌렸다.

챙챙!

"으악!"

배 위로 오른 수피인들은 잠시의 틈도 줄 수 없다는 듯 당황한 수적들을 향해 달려들었다.

"당황하지 마라! 침착하게 대항해라!"

주호성은 수하들을 한번 격려하고 협봉검을 빼 들었다.

그 순간 마주 서 있던 진곤이 먼저 바닥을 박차그 달려들었다.

"홍, 어딜!"

그는 좌로 물러나 내려오는 검을 피하며 재빨리 옆구리를 향해 검을 찔러 넣었다.

"헛!"

우습게 생각하고 달려들었던 진곤은 혼비백산하여 우측으로 몸을 돌렸다.

그러나 승기를 잡은 주호성이 쉽게 그를 놓아줄 리가 없었다. 주호성은 거리를 바싹 좁히며 집요하게 그를 몰아붙였다. 그가 앞으로 나서는 만큼 계속해서 진곤은 뒤로 밀렸다.

결국 그는 배의 난간까지 밀리고 말았다. 이제 더 이상 물러날 곳이 없었다.

다시 주호성의 협봉검이 진곤의 가슴을 노리고 달려들었다.

"이얏!"

절체절명의 순간, 진곤은 기합성을 내지르며 오히려 앞으로 달려들었다.

이대로 허무하게 물러날 수는 없었다. 살을 내어주고 뼈를 깎을 생각이었다.

"헉!"

화끈한 통증이 어깨를 파고들었다.

협봉검에 결국 어깨를 찔리고 만 것이다.

그러나 그가 앞으로 달려듦으로 해서 주호성이 협봉검을 빼내는 것을 잠시 동안 지체시킬 수 있었다.

그 틈을 놓치지 않고 진곤은 힘껏 검을 휘둘렀다.

"으악!"

비명과 함께 주호성이 바닥으로 쓰러졌다.

"다, 당주님! 괜찮으세요?"

왼쪽 어깨가 피투성이가 된 진곤을 향해 태지당의 한 대원이 깜짝 놀라 달려왔다.

"괘, 괜찮다! 으윽!"

진곤은 다가온 수하에게 고개를 끄덕인 후 어깨에 박힌 검을 뽑아내었다.

지혈을 시키며 선상을 둘러보니 이제 거의 승기를 잡아 여기저기에서 수적들을 몰아붙이고 있었다.

곧 모두 정리가 될 듯싶었다.

이대로라면 다행히 첫 번째 임무는 완수를 할 수 있으리라. 그러나 이제 곧 사활을 건 대전투가 기다리고 있었다.

한편 뒤쪽에서 엄호를 하고 있던 두 배의 수적들은 갑자기 주호성의 배가 공격을 받자 깜짝 놀랐다.

"적이다!"

"빨리 배를 가까이 대라!"

검은 그림자들이 선상으로 뛰어들어 난전이 벌어지자 멀리서 활을 쏠 수도 없었다.

서둘러 다가가 접근전을 벌여야만 하는 것이다.

한데 막 노를 저어 다가가려 하는 순간에 또 다른 배 두 척이 맹렬한 속도로 다가왔다.

아마 어둠을 이용해 호변 쪽에 매복을 했던 모양이었다.

"앗, 뒤에도 적이다! 활, 활을 준비하라!"

부랴부랴 궁수들이 난간으로 붙어 화살을 메겼다.

슈슉!

그러나 이미 준비를 갖추고 기습을 감행한 쪽이 한발 빨랐다.

허공을 가득 메우며 화살이 시위를 떠났다.

"으악!"

활을 쏠 준비를 하던 궁수들이 화살에 맞아 엉뚱한 곳으로 화살을 날리며 쓰러졌다.

거리가 좁혀지자 뱃전에서 대감도를 흔들던 한 사내가 소리쳤다.

"대궁기를 쏘아라!"

바로 감당의 당주가 된 방연이었다.

맹렬하게 달려들며 대궁기를 발사하자 어른 팔뚝 굵기만한 화살이 앞으로 쏘아져 나갔다. 그것은 차라리 화살이라기보다는 앞쪽만 뾰족하게 깎아놓은 통나무라 하는 것이 맞을 것 같은 거대한 화살이었다.

쾅!

대궁기의 화살이 배의 옆면을 강타했다.

나무 파편들이 비상하며 배가 좌우로 심하게 출렁거렸다.

물론 화살에 맞은 옆면엔 커다란 구멍이 뻥 뚫렸다.

이제 그곳으로 물이 쏟아져 들기 시작했다. 그리고 또다시 허공을 가득 메우며 화살이 날아들었다.

"으악!"

배는 기울어져 가고 날아오는 화살에 수하들이 쓰러져 가자 흑살대 이 조장 한무영은 고래고래 소리를 질렀다.

"활을 쏘아라! 활을!"

그러나 날아가는 화살은 얼마 되지 않았다.

상황은 절망적이었고 그것은 함께 온 동료의 배도 마찬가지였다.

"보기 좋게 당했구나."

그는 난간에 기대어 몸을 숨긴 채 슬쩍 고개를 들어 둘러보다가 품속에서 빨간색 신호탄을 꺼내 들었다. 너무 순식간에 당해 지원군이 올 때까지 버틸 수 있을지 의문스러웠다.

아무튼 하는 데까지는 해보아야 하리라.

펑!

밤하늘을 빨갛게 물들이며 신호탄이 터졌다.

그러나 그것은 장강수룡대도 기다리던 바였다.

"하하하! 결국 놈들이 예상대로 신호탄을 쏘아 올렸구나. 이제 끝장을 내자. 돌진하라!"

"와아!"

방연의 명령에 대원들이 함성을 지르며 배를 돌진시켰다.

쾅!

다시 한 번 대궁기가 발사됐고 흑살대의 배들은 또다시 옆구리가 부서져 나갔다.

이어 수룡대의 배는 그곳을 향해 맹렬히 달려들었다.

콰광!

이번엔 배와 배의 충돌이었다.

부서진 옆구리를 향해 수룡대가 뾰족한 뱃전으로 들이받은 것이다.

그러자 대궁기에 이미 타격을 입은 흑살대의 배는 더 이상 견디지 못하고 우지끈 한쪽이 거의 부서져 나갔다.

그러면서 두 척의 배는 얽혀들었다.

"이, 이놈들!"

뒤로 나뒹굴었던 한무영이 벌떡 일어나 바닥을 박차고 몸을 날렸다.

"하하, 이런 바보 같은 놈!"

방연이 호탕한 웃음으로 그를 맞았다.

한무영을 따라 수룡대의 배로 뛰어든 수적은 고작 삼십여 명뿐이었다. 수룡대의 수백 명을 당해낼 수가 없었다.

한무영 혼자 좌충우돌하며 눈부신 활약을 하였지만 그 혼자서는 상황을 반전시킬 수 없었다.

결국 수십 명에게 둘러싸여 공격을 받자 그는 할 수 없이 몸을 돌려 탈출하려 하였다. 그러나 포위망을 겨우 뚫고 막 물로 뛰어들려던 그는 날아온 화살에 가슴을 관통당한 채 허무하게 물 위로 떨어지고 말았다.

"서둘러라!"

무하채의 선착장에서 다섯 척의 배가 출발했다.

신호탄을 보고 부랴부랴 구강의 호변으로 지원을 가는 배였다. 이 배들은 흑살대의 대주 허석민이 직접 이끄는 무하채의 주력이었다.

그들이 무하강을 빠져나와 구강 쪽을 향해 속력을 올리자 곧 요강과 감강에서 출발한 여섯 척의 배들이 합류했다. 그들은 만약을 대비해 삼각진을 형성한 채 빠르게 물살을 가르고 진격해 갔다.

한데 무하강의 양쪽 숲에서 일단의 사내들이 배가 멀어지자 하나둘 몸을 일으켰다.

"자, 가자!"

바로 건천당과 몽혼귀도대를 이끌고 숨어 있던 목영이었다.

그들은 놈들이 분명 지원을 요청할 것으로 예측하고 많은 병력이 빠져나간 무하채를 급습하기로 한 것이다.

목영이 선두에서 발을 튕기자 이어 건천당의 조지명과 대원들이 뒤를 따르기 시작했다.

그들은 강변을 따라 빠르게 달렸다.

선착장에 다다르자 이십여 명의 사내들이 경비를 서고 있는 것이 보였다.

목영은 건천당의 당주 조지명에게 손짓으로 신호를 한 다음 몽혼귀도대를 이끌고 주위의 숲을 이용해 빙 돌아서 뒤로 돌아갔다.

먼젓번에 놈들을 놓쳐 낭패를 본 적이 있기 때문에 먼저 퇴로를 차단한 것이다.

"가자."

진형이 갖추어지자 목영은 지체없이 발을 튕겨 앞으로 뛰어나갔다.

"차앗!"

서너 발자국을 뛴 다음 그대로 허공으로 도약하며 비도를 뿌렸다.

뒤를 이어 좌우로 넓게 퍼져 귀도대가 비도를 뿌렸다.

순식간에 허공을 가득 메우며 비도가 날았다.

"으악!"

"저, 적이다!"

십여 명이 비명과 함께 바닥을 뒹굴었다.

그제야 기습을 알아챈 수적들이 부산하게 검을 뽑으며 소리쳤다.

그러나 이번엔 뒤에서 수십 명의 사내들이 달려들었다. 바로 건천당의 대원들이었다.

"커억!"

본채에 신호탄을 쏠 새도 없이 수적들은 순식간에 전멸을 하고 말았다.

"바로 본채로 간다. 서둘러라."

"예, 장군."

이번엔 조지명이 앞장을 섰다.

그 뒤로 건천당의 대원들이 숨을 죽인 채 뒤를 따랐다.

"우리도 가자."

맨 뒤로 목영과 몽혼귀도대가 무하채를 향해 산길을 오르기 시작했다.

앞선 조지명은 길가 나무를 이용해 몸을 숨기며 산길을 오르다가 무하채의 전각들이 보이기 시작하자 풀숲에 납작 엎드렸다.

그대로 몸을 웅크리고 잠시 숨을 죽인 채 앞쪽을 살피던 그는 아무런 이상이 없자 조금씩 다시 앞으로 나아가기 시작했다. 대문이 가까워지자 그는 이미 명령을 받은 대로 옆쪽의 목책을 돌아 채의 뒤쪽으로 돌아갔다.

주위에 아무런 기척이 느껴지지 않는 것이 여기까지는 의도대로 발각당하지 않고 잠입하는 데 성공한 모양이었다.

그는 목책 위로 빼꼼히 얼굴을 내밀어 안쪽을 살펴보았다.

예상대로 여기저기 타오르는 횃불 가에 여러 명의 수적들이 모여 서서 사방을 경계하고 있었다.

"모두 준비해라."

그는 속삭이듯 옆의 수하에게 말했다.

옆에 있던 수하는 활에 화살을 걸며 조 당주의 명령을 다시 옆으로 전달했다.

순식간에 목책에 일렬로 붙어선 건천당의 대원들이 활에 화살을 메겼다.

"쏴라!"

모두 준비가 갖추어지자 조지명은 목책 위로 올라서며 소리를 질렀다.

슈슈슉—

"앗, 적이다!"

"으악!"

갑작스레 어둠 속에서 화살이 날아들자 불가에 늘어서 있던 수적들은 소리를 지르며 사방으로 흩어졌다.

"뭐, 뭐냐?"

"누구냐?"

그 소리에 사방의 건물에서 수적들이 고함을 지르며 쏟아져 나왔다. 그러나 준비없이 달랑 도 한 자루를 들고 나서던 그들은 오히려 좋은 표적이 되고 말았다.

슈슈슉!

"으악!"

막 마당으로 뛰어나오다가 화살에 맞아 바닥에 널브러지는 수적들이 부지기수였다.

"피해라!"

"몸을 숨겨라!"

속수무책으로 당하던 수적들은 화살을 피하기 위해 급히 건물 뒤로 몸을 숨겼다.

아예 건물에서 나오다가 도로 안으로 들어가는 사내들도 많았다.

그러자 조 당주가 다시 명을 내렸다.

"불화살을 쏘아라!"

슈슈슉—

파박!

건천당의 대원들이 날린 불화살이 건물의 벽면에 박혀들었다.

순식간에 장내가 대낮처럼 훤히 밝아지며 건물들이 불타오르기 시작했다.

"앗, 뜨거!"

건물 뒤로 몸을 숨겼던 수적들이 열기를 이기지 못하고 뒤로 물러섰다.

콰광!

그 순간 한 전각의 문을 부수며 일단의 무리가 장내에 나타났다.

"웬 놈들이 소란이냐?"

맨 앞에 선 사내가 검으로 날아오는 화살을 쳐내며 목책 너머를 향해 소리쳤다.

바로 총채주 조민영이 파양호를 맡긴 질풍대의 대주 구달성이었다.

그 좌우로 십여 명의 사내들이 그를 보호하며 화살을 막았다.

"저놈이 대장인 모양이다! 모두 저놈을 노려라!"

조 당주는 호위까지 달고 나타난 구달성이 대장이라 확신했다.

슈슈슉!

이제 모든 화살이 그들을 향했다. 그러나 화살은 그들의 검막을 뚫지 못했다.

“뭣들 하느냐? 어서 방패를 물에 적셔와라!”

쉴 새 없이 검을 휘두르며 한 사내가 외쳤다.

“방패, 방패를 가져와라!”

그 말을 수적들이 따라 외치며 우르르 사방으로 달려갔다.

건물 안으로 숨었던 수적들도 열기에 더 이상 견디지 못하고 뛰어나와 방패를 찾아 이리저리 뛰었다.

잠시 후 수백 명의 수적들이 방패를 들고 뛰어왔다.

방패를 찾지 못한 자들은 어디서 구했는지 나무판자를 들고 뛰었다. 아마 급한 대로 벽이나 문짝을 떼어온 모양이었다.

곧 구 대주의 주위로 방패막이 형성됐고 이제 화살은 더 이상 위협이 되지 못했다. 물이 줄줄 흐르는 방패는 잠시 동안 불화살을 막기에 안성맞춤이었던 것이다.

얼마 안 가 건천당이 준비해 온 화살도 모두 떨어졌다. 이젠 접근전을 펼칠 수밖에 없었다.

“모두 쳐라!”

“와아!”

조 당주의 명령에 대원들이 함성과 함께 목책을 뛰어넘었다.

“흥, 이 순간을 기다리고 있었다. 놈들에게 뜨거운 맛을 보여줘라!”

“본때를 보여주자!”

“모두 죽여라!”

수적들은 제각각 소리를 지르며 방패를 집어 던졌다.

“이놈들, 여기도 있다!”

슈슈슉—

수적들이 도를 빼 들고 막 달려나가려는 순간, 갑자기 뒤쪽에서 한 소리 호통과 함께 수십 자루의 비도가 날아들었다.

"으악!"

화살을 막기에 급급하던 수적들은 목영이 몽혼귀도대와 함께 가까이 다가온 것을 전혀 눈치채지 못하고 눈 깜짝할 사이에 비도를 맞고 쓰러졌다.

슈슈슉—

"으악!"

비도는 틈을 주지 않고 계속해서 그들을 압박했다.

"흐, 흩어져라!"

모여 있는 자신들의 대형이 비도의 좋은 표적이 되자 구 대주는 수하들을 산개시켰다. 그러나 그렇게 되자 오히려 똘똘 뭉쳐 중앙을 파고드는 건천당의 대원들이 힘을 발휘할 수 있게 되었다.

챙챙!

"으악!"

그렇다 보니 흩어진 수적들은 많은 인원에도 불구하고 각개격파를 당할 수밖에 없었다.

"이놈들이!"

화가 머리끝까지 치솟은 구 대주는 검을 휘두르거 달려오는 건천당의 앞을 막아섰다.

챙챙!

"으악!"

구 대주의 검이 앞에서, 그리고 좌우에서 달려드는 검을 밀어내고 호선을 그렸다. 건천당의 세 대원이 그의 일검에 바닥을 굴렀다.

그의 활약에 힘을 얻었음인가?

질풍대의 대원들이 그의 주위로 다시 모여들었다. 그리고 수적들도 원진을 형성하듯 둥글게 모여들었다.

이렇게 되자 앞쪽의 건천당은 손쉽게 막아낼 수 있게 되었다.

하지만 뒤쪽에서는 끊임없는 비명이 이어졌다.

몽혼귀도대가 두 손이 보이지 않을 정도로 움직이며 허공에 비도를 뿌렸고 그 비도들은 목영의 외기를 타고 수적에게 날아들었기 때문이다.

순식간에 수십 명의 수적들이 바닥을 뒹굴었다.

"뒤쪽을 막아라!"

이제 앞쪽이 어느 정도 안정이 되었다고 생각되자 구 대주는 뒤쪽으로 몸을 튕겼다. 그를 따라 주위에 있던 호위대가 함께 뒤로 몸을 뺐다.

챙챙!

그들은 몽혼귀도대를 막아서며 또다시 검막을 펼쳤다. 비도들이 검에 부딪쳐 이리저리 튕겨져 나갔다.

"흥, 제법 하는구나."

목영은 그 모습을 보고 코웃음을 흘리며 소도를 빼 들었다. 지금까지 몽혼귀도대가 날린 비도만 조종하며 뒤쪽에 서 있던 그는 이번엔 앞으로 뛰어나오며 직접 비도를 날렸다.

쐐애액!

소리부터가 달랐다.

호위대의 검을 밀어내기 위해 힘을 다해 날린 비도는 몽혼귀도대가 날린 비도와는 그 속도와 위력이 달랐다.

땅!

"헉!"

검을 둥글게 돌리며 검막을 치던 한 질풍대원이 목영의 비도와 부딪치자 헛바람을 삼키며 휘청거렸다.

그가 잠시 주춤한 사이 비도들이 집중적으로 그를 노렸다.

"으악!"

그는 결국 비도에 맞아 비명과 함께 쓰러졌다.

"이보게, 소, 소명(小鳴)이?"

옆에 있던 동료가 놀라 소리쳤다.

그러나 그는 재빨리 정신을 차리고 쓰러진 동료의 자리를 메웠다.

거기다 뒤쪽에 처져 있던 질풍대의 대원 중 몇몇이 합류하여 진형을 유지했다.

휘청거리던 방어막이 다시 탄탄해졌다.

'흥, 어디 얼마나 견디는지 보자.'

목영은 그들의 빠른 대응에 오기가 생겼다.

이번엔 두 자루의 비도를 날렸다.

땅땅!

"어억!"

두 사내가 휘청거리며 뒤로 물러섰다.

이어 몽혼귀도대의 비도가 그 두 사람을 향해 달려들었다.

그러나 이미 한번 당해본 수법이었다. 재빨리 대응한 질풍대원들이 두 사람의 앞을 막아서며 그들의 자리를 훌륭하게 메운 것이다.

차자장!

몽혼귀도대의 비도는 그들의 검막에 맞아 사방으로 튕겨졌다.

'허참, 그놈들 제법이네.'

목영은 자신이 의도한 공격을 잘 막아내는 그들이 대견하다는 듯 입가에 슬쩍 미소를 지었다. 물론 그가 그만큼 여유를 가질 수 있는 것은 마지막 믿는 구석이 있기 때문이었다.

바로 몽혼분.

그는 품속에서 몽혼분을 담아놓은 작은 주머니를 꺼내 들었다.

"차앗!"

그는 제자리에서 펄쩍 뛰어오르며 한 손의 비도를 뿌리고 곧 뒤를 이어 다른 한 손의 주머니를 그들의 머리 위로 던졌다.

따당!

두 사람의 대원이 그의 비도를 쳐내며 뒤로 밀렸다.

그리고 다시 다른 대원들이 그 자리를 메웠다. 그 순간 몽혼귀도대의 비도가 날아들어 주머니를 터뜨렸다.

파악!

"엇!"

하얗게 쏟아지는 가루에 그들은 깜짝 놀라 마구 검을 휘두르며 두어 걸음 뒤로 물러섰다. 그런데 잠시 후, 갑자기 눈앞이 흐릿해지며 사물이 두 개, 세 개로 흔들리는 것이 아닌가?

"이, 이게 뭐냐?"

그들은 머리를 세차게 흔들고 눈을 질끈 감았다 뜨며 정신을 차리려 애썼다. 그러나 그렇게 버틸 수 있는 것도 잠시였다. 증상이 점점 심해지더니 이젠 눈앞이 몽롱해지고 몸의 반응이 느려졌다.

"으악!"

결국 그들은 날아드는 비도를 더 이상 쳐내지 못하고 몸 여기저기 비도에 맞아 바닥으로 쓰러져 버렸다.

"네 이놈! 무슨 사술을 부린 게냐?"

질풍대주 구달성이 호통을 내지르며 목영에게 달려들었다.

그러나 그의 걸음걸이도 많이 흔들리고 있었다. 이미 약효가 번지고 있다는 증거였다.

"하하, 바보 같은 놈! 목숨을 걸고 싸우는 마당에 무슨 사술 운운한단 말이냐? 이기는 것이 정당한 거지."

목영은 호기로운 웃음을 흘리며 손을 쭉 뻗어내었다.

팡!

"으악!"

부드러운 바람, 목영의 십단금이 그의 가슴을 때리자 그는 결국 구석으로 날아가 처박히고 말았다.

한편 구강 앞에서 벌어진 수상전은 거의 마무리가 되어가고 있었다.

태지당에게 거의 점령당한 신강채의 배는 주호성이 죽자 지휘 체계를 잃고 우왕좌왕하며 전멸 상태에 있었고 대궁기에 강타당하여 반파되다시피 한 다른 두 순찰선은 시간이 흐를수록 점점 물속으로 빠져들고 있었다.

남은 몇몇의 수적들이 장강수룡대의 배로 뛰어들었지만 그마저도 여의치 않아 마지막 발악에 지나지 않았다. 그렇게 세 척의 배들이 전멸의 위기에 놓여 있는데 멀리서 십여 척의 배들이 맹렬하게 달려왔다.

바로 무하채를 비롯하여 요강채와 수강채에서 출발한 지원 병력들이었다.

팡!

그들이 분명히 올 것을 예상하고 길목에 매복해 두었던 대원들이 신호탄을 쏘아 올렸다.

"다, 당주님! 놈들이 옵니다!"

그 불꽃을 보고 한 대원이 부상당한 진곤에게 말했다.

이미 방 당주를 비롯한 뒤쪽의 두 척의 배도 그 불꽃을 보았을 것이다.

"자, 어서 배를 돌려라!"

진곤은 대원들에게 소리쳤다.

아직 남은 수적들을 몰아붙이고 있는 몇몇 대원을 제외한 다른 대원들이 부산하게 움직이기 시작했다. 배가 움직이기 시작하자 남은 수적들은 더 이상 반항하는 것이 무의미하다고 판단한 듯 모두 물로 뛰어들었다.

이제 서서히 속도를 올리며 배가 구강의 반대편으로 나아가기 시작했다. 방연과 이문박이 이끌고 있는 두 척의 배도 곧 진곤의 배를 따라 방향을 바꿨다.

"서둘러라. 놈들이 도착하기 전에 얼른 배를 숨겨야 한다. 그래야 다시 기습을 가할 수 있을 게 아니냐?"

"예."

이제 세 척의 배는 돛을 모두 올리고 노까지 저어대며 최대한의 속도로 호변을 따라 어둠 속을 내달리기 시작했다. 그들이 막 싸움이 벌어졌던 구강의 호변을 벗어나자마자 곧 십여 척의 배들이 환히 불을 밝힌 채 호변으로 다가왔다.

"여깁니다, 여기!"

물에 빠져 있던 수적들이 손을 저으며 그들에게 신호를 보냈다.

점점 물속에 잠겨들고 있던 두 척의 배에 남아 있던 수적들도 반색을 하며 환호성을 질렀다.

"흥! 보기 좋게 당했구나! 바보 같은 놈들!"

그 모습을 본 흑살대의 대주 허석민이 혀를 찼다.

그러나 어쩌겠는가? 우선 수하들을 구하고 볼 일이었다.

"소선을 내려라!"

더 이상 가까이 다가가기 어려운 데다 물에 빠진 수적들을 구하기 위해선 소선이 낫겠다고 판단한 허석민이 명령했다.

먼저 다섯 척의 배들이 닻을 내리고 멈춰 선 후 소선을 내려 동료들을 구하기 시작했다. 뒤쪽의 반파한 두 척의 배에는 각각 한 척씩의 배들이

다가가 옆구리를 붙이고 부상자를 옮기기 시작했다. 그동안 나머지 네 척의 배는 뒤쪽을 엄호하듯 바깥쪽을 향해 배를 세웠다.

멀리 어둠 속에서 그들의 행동을 바라보던 진곤이 옆의 수하에게 말했다.

"자, 가자. 최대한 조용하게 접근한다."

"예."

한 수하가 배의 뒤쪽으로 달려가 그의 명령을 전달했다.

다시 방향을 돌린 세 척의 배가 서서히 구강 쪽으로 다가가기 시작했다.

"지금부터가 중요하다. 놈들이 유인한다는 것을 눈치채지 못하도록 적당히 대응하며 낙안강까지 가야 한다."

"예."

진곤의 말에 옆에 선 대원이 숨을 크게 쉬었다.

말이야 쉽지만 결국 어느 정도 희생을 감수해야 한다는 말이 아닌가? 그러나 이번 기회가 아니라면 파양호를 점령한다는 것은 요원한 일이리라. 그들은 주먹을 불끈 쥐며 마음을 다잡았다.

이제 양측의 거리가 어느 정도 가까워지자 진곤이 다음 명령을 내렸다.

"전속력으로!"

"돛을 올려라! 전속력으로 돌진한다!"

옆에 있던 태지당의 부당주 성하명이 명을 받아 힘차게 소리쳤다.

"달려라, 달려!"

세 척의 배가 맹렬한 속도로 돌진하기 시작했다.

"앗! 노, 놈들이다!"

"기습이다!"

깊은 밤인 까닭에 뒤늦게 세 척의 배를 알아본 수적들이 깜짝 놀라 소리쳤다.

뒤쪽의 일곱 척은 닻을 내린 채 동료들을 구하고 있기에 아직 싸울 준비가 안 되어 있었다. 어떻게든 경계를 하던 네 척의 배로 다가오는 적을 막아야 하는 것이다.

"앞으로 진격하라!"

질풍대 이조장 호건이 수하들을 독려하며 진격을 명령했다.

질풍대의 배들이 서로의 간격을 충분히 벌리며 전투 대형을 갖추기 시작했다.

이어 궁수들이 뱃전에 넓게 포진했다.

"쏴라!"

서로의 간격이 오십여 장으로 좁혀지자 드디어 화살이 양쪽에서 거의 동시에 날아올랐다.

슈슈슉!

"으악!"

양쪽에서 비명과 함께 쓰러지는 부상자들이 하나둘 나오기 시작했다. 그렇지만 양쪽 배는 계속해서 화살을 쏘아대며 맹렬하게 돌진했다.

초반의 기세 싸움에서 밀린다면 끝장이 아닌가?

"불화살을 쏘아라!"

어느 쪽이 먼저인지도 몰랐다.

서로 간에 한 치의 양보도 없이 이번엔 불화살의 공방이 벌어졌다.

갑판 위에 내리 꽂힌 불화살의 불을 끄기 위해 거적을 들고 대원들이 이리 뛰고 저리 뛰었다.

물론 그러다가 화살에 맞는 사내들도 여럿이었다.

그사이 이제 거리는 십 장 안으로 좁혀졌다.

화살의 공방에서 조금 뒤쪽으로 처져 있던 두 척의 배가 갑자기 앞으로 돌진하기 시작했다.

방연과 이두박이 이끄는 장강수룡대의 배였다.

두 척의 배는 쏜살같이 앞으로 튀어나와 질풍대의 배를 향해 대궁기를 쏘았다.

쾅!

"으악!"

중앙에 있던 두 척의 배가 대궁기에 맞아 뱃전이 크게 부서지며 출렁거렸다. 배 위의 수적들은 그 충격에 사방으로 튕겨져 나가며 비명을 질렀다.

"돌진하라!"

그 사이로 이번에는 진곤의 배가 파고들었다.

우드득!

배와 배가 비껴나며 요란한 소리를 내었다.

두 척의 배 사이를 돌파한 진곤의 배는 뒤에서 등료들을 구하느라 채 준비를 갖추지 못한 수적들의 배를 향해 불화살을 날렸다.

슈우욱!

"으악!"

설마 그렇게 빨리 앞의 네 척이 뚫리랴 하고 안심했던 수적들은 난데없이 날아오는 화살에 우왕좌왕하기 시작했다.

"이런! 뭣들 하느냐? 화살을 쏘아라!"

흑살대의 대주 허석민은 잔뜩 화가 나서 소리쳤다.

그러나 궁수들이 막 채비를 하고 배의 난간으로 붙어 서자 진곤은 배를 몰아 달아나기 시작했다. 그 뒤를 방연과 이두박의 배가 따랐다.

"이놈들, 게 섯지 못하겠느냐?"

허석민은 발을 동동 굴렀다.

그러나 앞선 장강수룡대의 배는 이제 돛까지 높이 올린 채 점점 멀어졌다.

"어, 어서 뒤를 쫓아라!"

허석민의 호통 소리에 수적들은 이리 뛰고 저리 뛰며 닻을 걸어 올리고 노를 저어 장강수룡대의 배를 뒤쫓기 시작했다.

부서진 두 척의 배만이 덩그러니 남아 멀어지는 수룡대의 배와 동료들의 배를 바라보고 있었다.

무하채를 떠난 지원대가 지나간 후 낙안강을 나서는 한 척의 배가 있었다.

바로 무하당의 구염이 매복을 위해 이끌고 온 배였다.

이제 모든 준비를 마치고 백여 명을 남겨둔 채 다음 작전을 위해 무하강으로 가는 길인 것이다.

"서둘러라!"

그들은 파양호로 나오자 속도를 내어 달리기 시작했다.

얼마 지나지 않아 무하채에 도착한 그들은 텅 빈 선착장에 닻을 내리고는 익숙한 산길을 달려 채로 올라갔다.

쾅!

문을 박차며 안으로 들어가자 이미 수적들은 많은 수에도 불구하고 이리저리 쫓기고 있었다.

대장인 구달성이 목영의 십단금에 쓰러진 후 일사불란한 대응이 되지 못했기 때문이다.

거기다가 조금 눈에 띈다 싶으면 여지없이 몽혼귀도대의 비도가 날아들었고 소규모라도 좀 조직적인 대응을 해볼라 치면 목영의 몽혼분이 날아들었다.

그러다 보니 사방을 신경 써야 하는 처지에 빠진 수적들은 그저 건천 당의 검을 막기에 급급하였다.

"내가 바로 이 무하채의 채주인 구염이다! 모두 항복하라! 항복하는 자는 그간의 일을 불문에 붙이고 목숨을 살려주겠다! 그러나 반항하는 자는 누구를 막론하고 이 칼이 용서치 않으리라!"

구염은 장내를 향해 대감도를 흔들며 외쳤다.

반항하는 수적들은 사실 대부분 예전 그의 부하들이었다.

동정호파에 패해 그들에게 충성했지만 일이 이렇게 된 마당에 그들을 위해 목숨을 바칠 수적은 아무도 없었다.

"우리의 채주님이 돌아오셨다! 구 채주님 만세!"

약삭빠른 한 사내가 소리치며 두 손을 번쩍 들어 올리자 다른 수적들 도 덩달아 소리치며 환호성을 질렀다.

"흥, 그렇다면 네놈만 죽여 버리면 되겠구나!"

옛 수하들의 환호성에 한껏 고무되어 싱글벙글 웃음을 짓는 구염을 향 해 몇몇 사내들이 발을 튕겼다.

그들은 바로 동정호파에 소속된 질풍대의 대원들이었다.

"헉!"

순식간에 거리를 좁혀오는 그 사내들의 기세에 감짝 놀란 구염은 자기 도 모르게 몸을 굳혔다.

그러나 그 순간 한 사내가 구염의 앞을 막아서며 비도를 뿌렸다.

"물러서라!"

퍼벅!

"으악!"

달려들던 몇몇의 질풍대원들이 비도에 맞아 땅 위를 굴렀다.

한차례 비도를 뿌린 목영은 이어 앞으로 몸을 날리며 검을 휘둘렀다.

채쟁!

"커억!"

그리고 이어지는 십단금에 그들은 사방으로 날아가 처박히고 말았다.

땅으로 내려선 목영은 더 이상 달려드는 사람이 없자 검을 검집에 넣고는 장내를 둘러보았다.

그와 눈이 마주친 수적들은 주춤거리며 뒷걸음질을 쳤다.

어느 순간 그의 비도가 자신을 향해 날아올지도 모른다는 두려움 때문이었다.

순간적으로 장내에 적막감이 흘렀다.

'바보 같은 놈들!'

목영은 사실 심기가 매우 불편하였다.

자신이 목숨을 걸고 이룩한 공인데 뒤늦게 나타난 구염이 옛 수하들이라는 이유로 환호성을 받으니 화가 날 수밖에.

"여, 여서장군 만세!"

직감적으로 눈치를 챈 것일까?

구염은 두 손을 번쩍 치켜들며 소리 높여 외쳤다.

"여서장군 만세!"

수적들도 그를 따라 두 손을 번쩍 치켜들었다.

저런 고수가 자기들 편이라면 무엇이 두려우랴? 그들은 목청껏 여서장군 만세를 외쳤다.

"구 당주."

"예? 예!"

만세를 부르던 구염은 목영의 부름에 얼른 대답했다.

금세 기분이 좋아진 목영은 한줄기 웃음을 입가에 매달고 구염에게 말했다.

"이제 이곳의 일이 어느 정도 마무리된 듯하니 뒷일을 부탁하오. 나는 낙안강으로 가보아야겠소."

"예. 이곳은 염려 말고 다녀오십시오."

이제 무하채를 완전히 장악했다는 판단이 서자 묵영은 마무리를 구염에게 맡기고 건천당의 대원들과 함께 낙안강으로 출발했다.

슈슈슉―

뒤에서 쫓는 흑살대의 배에서 화살이 날았다.

그러나 화살은 아슬아슬하게 도망치는 장강수룡대의 꽁무니에 미치지 못하고 물 위로 떨어져 내렸다.

"뭣들 하는 게냐? 더 빨리 저어라!"

허석민은 고래고래 소리를 지르며 수하들을 닦달했다.

그럴 수밖에 없는 것이 이대로 놈들을 놓친다면 채로 돌아가 무슨 말을 한단 말인가?

십여 척이나 몰고 나와 고작 세 척의 배를 잡지 못하고 오히려 두 척의 배를 잃고 말았으니 그는 정말 머리 속에서 불이 날 지경이었다.

그때 도망치는 배에서 화살이 날아올랐다.

슈슈슉!

"으악!"

그들의 화살은 대부분 흑살대의 배 위로 떨어져 내렸다.

앞으로 달려가며 화살을 맞으니 이쪽에서 쏘는 화살은 미치지 못했지만 그들이 쏘는 화살은 오히려 거리를 좁혀 맞아주는 꼴이 되고 만 것이다.

"이, 이런! 으드득!"

슈슈슉—

또다시 화살이 날았다.

"좌로 돌려라!"

급히 뱃머리를 돌렸다.

그렇게 화살을 피하기 위해 좌우로 배를 몰자 이번엔 거리가 점점 벌어지고 말았다.

"이런, 제기랄! 빨리 쫓아라!"

허석민은 다시 앞으로 돌진을 명했다.

수적들은 있는 힘껏 노를 저어 장강수룡대의 배와 거리를 좁히려 안간힘을 썼다.

한데 얼마나 갔을까?

갑자기 앞선 세 척의 배들이 일제히 방향을 바꿨다.

"어? 부대주, 저곳은 낙안강이 아니냐?"

허석민이 앞쪽을 가리키며 옆에 선 부대주 고명소에게 말했다.

"그렇습니다. 한데 놈들이 왜 저곳으로 들어가는 것일까요?"

고명소는 고개를 갸웃하며 말했다.

낙안강은 바닥이 낮아 큰 배가 다닐 만한 강이 아니질 않는가?

"하하하, 놈들이 왜 저곳으로 가는지는 나도 모르겠지만 한 가지는 확실하구나. 바로 놈들은 이제 독 안에 든 쥐나 다름없다는 것이다. 하하하!"

그는 장강수룡대의 배들이 바닥에 걸려 오도 가도 못하는 신세가 될 것을 확신했다.

그때 몰아친다면 전멸을 시킬 수 있을 것 같았다.

그러나 곧 바닥에 걸려 꼼짝 못할 줄 알았던 수룡대의 배는 계속해서 안으로 들어가는 게 아닌가?

허석민은 점점 초조한 기색이 되었다.

“이, 이게 어찌 된 일이냐? 언제 이렇게 낙안강의 수심이 깊어졌단 말이냐? 안 되겠다. 서둘러라.”

이미 멀어진 수룡대의 배를 쫓아 흑살대의 배들이 속도를 내기 시작했다.

그러나 그것이야말로 수룡대의 함정이었다.

우지끈!

갑자기 앞으로 나가던 배가 뭔가에 걸린 듯 요란한 소리를 내며 멈춰 서고 말았다.

“으악!”

배 위에 있던 수적들은 그 충격을 이기지 못하고 앞으로 구르며 비명을 질러대었다. 그리고 난간에 붙어 서 있던 몇몇은 그만 강물 속으로 풍덩 빠지고 말았다. 거기에 엎친 데 덮친 격으로 뒤에서 쫓아오던 배들이 꽁무니를 들이받았다.

쾅!

“으악!”

비틀거리며 일어서던 수적들은 다시 한 번 그 충격에 나동그라지고 말았다.

슈슈슉!

그때 강의 양쪽에서 허공을 가득 메우며 화살이 날아올랐다.

바로 매복해 있던 장강수룡대의 대원들이 흑살더가 이끄는 수적들을 향해 쏜 화살이었다.

“이, 이건 또 뭐냐?”

“피해라!”

“우리도 화살을 쏘아라!”

"뭣들 하느냐? 당장 배를 뒤로 빼라!"

수적들은 우왕좌왕하며 중구난방으로 소리를 질러대었다.

"흥, 이놈들! 여기도 있다!"

이번엔 앞쪽에서 화살이 날아올랐다.

어느새 달아났던 장강수룡대의 배들이 되돌아와 멀리서 화살을 날리기 시작한 것이다. 흑살대의 수적들은 쇠사슬에 걸려 꼼짝도 못한 채 고스란히 화살의 표적이 되고 말았다.

"커억!"

화살에 맞아 쓰러지는 수적들이 점점 늘어갔다.

"안 되겠다. 뒤쪽으로 가자. 우선 탈출하고 볼 일이다."

허석민은 마땅히 대응할 방법이 없는 이 상황에서 일단 위기를 모면하기 위해 탈출하기로 마음을 먹었다.

그러자면 맨 뒤쪽의 배를 돌려 오던 길로 달아나는 수밖에 없었다.

그는 선상을 박차고 날아올라 난간을 훌쩍 뛰어넘어 뒤쪽을 향해 달렸다. 그를 따라 아직 멀쩡한 수적들이 몸을 날렸다.

그사이에도 화살은 계속해서 날아들어 수적들을 쓰러뜨렸다.

"두고 보자, 이놈들!"

허석민은 맨 뒤의 배로 뛰어들며 으드득 이를 갈았다.

"배를 뒤로 빼라!"

"예!"

수적들이 부산하게 움직이기 시작했다.

서서히 뒤로 물러나 공간이 확보되자 수적들은 배의 방향을 틀어 달아나기 시작했다. 물론 그때까지도 화살이 날아들어 그들을 괴롭혔지만 수적들은 필사적으로 몸을 숨기며 간간이 화살을 맞쏘아 대응하였다.

그들이 떠나가자 남아 있는 수적들은 거의 전의를 상실하였다.

더구나 여기저기 부상자들의 신음 소리에 더욱 움츠러들 수밖에 없었
다. 결국 얼마 지나지 않아 그들은 백기를 흔들며 항복하였고 장강수룡
대는 환호성을 지르며 다가와 배를 붙였다.

“이런 제기랄!”
전장에서 멀리 벗어나자 허석민은 뒤쪽을 돌아보며 배의 난간을 후려
쳤다.
생각할수록 화가 치밀어 올랐다. 매복이 있는 줄도 모르고 따라가다가
배와 수하들을 다 잃고 말았으니 속에서 열불이 치밀어 오를 수밖에.
‘너무 우습게 생각했구나.’
더불어 자신의 경솔함에 대한 후회의 감정도 들었다.
“대주, 아무래도 보통 놈들이 아닌 듯합니다. 이렇게 치밀한 계략을
세우다니……. 대규모 병력으로 일거에 토벌을 해야겠습니다.”
줄곧 그의 뒤를 따라온 부대주 고명소가 말했다.
“그래, 그들 중에 옛 파양호파의 채주들이 섞여 있다 했지? 이번에 아
예 뿌리를 뽑아 후환을 없애야겠다!”
그는 으스러지도록 주먹을 쥐며 말했다.
“자, 어물거릴 시간이 없다. 빨리 채로 돌아가자.”
그는 뒤쪽에서 시선을 떼며 수하들에게 명령했다.
그의 명령에 흑살대의 수적들은 돛을 높이 올리고 서둘러 낙안강을 빠
져나가기 위해 전속력으로 달리기 시작했다.
한데 그들이 막 낙안강을 벗어나 파양호로 나서려는 찰나, 옆쪽에서
갑자기 한 척의 배가 쏜살같이 돌진해 왔다.
“어? 저, 저건 뭐냐?”
허석민이 깜짝 놀라 외쳤다.

무하채의 깃발이 펄럭이는 것을 보아서는 아군인 것 같지만 지금 상황에서 이곳에 아군이 나타날 까닭이 없었다. 더구나 어두운 밤이다 보니 배에 탄 사람들을 분간하기는 더욱 어려웠다.

"너희들은 누구냐?"

고명소가 입에 손을 모으고 외쳤다.

'어? 옳거니. 놈들이 아직 눈치를 채지 못했구나. 그렇다면?'

무하채를 떠나 낙안강으로 달려오던 목영은 단번에 상황을 눈치채고는 커다란 소리로 대답했다.

"우리는 무하채에서 오는 길인데 모두들 무사하신 게요?"

하나 그런 뻔한 대답에 속을 수적들이 아니었다.

"무하채의 누구란 말이냐?"

"누구긴 누구란 말이오? 바로 나요, 나!"

목영은 시침을 뚝 떼고 외쳤다.

어떻게든 이대로 조금만 더 가까이 간다면 대궁기 한 방으로 놈들을 쉽게 잡을 수 있을 것 같았다.

"이놈들! 당장 배를 멈추어라! 하는 짓이 아무래도 수상하구나!"

옆에서 보고 있던 허석민이 이상한 낌새를 눈치채고 앞으로 나섰다.

그사이에도 배는 쏜살같이 달려 거리를 좁히고 있었다.

"궁수들은 전투 준비를 하라!"

계속해서 배가 다가오자 위험을 느낀 허석민은 결단을 내렸다.

그의 명령에 활을 든 궁수들이 우당탕 배의 난간으로 붙어 서서 활에 화살을 재었다.

'어? 저것들이 눈치를 챘나? 그렇다면 좀 더 헷갈리게 해주마.'

목영은 다급한 마음에 급히 소리쳤다.

물론 그는 이런 경우에 오히려 상대를 핍박하는 것이 효과적이라는 것을 잘 알았다.

"이놈들! 나를 몰라보다니 네놈들은 누구냐? 아무래도 이 파양호의 수왕들이 아닌 모양이구나! 네놈들의 정체를 밝혀라!"

"아니? 저놈이?"

고명소는 목영의 말에 씩씩대며 화를 내었다.

자신들이 바로 이 파양호의 주인인데 오히려 어디서 듣도 보도 못한 놈이 나타나 파양호의 수왕 운운하니 열이 날 수밖에.

그때 허석민이 혹시 하여 다시 외쳤다.

"도대체 네놈은 어느 채 소속이냐? 나는 감강채의 대주 허석민이다!"

'걸려들었구나.'

목영은 회심의 미소를 지으며 외쳤다.

"좋다! 네놈들이 감강채 소속이라면 어디 오늘 암호를 대보아라! 붉은 제비가 물 위를 날아 연어를 잡으면 하늘에서 누가 춤을 추느냐?"

"아니? 언제 저런 암호가 생겼단 말이냐?"

도대체 무슨 소리인지 알아듣지 못한 허석민은 멀뚱거리는 눈으로 고명소를 바라보았다.

그 또한 모르긴 마찬가지였다.

"무슨 돼먹지 못한 말이냐? 어어, 으악!"

고명소는 냅다 소리를 지르며 막 활을 쏘라고 할 참인데 어둠 속에서 느닷없이 몇 자루의 비도가 날아와 그의 목줄기를 파고드는 게 아닌가? 그는 비명과 함께 뒤로 나뒹굴었다.

"적이다! 쏴라!"

깜짝 놀란 허석민이 도를 빼 들며 외쳤다. 그러나 이미 늦은 대응이었다.

"발사!"

그새 칠 장여로 거리가 좁혀지자 목영이 비도를 날리며 공격 명령을 내린 것이다.

쾅!

드디어 대궁기의 화살이 날았다.

통나무 같은 화살이 날아와 배의 옆면을 때리자 난간이 우지끈 부서져 나가며 배는 크게 휘청거렸다.

"으악!"

수적들은 이리저리 바닥을 구르며 비명을 질렀다.

이어 정신을 차릴 새도 없이 수많은 화살이 날아들었다.

"으악! 피해라!"

수적들은 이리저리 날뛰며 몸을 숨길 곳을 찾았다.

그러나 배 위에서 몸을 숨길 만한 곳은 얼마 되지 않았다. 수많은 수적들이 화살에 맞아 여기저기 나뒹굴었다.

쿵!

이제 바싹 다가온 장강수룡대의 배가 흑살대의 배에 옆구리를 붙였다.

"자, 모두 나를 따르라!"

목영은 검을 빼 들고 선상을 박차며 날아올랐다.

"막아라!"

"와아, 놈들을 쳐부수자!"

구석에 몸을 숨겼던 허석민이 뛰어나왔다.

그리고 뒤를 이어 사방에 몸을 웅크리고 숨어 있던 수적들이 도를 치켜들며 달려나왔다.

"흥, 바보 같은 놈들!"

그 모습을 본 목영은 허공에서 십여 자루의 비도를 뿌렸다.

"으악!"

달려나오던 수적들이 추풍낙엽처럼 쓰러졌다.

동료들이 비명과 함께 쓰러지자 기세 좋게 달려나오던 수적들은 주춤 뒤로 물러섰다.

"이놈들, 여기도 있다!"

그 틈을 이용하여 건천당의 조 당주가 배로 뛰어들며 검을 휘둘렀다.

"커억!"

그는 막아서는 수적들을 베어 넘기며 앞으로 나섰고 그 뒤를 따라 건천당의 많은 대원들이 수적들의 배로 뛰어들었다.

"흐흐, 이놈들! 꼴좋다! 당장 검을 버리고 항복해라!"

목영이 배의 난간을 딛고 서서 큰 소리로 외쳤다.

"감히 네놈이! 뭣들 하느냐! 모두 나를 따르라!"

허석민은 눈에 불을 켜고 목영을 향해 달려들었다.

사실 이제 더 이상 달아날 곳도 없었다. 그렇다고 항복을 할 수는 없지 않은가?

그는 이미 죽음을 각오하고 달려든 것이다.

그러나 그를 따라 몸을 튕기는 수하는 몇몇 흑살대의 대원들뿐이었다.

옛 파양호파의 수적들은 슬그머니 뒤로 물러선 것이다. 그들이 무슨 영웅이라고 목숨을 걸고 충성을 하겠는가?

"네놈이 우두머리로구나!"

목영은 그를 맞아 입가에 웃음을 달며 검을 치켜들었다.

"차앗!"

죽음을 각오한 마지막 일격.

허석민의 검이 거리를 좁히며 목영의 목을 노렸다.

"어이쿠, 대단하구나!"

그러나 그저 상대를 약 올리기 위한 엄살에 지나지 않았다.

목영의 검이 쭈욱 뻗어나가 허석민의 검을 스쳤다.

유운검 십육초 무운창파.

구름 한 점 없는 파란 하늘을 아무리 치고 때려도 혼자만의 춤사위에 지나지 않는 공허함이 이러할까?

온 힘을 다해 검을 휘둘렀던 허석민은 자신의 힘을 주체하지 못하고 배의 난간 위에서 휘청거렸다.

"어어?"

"잘 가거라."

목영의 십단금이 그의 가슴을 때렸다.

"으악!"

허석민은 허무하게 강물 위로 풍덩 떨어지고 말았다.

곧이어 허석민과 함께 달려들었던 사내들도 모두 건천당의 검에 쓰러지고 말았다.

"하, 항복이오!"

눈을 부라리며 목영이 사방을 휘둘러 보자 한쪽에 몰려 있던 수적들은 앞을 다투어 도를 내던지며 무릎을 꿇었다.

"와아! 만세! 여서장군 만세!"

건천당의 대원들이 환호성을 질렀다.

곧이어 멀리 낙안강의 안쪽에서도 폭죽이 터져 오르며 환호성이 들려왔다.

아마 그쪽의 전투도 모두 끝난 모양이었다.

그들의 함성과 함께 벌써 동녘 하늘은 뿌옇게 밝아오고 있었다.

바로 훗날 야사에 길이 남을 낙안강대전의 아침이 밝아오고 있었던 것이다.

제6장

신화약을 빼앗아라

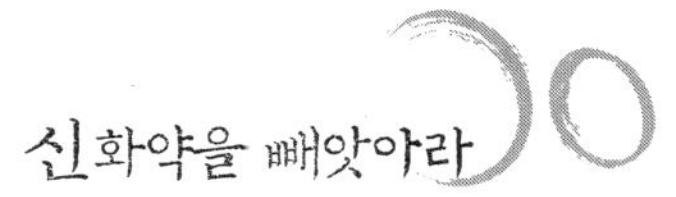

파양호의 수복 소식을 전해 들은 연왕은 드디어 팔월에 접어들자 황제를 간신들로부터 구한다는 명분 아래 군사를 일으켰다. 연왕 측의 총군사를 맡은 도연 대사는 산동과 안휘로 군사를 나누어 진군토록 하였다.

그것은 산동으로 황제의 군사를 유인한 후 안휘 지방으로 진군한 군사들로 하여금 무호에서 물길로 금릉을 급습하려는 작전 계획이었다.

최대한 빨리 금릉을 포위하여 각 지방의 군사들이 하나로 모이지 못하도록 해야 그나마 수적으로 부족한 연왕이 이번 거사를 성공할 수 있는 길이었기 때문이다.

황제가 고립된다면 각 지방의 권력자들도 쉽게 움직이지 못하고 눈치를 볼 것이 뻔했다.

금릉의 황제는 전군의 지휘를 황 대감에게 일임하였다.

황 대감은 병부상서 제 대감, 그리고 도찰원의 총통령 우극렬과 상의

끝에 경호방 장군을 선봉장으로 하여 오만의 군사를 제남으로 급파하였다. 그리고 금창대를 명월장으로 보내어 약속한 신화약을 가져오도록 하였다. 이미 파양호가 적의 수중에 떨어졌으니 무창까지만 뱃길을 이용하고 그 이후는 육로를 이용해 이송할 계획을 세운 것이다.

이제 이 신화약이야말로 전쟁의 승패를 좌우하는 중요한 열쇠가 되었으니 조금도 소홀히 할 수가 없었다.

그들은 또 은창대를 동정호로 보내어 하루빨리 파양호를 점령하도록 재촉했다.

총채주 조민영과 명월장의 관계를 알지 못해 따로 사람을 보낸 것이다.

그즈음 연왕으로부터의 전령이 무하채로 목영을 찾아왔다.

"여서장군을 뵙습니다."

전령으로 온 이화당주 조호량이 깊이 허리를 숙였다.

"어서 오시오, 조 당주. 그래, 왕야께선 별고없으시겠지요?"

수룡각의 내전에서 목영은 은밀히 전령과 마주 앉아 인사를 나누었다.

이곳은 지난번 전투에서 무하각이 불타는 바람에 새로 마련한 목영의 집무실 겸 거처였다.

"예, 전하께서는 장군의 승전 소식에 무척 기뻐하시며 그 노고를 깊이 치하하셨습니다."

"하하, 뭐 그 정도를 가지고……. 그래, 예까지는 어인 일이시오?"

목영은 기분 좋은 웃음을 입가에 달고 물었다.

"장군, 저, 그것이……."

그는 마치 누가 엿들으면 큰일이라는 듯 문 쪽을 바라보며 말을 끌다가 작은 소리로 말을 이었다.

"사실은 개방의 제보로 알게 된 사실입니다만 악양의 명월장이 바로 명교의 본거지라 합니다."

"뭣이? 그것이 사실이오?"

목영은 조호량이 깜짝 놀랄 정도로 버럭 소리를 지르며 탁자를 쾅 내려쳤다.

"자, 장군, 휴우~ 간 떨어지겠습니다. 좀 진정하시지요."

의외로 격렬한 목영의 반응에 조호량은 숨을 고르며 고개를 갸웃했다. 목영이 명교에 쫓기던 일을 알지 못하니 그로서는 모를 일이었다.

그러나 목영은 눈에서 불을 뿜으며 이를 갈았다. 명교와 맺힌 게 많은 그가 아닌가?

"장군, 한데 중요한 건 놈들이 신화약을 만드는 데 성공을 했다는 것입니다. 더구나 그 화약을 가지고 황제와 밀약을 한 듯합니다. 악양의 명월장을 건들지 말라는 황제의 은밀한 전갈이 구파어 전해졌으니까요."

'저런 싸가지없는 놈들! 내게서 빼앗아간 보록으로 제놈들의 안전을 도모했구나!'

목영은 보록을 빼앗긴 것이 못내 안타까웠다.

조호량은 더욱 목소리를 낮추어 말했다.

"정황을 볼 때 필시 놈들이 그 화약을 황제에게 넘기려는 수작이 분명합니다. 아마도 모종의 거래가 있었겠지요. 만약 신화약이 황제에게 넘어간다면 우리의 거병은 실패할 수밖에 없습니다. 지금도 병력에서 많이 밀리는 실정이니……. 해서 왕야께서는 장군이 그것을 막아주기를 바라고 계십니다."

'흥, 어렵고 궂은일은 모두 내게 맡길 심산이구나. 똑같은 놈들 같으니라고.'

그러나 목영은 그렇게 생각을 하면서도 되묻지 않을 수 없었다.

"그래, 내가 어찌하면 되겠소?"

이제 조호량은 자신의 몸을 바로 세우며 목소리를 키웠다.

"다른 것은 없습니다. 놈들이 금릉으로 가자면 이 파양호를 꼭 거쳐야만 하니 장군께서는 순찰선을 늘려 오고 가는 배를 빠짐없이 감시해 주시면 됩니다. 혹시라도 의심되는 배가 있다면 가차없이 공격하여 그 진위 여부를 꼭 확인해 주십시오. 무슨 일이 있어도 화약 운반선을 통과시켜 주면 안 됩니다."

"하하하, 난 또 무슨 대단한 작전이라도 되는 줄 알았소. 내 절대 놈들이 이 파양호를 지나가지 못하도록 할 터이니 걱정하지 말고 돌아가 왕야께 약속이나 잊지 마시라 전해주시구려."

목영은 자신있다는 듯 큰소리를 쳤다.

그러면서 예전에 파양호의 수복을 부탁하며 했던 소금의 독점권과 철광산의 운영권을 다시 한 번 되새겨 주었다.

물론 조호량은 그 자세한 내막을 모르니 그저 예예, 대답할 뿐이었다.

조호량이 떠난 후 목영은 모든 당주들을 수룡각으로 소집했다.

"북평으로부터 연락이 왔소."

그는 당주들에게 조호량과 나누었던 이야기를 모두 얘기해 주었다.

"해서 오늘부터는 순찰선을 배로 늘리도록 하겠소. 어떤 일이 있어도 놈들의 화약 운반선이 이 파양호를 통과하도록 해선 안 될 것이오. 이 일은 구 당주께서 책임을 지고 수행토록 하시오."

그는 좌중을 둘러보며 잠시 뜸을 들인 후 말을 이었다.

"그리고 건천당과 태지당은 배를 띄울 준비를 하도록 하시오. 명월장을 기습할 것입니다."

그러자 건천당의 조지명이 놀란 얼굴로 물었다.

"자, 장군! 겨우 이백여 명으로 명교의 본거지를 치겠다는 말씀입니까? 더구나 병력을 나눈다면 저희의 저지선에 구멍이 날 수도 있습니다. 재고해 보심이……."

그러나 목영에게 통할 리가 없었다.

"여러 말 할 것 없소. 이미 결정된 일이니 준비나 철저히 하도록 하시오."

목영은 그 말을 끝으로 벌떡 일어나 밖으로 나왔다.

더 이상 있어봐야 말만 길어질 것 같았기 때문이다.

사실 그는 이미 조호량의 이야기를 들을 때부터 뎡월장을 치기로 마음을 먹고 있었다.

뻔히 자기를 죽이려던, 그리고 가문의 몰락에도 련관이 있는 듯한 그놈들이 있는 곳을 알아냈는데 참고 있을 수만은 없었다.

만약 놈들과 석가장의 몰락이 아무런 연관이 없다면 어찌 형을 구출해 탈출을 하자마자 놈들이 앞을 가로막을 수 있었겠는가?

'아무튼 두고 보자! 받은 만큼 돌려주마!'

놈들을 떠올리자 산속에서 초라하게 숨을 거두던 형의 모습이 또다시 아련하게 떠올랐다.

악양의 명월장에서 출발한 세 척의 대선이 막 금구(金口) 앞을 지나고 있었다. 바로 금릉의 황 대감에게 전할 삼백여 발의 신화약 포탄을 싣고 가는 명교의 배였다.

결국 북평의 연왕이 군사 행동을 시작하자 아직 약속한 기일이 남아 있음에도 황 대감의 급한 마음은 이만저만이 아니었다.

물론 그러면 그럴수록 명교의 태도는 뻣뻣해질 수밖에.

할 수 없이 일단 준비된 것만이라도 값을 더 쳐주기로 하고 먼저 인도받기로 한 것이다.

이 운송 작전의 지휘는 금릉에서 전갈을 가져온 금창대주 진홍섭과 대원들이 맡고 있었다. 그들은 파양호가 적의 수중에 들어갔으니 무창까지만 뱃길을 이용하고 다음부터는 육로를 이용할 것이라 말했다.

명교 측에서는 이 기회에 파양호파를 쓸어버리고 가자는 강경론이 우세하였으나 포탄의 중요성을 들며 자신들의 뜻을 굽히지 않는 금창대의 의견에 동조하지 않을 수 없었다.

해서 지금 그들은 일차 목적지인 무창을 향해 달려가는 길이었다.

일행은 금창대가 가져온 군선이 한 척이요, 명월장에서 부리는 전투선이 두 척이었는데 그 세 척의 배 중 맨 앞의 배에는 양쪽으로 각각 삼문의 대포까지 장착되어 있었다.

바로 전갈을 가지고 온 금창대가 무창에서 징발해 온 군선인 것이다.

그 배의 선수에 한 사내가 뒷짐을 진 채 시원한 강바람에 몸을 맡기고 있었다. 그 뒤에는 수행원인 듯 공손한 태도로 또 한 사내가 서 있었다.

"집법전주, 그 여서장군이란 놈이 사사건건 우리의 일을 방해하던 석가장의 목영이란 놈이라지요?"

유명을 달리한 상엽문을 대신하여 새롭게 명교 집법전의 전주가 된 장익이 대답했다.

"예, 장주님. 진작 그놈을 없애 버렸어야 하는 건데……."

"하하하, 누가 들으면 우리가 놈을 봐준 줄 알겠습니다. 없애려고 몇 번이나 손을 쓰지 않았습니까?"

교주 한소명이 호탕하게 웃음을 지었다.

현재는 금창대와 함께 있기 때문에 명월장의 장주로 불리고 있는 것이다.

"그, 그건 놈의 운이 좋았던 까닭이지요."

장익은 결코 그의 실력을 인정할 수 없다는 듯 목소리에 힘을 주었다.

그의 말에 한 교주는 슬쩍 뒤를 돌아보며 말했다.

"운도 한 번 두 번 겹치면 실력이 되는 것이지요."

그러나 말하는 교주의 얼굴에는 여유가 가득하였다. 그만큼 자신이 있는 모양이었다.

지금 그들 두 사람이 타고 있는 배는 금창대의 군선이었다.

이 배에 삼백여 발의 포탄이 실려 있기 때문에 교주와 집법전의 고수들이 자청하여 승선한 것이다.

중요한 화물을 남의 손에만 맡겨놓을 수만은 없지 않은가?

나머지 명교의 두 배는 두 봉공이 각각 한 척씩을 지휘하고 있었다.

그 밑으로 우사와 팔당, 그리고 오행기까지 합류하였다.

이 포탄이야말로 명교의 목숨줄이요, 미래인만큼 전 수뇌부가 동원된 것이다.

다만 호교원의 원주이자 장강십팔채의 총채주인 조민영과 밀영각의 황선필만이 만약을 위해 뒤에 남아 있었다.

물론 이 거래를 마치고 나면 그들 또한 파양호 적령 작전에 합류하게 될 것이다. 장강의 길목이 막힌 채 황제와 계속 거래를 할 수는 없으니 반드시 되찾아야만 하는 것이다.

교의 사기를 위해서도.

그런데 두 사람이 뱃전에서 말을 주고받는 사이 멀리에서 두 척의 배가 나타났다.

처음엔 그저 지나가는 상선이겠거니 했는데 점점 거리가 좁혀질수록 그 모습이 예사롭지가 않았다. 폭이 좁고 무게 중심이 높은 것이 영락없는 전투선이었다.

금창대주도 그 배를 보았는지 앞쪽으로 다가왔다.

"뭔가 의심스운데……. 만약을 위해 전투 준비를 하도록 하겠소."

"그게 좋겠습니다. 준비해서 나쁠 건 없으니까요."

교주는 금창대주에게 대답하며 장 전주에게 고갯짓을 하였다.

장 전주는 알았다는 듯 고개를 잠시 숙여 보인 후 배의 뒤쪽으로 달려 갔다.

뒤를 따르고 있는 두 척의 배에 신호를 보내기 위해서였다.

잠시 후 명령을 받은 궁수들이 우르르 달려나왔다.

그들은 난간에 기대앉아 몸을 숨긴 채 활을 시위에 걸어 언제든지 발사할 수 있는 준비를 하였다. 또한 다른 사람들도 손을 멈추고 앞의 배를 주시하며 칼자루를 매만졌다. 이제 점점 맞은편의 배가 다가올수록 배 위에는 고요함과 긴장감이 고조되어 침 넘어가는 소리마저 들릴 지경이 되었다.

한데 힘차게 달려오던 배들이 갑자기 기우뚱하더니 방향을 바꾸는 것이 아닌가?

"어어?"

"저, 저런?"

잔뜩 긴장한 채 바라보던 금창대와 명교의 무리들은 당황하여 입을 다물지 못했다. 마주 오다가 갑자기 배를 돌리니 꼼짝없이 부딪치고 말 것 같았다.

"소, 속도를 늦추고 배를 우측으로 돌려라!"

금창대주가 서둘러 소리를 질렀다.

"예!"

수부들이 허둥지둥 달려갔다.

그러나 급한 마음에 돛 줄은 쉽게 풀리지 않았다.

그러는 중에도 배의 간격은 점점 좁혀지고 있었다.

"부, 부딪치겠다! 뭣들 하느냐?"

답답함에 금창대주의 호통 소리만 높아졌다.

할 수 없이 활을 재고 있던 궁수들까지 우르르 몰려나왔다.

키를 잡은 선원은 체중을 실어 몸을 뉘었다.

"이얏!"

우두두둑!

배의 급작스런 방향 전환에 용골이 비명을 질렀다.

쏴아아!

그 순간 마주 오던 배는 물보라를 일으키며 아슬아슬하게 비껴났다.

"후유!"

수부들과 관군들은 안도의 한숨을 쉬며 갑판 위에 철퍼덕 주저앉았다.

갑작스레 온 힘을 쓰다 보니 이젠 더 이상 움직이기도 힘들었다.

"네 이놈들! 죽으려고 환장을 했구나!"

금창대주는 삿대질을 하며 옆으로 다가온 배를 향해 소리를 질렀다.

그때 한 사내가 난간 위로 모습을 드러내었다.

바로 악양의 명월장을 치기 위해 파양호를 떠난 목영이었다.

사실 그는 이 배가 포탄을 운반하는 명교의 배인 줄은 까맣게 몰랐었다. 다만 지금까지 해왔던 대로 검문이나 한번 해볼 요량으로 배를 붙인 것이다.

"하하하, 가소로운 놈들! 여러 말 말고 당장 배를 멈추어라. 어? 네놈은 금창대주가 아니냐?"

목영은 기세 좋게 외치다가 금창대주를 알아보고 깜짝 놀랐다. 이제 보니 무심코 세우려 한 배가 자신들이 찾고 있던 화약 운반선이 아닌가?

"어? 네놈은 석가장의 아들놈이로구나!"

금창대주도 목영의 얼굴을 알아보고 거의 동시에 소리를 질렀다.

그 순간 갑자기 뒤쪽의 배에서 한 노인이 발을 퉁기며 소리를 질렀다.

"이놈, 꼼짝 말아라!"

바로 목영에게 지기(知己)를 잃은 가문덕이었다.

이어 금창대주도 발을 튕기며 외쳤다.

"꼼짝 말아라! 이놈!"

"이런 제기랄! 후퇴하라! 궁수들은 무얼 하느냐? 활을 쏘아라."

목영은 재빨리 후퇴 명령을 내렸다.

이대로 싸운다면 백전백패였다.

금창대까지 가세를 하였으니 고수의 숫자가 턱없이 부족했다. 금창대주의 실력은 자신도 감당하기 힘든 수준이 아닌가?

궁수들이 활을 쏘고 수부들이 키를 돌렸다.

"이얏!"

그러나 이미 가문덕과 명교 홍기당의 대원 십여 명, 그리고 이십여 명의 금창대는 목영의 배 위로 날아 내리고 있었다.

그사이 수부들이 방향을 틀어 두 배의 간격을 벌렸다.

이제 더 이상 건너뛰기는 힘들어 보였다.

그나마 다행이었다.

물론 명교의 배들은 어떻게든 배의 간격을 좁히기 위해 더욱 속력을 높였다. 그럴수록 장강수룡대는 이리저리 방향을 바꾸며 필사적으로 달아나기 시작했다.

그 와중에 목영의 배로 건너온 가문덕과 금창대는 닥치는 대로 장강수룡대의 대원들을 몰아붙이며 점점 목영이 있는 갑판 쪽으로 다가왔다.

"으악!"

앞을 막아선 대원들이 속수무책으로 나가떨어졌다.

금창대도 금창대였지만 가문덕의 무위는 상상 이상이었다.

"저, 저런! 모두 물러서라!"

목영은 앞으로 한 걸음 나서며 소리쳤다.

이대로 두어서는 저 삼십여 명의 사내들에게 배가 점령될 것만 같았다.

수룡대의 대원들은 목영의 명령에 주춤주춤 물러섰다.

이제 목영이 나서자 금창대와 명교도 손을 멈췄다.

"하하하, 천하의 금창대가 명교와 함께 손을 쓰다니 정말 세상이 웃을 일이로구나!"

목영은 천천히 상갑판에서 내려오며 큰 소리로 웃었다.

일단 서로를 이간질시키려는 술책이었다.

명교의 놈들은 그렇다 쳐도 금창대야 명예를 중시여기는 군대가 아닌가? 그런 만큼 고지식한 면도 있을 것이다.

과연 예상대로 금창대주는 얼굴을 붉히며 씩씩거렸다.

"이놈! 감히 금창대를 모욕하다니 육시를 해도 시원치 않을 놈이구나! 네놈들 정도는 우리 금창대만으로도 충분하다!"

목영은 옳다구나 하고 얼른 그 말을 받았다. 놈이 흥분을 한다면 일이 한결 수월해질 터였다.

"오호, 그렇다면 어디 그 실력 좀 보십시다. 한데 명교의 도움 없이 가능할는지 모르겠소."

목영은 계속해서 그를 자극했다.

잘만하면 말만으로 명교를 꼼짝 못하게 묶어둘 수도 있을 것 같았다.

"대주, 놈의 말을 들을 필요 없소. 함께 처치합시다."

그때 옆에서 듣고 있던 가문덕이 답답한 마음에 한마디 하고 나섰다. 돌아가는 꼴을 보니 금창대주가 완전히 놈의 세 치 혀에 놀아나고 있지 않은가?

하나 그 말은 하지 않으니만 못했다.

그렇지 않아도 속에서 부글부글 끓어 터지기 일보 직전인데 옆에서 참견을 하고 나오니 짜증이 울컥 솟아났다. 더구나 듣기에 따라선 괜히 일을 망치지 말고 자신들에게 맡기라는 말로 받아들일 수도 있었다.

'이놈들이 강호의 고수라고 감히 황군을 무시한단 말인가? 이 기회에 두말하지 못하도록 우리의 실력을 단단히 보여줘야겠구나.'

그는 표정을 굳히며 가문덕을 바라보았다.

"봉공, 당신들은 뒤로 물러서시오. 그리고 어떠한 일이 있어도 나서지 말도록 하시오."

"대, 대주!"

가문덕은 당황하였다.

금창대주가 이리 나올 줄이야? 더구나 이미 얼굴까지 벌게진 것을 보니 어떠한 말로도 설득은 불가능해 보였다.

'이놈이 저 여우 같은 놈에게 단단히 홀렸구나. 흥, 어디 실컷 네 뜻대로 해보아라.'

그는 덩달아 심기가 상하여 될 대로 되라는 심정으로 뒤로 물러섰다.

일이 이렇게 되자 목영은 쾌재를 불렀다.

'하하하, 저 대주라는 놈이나 명교의 늙은이나 정말 단순하기 짝이 없구나. 그렇다면 우선 명교 놈들부터 쓸어버려야겠다.'

그는 별 생각 없이 뒤로 물러선 명교의 사내들을 몰아치기로 작정을 하였다. 아무래도 무방비 상태로 물러선 그들을 공격한다면 단단히 준비를 하고 있는 금창대보다 훨씬 쉽게 효과를 볼 수 있지 않겠는가?

목영은 놈들이 눈치채지 못하도록 손을 뒤로 돌리며 재빨리 소도 한 자루를 빼 들었다.

"하하하, 과연 금창대주십니다. 비도!"

목영은 감탄하는 표정으로 금창대주를 치켜세워 주는 듯 말하다가 느닷없이 비도를 날렸다. 이어 목영의 뒤에서 단단히 준비하고 있던 몽혼 귀도대도 목영의 명령에 따라 동시에 비도를 날렸다.

쐐애액—

"흥, 얕은 수작을 부리는구나."

목영이 말하는 척하다가 선공을 가하자 금창대주는 창대를 휘돌리며 가소롭다는 듯 외쳤다.

한데 비도들은 교묘한 호선을 그리며 금창대를 스쳐 지나 갑자기 물러선 명교의 무리들에게 날아들었다.

"헉!"

"이런!"

깜짝 놀란 명교의 대원들이 뒤늦게 검을 빼며 휘둘렀지만 비도는 다시 한 번 방향을 틀며 달려들었다.

"으악!"

그들은 예상치 못한 공격에 비명을 지르며 선상 의로 나뒹굴었다.

"이놈, 감히 나를 능멸하다니!"

가문덕은 분기탱천하여 발을 튕겼다. 이어 그를 따라 허공으로 치솟는 비도를 향해 장력을 쳐냈다.

파바방!

그에게 달려들던 비도들이 장력에 휩쓸려 사방으로 튕겨졌다.

그러나 이미 홍기당의 수하들은 모두 바닥에 쓰러져 비명을 지르고 있었다.

"으악!"

"아이고!"

그는 순간적으로 이성을 잃고 목영에게 달려들었다.

"이 개 같은 놈아!"

파방!

전력을 다한 건양장이 해일처럼 밀려들었다.

그 순간 목영은 비명 소리에 저도 모르게 뒤로 고개를 돌린 금창대원들에게 달려들었다.

"차앗!"

한 소리 기합성과 함께 그는 한 금창대원의 허리춤을 잡아 가문덕을 향해 집어 던졌다.

"엇!"

가문덕은 급히 장력의 방향을 바꾸었다.

자칫 잘못하다간 자신의 손으로 금창대원을 죽일 판이 아닌가?

다행히 빠른 대응에 그 금창대원은 무사히 선상으로 떨어졌다.

"이놈, 결코 네놈을 살려두지 않겠다!"

가문덕은 더 더욱 노기를 띠었다.

그러나 목영은 재빨리 물러나 천연덕스럽게 대꾸했다.

"하하하, 잠시 물러나 있겠다더니 어찌 그새를 못 참는단 말이오?"

"네놈은 이것을 보고도 그런 소리를 하느냐?"

가문덕은 뒤쪽에 쓰러져 신음을 흘리는 수하들을 가리키며 말했다.

"아하, 그거야 금창대원들이 내 공격을 잘 피했기에 뜻하지 않게 벌어진 일이 아니오? 그렇다면 당신은 금창대가 모두 비도에 맞는 한이 있어도 비도를 뒤로 흘려보내지 말아야 한단 말이오?"

"이이!"

목영이 또다시 교묘하게 금창대를 걸고넘어지자 가문덕은 일시지간 할 말을 잃고 숨을 몰아쉴 뿐이었다.

그 순간 금창대주가 한 소리 호통과 함께 발을 튕겼다.

"이놈! 여러 말 말고 내 창을 받아라!"

옆에서 다 듣고 본 금창대주는 딱히 꼬집어 말할 수는 없어도 뭔가 크게 당했다는 생각이 들었다. 그렇다고 이제 와서 몃교의 노인네에게 같이 싸우자고 할 수도 없었다. 이제는 제 손으로 목영을 잡든지, 죽이든지 해야 직성이 풀릴 것 같았다.

그 어느 때보다도 매섭게 그의 창이 목영의 요혈을 노리며 달려들었다.

"차앗!"

그러나 목영은 정면으로 맞설 생각이 없었다.

금창대주의 무공이 만만치 않은 데다 이십여 명의 금창대가 한꺼번에 달려든다면 장강수룡대로선 좁은 선상에서 고전을 면치 못할 게 뻔하지 않은가?

깡!

그는 대주의 창을 막으며 손을 번쩍 치켜들었다.

"아, 잠깐! 성질도 급하시오!"

"네 이놈! 더 이상 허튼수작 부릴 생각 말아라. 단단히 요절을 내주마."

금창대주는 당장이라도 뛰어나올 듯한 기세로 으르렁거렸다.

"하하! 알았소, 알았어! 한데 대주께서 그렇게 자신이 있으시다면 어디 나와 일 대 일로 겨루어봅시다. 좁은 선상에서 데거지로 싸워보아야 서로 간에 사상자만 늘어날 게 아니오? 일 대 일로 승패를 가려봅시다."

"좋다! 한데 네놈이 진다면 순순히 우리를 따라가겠느냐?"

금창대주는 자신이 충분히 목영을 제압할 수 있다는 자신감에 반색을 하며 말했다.

"물론 그리해야지요. 대신 대주께서 진다면 두말없이 이번 일에서 손을 떼셔야 합니다."

목영은 능글거리는 웃음을 지었다.

그러나 그의 꿍꿍이는 따로 있었다.

슬쩍 보니 그새 수부들이 돛을 올려 배가 힘차게 바람을 타고 달려가고 있는 게 아닌가? 물론 명교의 배들도 돛을 올렸지만 역시 관선이나 명교의 배보다는 속도가 빠른 장강수룡대의 배였다.

이대로 조금만 더 달려간다면 놈들을 따돌릴 수 있을 것 같았다.

그렇다면 시간을 끌다가 옆의 배에 타고 있는 태지당까지 합류시킨다면 쉽게 놈들을 잡을 수 있으리라.

그는 어떻게든 시간을 끌기로 작정한 것이다.

"흥, 잔말 말고 싸워보자!"

대주는 대답을 피하며 목영에게 달려들었다.

자신이 질 거라고는 꿈에도 생각지 않았지만 만에 하나 지더라도 이번 신화약의 이송에서 손을 뗄 수는 없었다.

황제의 명이 아닌가?

"어이쿠!"

목영은 그가 갑자기 창을 휘두르며 달려들자 비명을 지르며 선상을 박차고 날아올랐다.

"이놈, 정말 쥐새끼 같은 놈이로구나! 하하하!"

금창대주는 목영을 자극하려는 듯 과장된 웃음소리를 내며 목영을 쫓았다.

그러나 그런다고 멈춰 설 목영이 아니었다.

그는 계속해서 비명을 질러대며 요리조리 도망을 치기 시작했다.

그런 그를 잡기 위해 금창대주는 연신 사방으로 창대를 휘둘렀다.

그 모습에 뒤로 물러서서 지켜보던 금창대원들이 박장대소를 하였다. 무슨 대결이라기보다는 일방적인 싸움이 되고 보니 긴장이 풀어진 것이다.

"와아!"

"아이고, 아깝구나!"

"하하하!"

그런데 그 순간 갑자기 목영이 방향을 바꾸며 비도를 뿌렸다.

"엇?"

한참 밀어붙이다가 갑작스런 반격을 받자 금창대주는 깜짝 놀라 얼떨결에 창을 휘둘렀다.

깡!

다행히 비도는 창에 맞아 방향을 틀며 튕겨 나갔다.

한데 튕겨 나간 비도가 하필 몰려 있는 금창대에게 날아드는 게 아닌가?

"피해라!"

대원들은 비도를 피해 사방으로 흩어졌다. 그러나 모여 있던 이십여 명의 대원들이 모두 피하기엔 비도가 너무 빨랐다.

"으악!"

결국 한 대원이 비도에 맞아 비명과 함께 선상으로 쓰러졌다.

"이, 이런!"

금창대주는 당황하였다.

마치 자신의 잘못으로 그 대원이 당한 것만 같았다.

"이놈, 도망만 다니지 말고 정정당당히 겨뤄보자!"

그는 약이 올라 미칠 것만 같았다.

그럴수록 목영은 더욱 신이 나서 계속 비도를 뿌렸다.

"하하하, 누가 도망을 다녔다고 그러시오?"

이제 상황은 완전히 거꾸로 바뀌었다.

어떻게든 비도가 수하들 쪽으로 날아가지 않도록 튕겨내느라 대주는
공격할 엄두도 내지 못했다.

한편 한쪽에서 그 모양을 본 가문덕은 혀를 끌끌 찼다.

'흥, 잘난 척하더니 꼴좋구나. 답답한 놈 같으니……'

그는 내심 고소해하며 둘의 싸움을 지켜보고 있었다.

마음 같아선 대주가 비도에 맞아 선상을 굴러야 속이 시원할 것 같았
다. 그는 수하들의 부상도 다 저 미련한 대주 탓이라 여겼다.

그런데 문득 그의 눈에 갑자기 멀어진 명교의 배가 보였다.

'어? 이, 이제 보니 우리 배들이 점점 멀어지고 있었구나.'

그는 내심 뜨끔하여 사방을 둘러보았다.

이대로 간다면 결국 자신들만 고립될 게 뻔했다.

수하들마저 모두 부상을 당한 상태에서 놈들이 한꺼번에 달려든다면
아무리 자신의 무공이 뛰어나다 할지라도 꼼짝없이 죽을 판이 아닌가?

'그렇다면……'

잠시 사방을 두리번거리던 가문덕은 선상을 박차고 날아올라 돛을 향
해 달려들었다.

"앗, 막아라!"

주변에 있던 건천당의 대원들이 놀라 검을 빼 들었다.

"허허허, 네놈들이 나를 막겠다고? 어림없다!"

우르르 몰려드는 사내들을 맞아 그는 달려드는 기세 그대로 오른손을
죽 뻗었다.

팡!

"으악!"

건양장에 맞은 한 대원이 비명과 함께 뒤로 날아갔다.

"이놈!"

"이런 개 같은 놈이!"

동료의 부상에 다른 대원들이 눈에 핏발을 세우고 달려들었다.

"훙! 불나방 같은 놈들!"

그러나 가문덕은 눈도 깜짝하지 않았다.

그는 슬쩍 뒤로 몸을 뺐다가 다시 달려들며 정면의 건천당의 대원을 향해 건양장을 내쏘았다.

꽝!

"혁!"

정면에 있던 대원은 자신을 향해 강맹한 장력이 날아오자 헛바람을 삼키며 옆으로 몸을 굴렸다.

순간적으로 앞이 뚫렸다.

가문덕은 그 사이로 달려들며 좌우로 장력을 밀어내었다.

"으악!"

우당탕탕탕!

달려들던 대원들이 서로 뒤엉키며 선상에 나뒹굴었다.

가문덕은 입가에 흡족한 웃음을 띠며 다시 몸을 날렸다.

이제 돛이 눈앞으로 바싹 다가왔다.

그는 선상으로 내려서며 주저없이 수도(手刀)를 세워 돛 줄을 내려쳤다.

싹!

파르르륵!

돛이 풀리며 갑자기 배의 속력이 뚝 떨어졌다.

더구나 돛을 올리며 노마저 거둬들인 상태여서 배는 그저 물길 따라 흘러가는 형국이 되고 만 것이다. 그리고 옆에 있던 태지당의 배는 여전히 바람을 타고 쏜살같이 내달리고 있으니 자연 두 배의 간격은 점점 멀어지게 되었다.

"안 돼!"

당황한 건천당의 대원들이 돛 앞에 버티고 선 가문덕에게 몰려들었다.

"하하하, 귀찮은 놈들이구나!"

그는 자리를 굳건히 지키며 건천당의 대원들이 가까이 오지 못하도록 사방으로 장력을 뿌리기 시작하였다. 이제 곧 자신들의 배가 다가오면 놈들을 잡는 것은 시간문제일 뿐, 가문덕은 급할 게 없었다.

'저, 저놈이?'

금창대주를 몰아붙이며 여유를 부리던 목영은 돛이 내려지자 속이 바싹 탔다.

이렇게 되면 자신의 의도가 무산되는 게 아닌가?

아니, 오히려 이제 시간은 놈들 편이었다.

그는 자기도 모르게 눈을 돌렸다.

벌써 놈들의 배는 눈에 띄게 가까워지고 있었다.

'이, 이거 야단났구나!'

이제 마음이 급해졌다.

그는 두 자루의 비도를 뿌리며 금창대주를 향해 발을 튕겼다.

조금이라도 빨리 놈을 제압하고 가문덕을 돛대 앞에서 끌어낼 생각이었다.

건천당주가 가문덕에게 달려드는 것이 보였지만 어림없는 일이었다.

"옳거니, 어서 오너라!"

대주는 쾌재를 부르며 마주 달려나왔다.

그로서는 오히려 바라던 바였기에 발걸음에 더욱 힘이 솟았다.

지금까지 비도를 막느라 수세에 몰려 있었는데 다행히 목영이 스스로 유리함을 버리고 달려드니 반가울 수밖에.

깡!

검과 창대가 부딪치며 불꽃을 튀겼다.

"차앗!"

목영은 물러섰다가 재차 달려들며 검을 찔러갔다.

유운일로.

검이 창끝을 향해 달려들었다. 어떻게든 창을 밀어내고 십단금을 한 방 쏘아줄 작정이었다.

그러나 역시 힘에서는 금창대주가 위였다. 그의 창은 육중한 무게로 목영의 검을 밀어내었다.

"이런, 제기랄!"

목영은 뒤로 물러설 수밖에 없었다.

금창대주는 물러서는 그에게 바싹 다가서며 다시 창을 휘둘렀다.

"엇?"

목영은 빠르게 찔러오는 창날을 겨우 피하며 연신 뒷걸음질을 쳤다.

탁!

어느새 배의 난간까지 밀리고 말았다. 이젠 더 이상 물러설 곳도 없었다.

그리고 그사이 명교의 배는 아주 가까이 다가와 있었다.

"좋다, 너 죽고 나 죽자 이놈."

이제는 이판사판이었다.

이래 죽으나 저래 죽으나 매한가지가 아닌가?

목영은 난간을 박차고 날아오르며 대주를 향해 힘껏 장검을 집어 던졌다.

"어이쿠, 하하하!"

금창대주는 목영이 화가 나서 씩씩거리자 과장된 행동으로 검을 피하며 희희낙락하였다. 더 약을 올리려는 심산이었다.

하나 목영에겐 숨겨진 한 수가 남아 있었다.

"이얏!"

그는 발을 튕기며 한 움큼의 주머니를 품속에서 꺼냈다.

바로 몽혼분이 들어 있는 작은 주머니였다.

"하하하, 이놈이 아주 발악을 하는구나."

대주는 목영이 맨손으로 다가오자 가소롭다는 듯이 웃었다. 검을 들고도 밀리던 녀석이 맨손으로 해보겠다고 나서니 한마디로 같잖게 보인 것이다.

"에이, 요놈아!"

그는 장난치듯 목영의 가슴을 향해 창을 찔렀다.

그러나 그것만으로도 충분히 위협적이었다.

그만큼 그의 창은 빨랐다.

그는 당연히 목영이 뒤로 물러설 것이라 생각했다.

한데 목영의 신형이 창대를 비끼며 빙글 돌았다.

"어?"

순간적으로 금창대주는 당황한 기색이 역력했다. 그러나 그는 명색이 대내 최고라는 금창대주가 아닌가?

재빨리 창대를 휘둘러 목영의 옆구리를 때렸다.

"차앗!"

이미 예상하고 있었다는 듯 목영은 기합성을 지르며 몸을 굴렀다.

볼썽사납게 바닥을 굴렀지만 그 덕에 아슬아슬한 차이로 창대는 허공을 갈랐다.

"죽어라, 이놈!"

목영은 머리 위로 창대가 지나가자마자 벌떡 몸을 일으키며 대주의 가슴으로 뛰어들었다.

"헉!"

대주는 휘두르던 창을 놓으며 그대로 일장을 내질렀다.

목영 또한 달려들며 십단금을 내뻗었다.

팡!

두 사람의 손바닥이 허공에서 마주쳤다.

"커억!"

그러나 역시 목영이 뒤로 밀렸다.

그는 결국 뒷걸음질을 치다가 쿵 소리와 함께 엉덩방아를 찧고 말았다.

그에 반해 대주는 제자리에서 한 걸음만 뒤로 물러섰을 뿐이었다.

한데 그 자리에는 하얀 가루가 뽀얗게 시야를 가리며 흩날리고 있었다.

"흥, 이놈이 배 위에서도 연무탄을 쓰다니 어처구니가 없구나."

그는 이미 목영의 연무탄에 당한 적이 있는지라 내심 코웃음을 치며 넘어진 목영을 향해 달려들었다.

"비도를 던져라!"

목영은 넘어진 채로 몸을 굴려 피하며 소리쳤다.

"이얏!"

주위에 있던 몽혼귀도대가 재빨리 비도를 뿌렸다.

슈슈슉!

삼십여 자루의 비도가 허공을 갈랐다.

"엇?"

대주는 깜짝 놀랐다.

이미 창도 놓아버린 마당에 한두 자루도 아니고 수십 자루의 비도가 날아들다니.

"대주!"

그때 뒤에 있던 한 금창대원이 대주를 향해 창을 던졌다.

대주는 허공에서 몸을 비틀며 창대를 낚아챘다. 그리고 정신없이 창을 휘둘렀다.

채재재쟁!

비도가 사방으로 튕겨지는 가운데 그는 선상으로 내려섰다.

"이놈들이? 모두 죽으려고 환장을 했구나! 모두 쳐라!"

그는 갑자기 끼어든 몽혼귀도대를 노려보며 명령을 내렸다.

"모두 잡아라!"

"이얏!"

금창대가 우르르 몰려나왔다.

바로 그 순간 대주는 저도 모르게 다리에 힘이 풀려 비틀거렸다.

몽혼분을 들이마신 데다 비도를 피하려 숨가쁘게 움직였으니 더욱 효과가 빠를 수밖에.

"내, 내가 왜 이러지?"

사물이 두세 개로 보이며 정신이 오락가락했다.

"하하하! 이놈, 걸렸구나!"

목영은 회심의 미소를 지으며 손가락을 튕겼다.

핑!

그동안 갈고닦은 탄구공이었다.

목영의 손을 떠난 쇠구슬이 그대로 금창대주의 옆구리를 파고들었다.

퍽!

"으악!"

그는 비명을 지르며 선상에 나뒹굴었다.

“대, 대주님!”

몽혼귀도대를 향해 달려들던 금창대원들은 비명 소리에 깜짝 놀라 우르르 쓰러진 대주에게 달려갔다.

“결국 네놈이 일을 내는구나.”

그 모습을 본 가문덕이 발을 튕겼다.

그는 여유있게 건천당의 공격을 막으며 굳게 돛을 지키고 있었다.

이제 자신들의 배가 지척으로 다가와 있으니 혼자 다 잡으려 애쓸 필요가 없었다. 그저 그대로 조금만 더 버티면 놈들을 모두 잡는 것은 식은 죽 먹기였다.

한데 금창대주가 당해 피를 흘리며 쓰러져 버렸으니 이젠 가만히 있을 수가 없었다. 금창대주가 죽기라도 한다면 자신에게까지 화가 미칠 수 있음이 아닌가?

그는 건천당의 두 대원을 일장에 밀어내고 목영을 향해 발을 튕겼다.

“옳거니! 어서 오너라!”

목영은 달려드는 가문덕을 보고는 희색이 만연허진 얼굴로 손뼉을 치며 반겼다. 그러나 그가 다가오자 말과는 달리 재빨리 우측으로 몸을 피해 달아나기 시작했다.

“이 육시랄 놈아!”

가문덕은 목영이 기세등등하게 나오다가 갑자기 달아나 버리자 바싹 약이 올라 욕을 하며 계속 뒤를 쫓았다. 하지만 목영은 요리조리 달아나기만 할 뿐이었다.

그는 점점 속에서 열불이 솟아나기 시작했다.

팡! 팡!

잔뜩 화가 난 그는 달아나는 목영의 등을 향해 인정사정없이 장력을 퍼부었다. 그러나 장력에 닿을 듯, 닿을 듯하면서도 목영은 쉽게 잡히지 않았다.

더구나 좁은 선상이다 보니 그의 칠성둔형이 위력을 발휘하였다.

그의 보법인 칠성둔형은 바로 항상 일정한 거리를 유지하며 빙글빙글 돌아 제자리로 돌아오는 원리로 만들어진 보법이 아닌가? 좁은 공간에서 더 효과적인 것이 당연했다.

한동안 가문덕은 쫓고 목영은 달아나는 숨바꼭질이 계속되었다.

한편 두 사람이 얽혀 싸우는 동안 배 위에 있던 금창대는 부상당한 대주와 명교의 대원들을 부축하여 재빨리 배의 뒤로 물러섰다.

자연스럽게 건천당의 대원들은 반대쪽인 뱃전으로 자리를 피했다.

양측의 최고고수들이 대결을 벌이기 시작했으니 일단은 싸움을 지켜보기로 한 것이다. 하지만 긴장된 표정으로 두 사람의 대결을 지켜보던 건천당의 대원들은 점점 표정이 어두워졌다.

"저, 저런!"

급기야 여기저기서 탄식이 터져 나왔다.

계속해서 목영이 밀리기만 하니 안타까움이 이루 말할 수 없었다.

그들은 여차하면 뛰어나갈 태세로 장내를 뚫어지게 바라보고 있었다.

한데 달아나기만 하던 목영이 어느 한순간, 갑자기 좌측으로 방향을 틀며 손뼉을 마주쳤다.

퍽!

그가 지나간 자리에 하얀 가루가 흩날렸다.

바로 몽혼분이었다.

그리고 그 자리에 가문덕이 뛰어들었다.

이미 목영을 따라 몸을 튕긴 그는 목영을 쫓아 자연스럽게 그곳으로 내려서고 만 것이다.

'헉, 이, 이게 뭐냐?'

그는 재빨리 공중으로 다시 뛰어올랐지만 순간적으로 하얀 연기에 깜짝 놀랐다.

그는 내심 찜찜한 마음에 얼른 몸을 살펴보았다.

다행히 별 이상은 보이지 않았다.

"흥, 이놈이 별 술수를 다 부리는구나."

그는 다시 전력을 다해 목영을 쫓았다.

"하하하, 이 영감탱이가 바람난 수캐처럼 꽁무니만 졸졸 따라오는구나! 어디 언제까지 따라오는지 보자!"

목영은 힐끗 뒤를 돌아보며 가문덕의 약을 바싹 올렸다.

"이놈, 내 손에 잡히기만 해봐라!"

그는 발걸음에 더욱 힘을 주었다.

그때 다시 한 번 목영이 손뼉을 마주쳤다.

또 하얀 가루가 날리고 가문덕이 그 안으로 뛰어들었다.

"하하, 이놈, 드디어 걸렸구나!"

이제 두 번이나 몽혼분을 들이마셨으니 가문덕이 더 이상 견디기 힘드리라 생각한 목영은 지금까지와는 달리 정면으로 마주 서며 비도를 뿌렸다.

"흥, 이깟 비도에 내가 당할 것 같으냐?"

그는 비도를 피해 바닥을 미끄러지듯 좌측으로 쭉 물러섰다.

그런데 뭔가 이상했다.

다리가 풀리며 몽롱한 기분이 들었다.

'어?'

그는 저도 모르게 비틀거렸다.

그 순간 피한 줄 알았던 비도가 눈앞으로 맹렬히 다가왔다.

바로 목영이 비도의 방향을 바꾼 것이다.

“헉! 이, 이런!”

그는 깜짝 놀라 뒤로 물러서며 건양장을 뿌렸다.

파방!

강맹한 장력에 비도가 멀리 날아갔다.

그러나 비도에 정신을 빼앗긴 순간 목영의 탄구공이 허공을 갈랐다.

팍!

“으악!”

가문덕은 쿵 소리와 함께 바닥으로 주저앉고 말았다.

쇠구슬이 허벅지에 깊숙이 박힌 것이다.

다 몽혼분 때문에 집중력이 흐트러진 까닭이었다.

하지만 그 덕분에 그는 번쩍 정신을 차렸다.

“이놈!”

그는 앉은 자세 그대로 목영을 향해 건양장을 쏘았다.

“하하! 어림없다, 이 늙은이야!”

목영은 장력을 흘리려 좌측으로 발을 튕겼다.

그런데 막 바닥으로 내려서던 그도 다리를 휘청거렸다.

“이, 이런!”

손바닥을 마주쳐 몽혼분을 뿌리다 보니 어느새 그도 중독이 되어버린 것이다.

목영이 휘청거리며 머뭇거리자 가문덕은 다시 한 번 손바닥을 밀어내었다. 그러나 정신이 이미 혼미해져 그의 장력은 별 위력이 없었다.

목영은 장력이 날아오자 점점 희미해지는 정신 속에서도 안간힘을 다해 십단금을 마주 쏘았다.

펑!

“으악!”

허공에서 장력이 마주치며 요란한 소리가 터지고 두 사람은 동시에 비명을 지르며 뒤로 쓰러졌다. 비몽사몽간에 뿌린 장력이다 보니 서로 간에 큰 타격을 줄 수는 없었다. 하지만 두 사람은 장력보다도 이제 완전히 약에 취해 정신을 잃고 쓰러진 것이다.

"안 돼! 멈춰라!"

"여보웃!"

"이보게!"

두 사람이 정신을 잃고 쓰러지는 순간, 배의 양쪽에서 각각 다른 세 사람이 비명을 지르며 뛰어들었다.

그들은 선상에 내려서자마자 한 사람은 쓰러진 가문덕에게 달려가고 다른 두 인영은 목영에게 달려갔다. 쓰러진 가문덕에게 달려간 노인은 바로 명교의 봉공인 서취국이었으며 목영에게 달려간 두 사람은 부인인 남궁아연과 장인인 남궁철이었다.

두 부녀는 사실 긴 여정 끝에 여기까지 왔는데 오자마자 목영이 쓰러져 버렸으니 안타까운 마음은 이루 말할 수 없었다.

석가장이 몰락하고 아연이 행방불명되자 남궁철은 은밀히 가내무사들을 동원하여 딸의 행방을 수소문하였다. 겨우 북평에 자리잡은 것을 알아낸 남궁철은 남궁가의 최정예무사들인 창궁대(蒼穹隊)를 이끌고 북평으로 길을 떠났다.

북평에 도착하여 딸과 재회한 그는 그간 목영이 연왕부의 장군이 되어 한수로 떠났다는 말을 듣고 도움을 주고자 다시 한수로 길을 잡았다.

아버지가 한수로 남편을 찾아간다 하자 아연도 어느 정도 안정된 상가의 일을 진 장로에게 맡기고 아버지를 따라나선 길이었다.

그 후 파양호를 거쳐 이제는 군사가 된 송 노인과 함께 동정호를 향해 뱃길을 따라오다가 싸우는 장면을 목격하게 되었다. 부랴부랴 배를 재촉하여 왔는데 목영이 쓰러졌으니 가슴이 철렁했다.

"여보, 정신 차리세요!"

"어, 어디 좀 보자!"

쓰러진 목영의 옆으로 다가간 아연은 그의 상체를 받치며 흐느꼈다.

그녀와 함께 달려온 남궁철은 서둘러 목영의 맥을 짚으며 상태를 살폈다.

다행히 큰 상처는 없는 듯했다.

"아연아, 크게 다친 곳은 없는 듯하구나. 어서 그를 옮기도록 하자."

남궁철은 목영을 안고 일어나 장내를 쓰윽 훑어보았다.

반대쪽에서는 자신들과 거의 동시에 뛰어든 노인이 목영과 싸우다 쓰러진 노인을 안고 일어서 있었다. 그리고 그 앞으로는 한 중년인이 뒷짐을 진 오연한 자세로 앞을 바라보고 있었다.

배의 건너편에는 언제 다가왔는지 세 척의 배들이 바싹 거리를 좁힌 채 이쪽을 향해 활을 겨누고 있었다.

'만만치 않겠구나.'

남궁철은 눈을 가늘게 좁히며 그 중년인을 주시했다.

그에 맞서 이쪽 편에선 창궁대와 태지당의 배가 활을 겨누고 있었다.

그리고 배 위에 있던 건천당의 대원들이 검을 치켜들고 언제든지 달려나갈 준비를 하고 있었다.

일촉즉발의 순간, 앞을 바라보며 뒷짐을 지고 서 있던 중년인이 입을 열었다.

"오늘은 이쯤에서 서로 물러서는 것이 어떻겠소?"

사실 이렇게 밀집되어 있는 상황에서 싸움이 벌어진다면 서로 간에 많은 수의 사상자가 발생할 것이 뻔했다. 바싹 좁혀진 거리에서 화살이 날아든다면 쉽게 피할 수 있는 자가 과연 몇이나 되겠는가?

명교의 교주인 한소명은 대포까지 갖춘 자신들의 이점을 버리고 혼전을 벌일 필요가 없었다.

남궁철은 그의 말에 건천당주를 바라보았다.

안면은 없지만 그가 목영이 없는 상황에서 결정을 내릴 수 있는 다음 결정권자라는 것을 다른 대원들의 눈길에서 자연스레 읽은 것이다.

"그리합시다. 각자 뒤로 오 리(五里)를 물러나도록 합시다."

그 또한 장군이 부상을 당한 상황에서 놈들이 그만 하자는데 굳이 무리를 할 필요가 없었다. 그리고 쌍방 간에 뒤로 물러선다면 놈들이 자신들을 속이고 달아날 수는 없지 않겠는가?

그 말에 한소명은 고개를 끄덕였다.

"그럼……."

그는 남궁철의 품에 안긴 목영을 한번 쓰윽 쳐다보더니 발을 차고 날아올라 자신의 배로 돌아갔다. 그 뒤를 따라 봉공과 금창대, 그리고 부상을 당한 집법전의 고수들이 모두 돌아갔다.

"배를 뒤로 물려라!"

건천당주의 명령에 그들은 서서히 배를 빼어 아래쪽으로 방향을 잡았다.

명교의 배들도 일단은 강을 거슬러 위로 올라가기 시작했다.

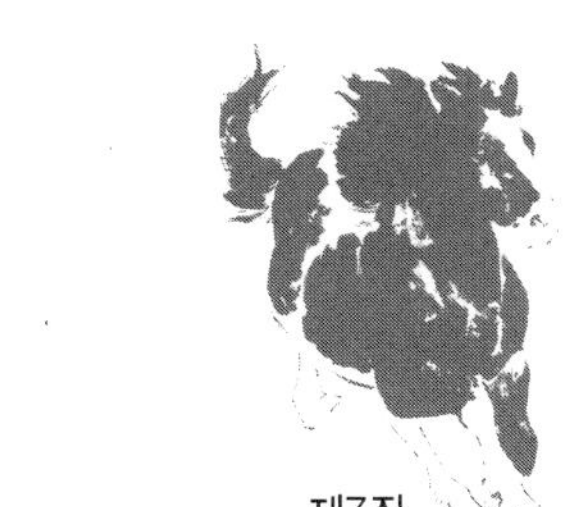

제7장
송 군사의 활약

다음날.

깊은 잠에 빠졌던 목영이 눈을 떴다.

눈을 뜨자마자 아연과 장인이 곁에 있는 것을 본 그는 환호성을 질렀다. 이제 놈들에게 밀릴 이유가 없었다. 더구나 두 사람과 함께 송 군사까지 합류를 하였으니 마음이 든든하였다.

"어이쿠! 잘 오셨습니다, 장인어른."

"허허, 사람하곤. 그래, 몸은 괜찮은 겐가?"

"예, 끄떡없습니다. 하하하. 당신도 이렇게 와주니 정말 고맙구려. 이제 나가서 놈들을 한 방에 날려 버립시다."

그는 아연을 향해 큰소리를 치며 웃음을 지었다.

아연도 이제는 목영의 큰소리에 익숙해져 마주 웃을 뿐이었다. 건강하게 다시 눈을 떴으니 그것으로 된 것이 아닌가.

재차 출정 준비를 서둘러 마친 그들은 작전회의에 들어갔다.

"장군, 정면으로 맞서지 말고 시간을 끌면서 파양호에 원군을 청하는 것이 어떻습니까?"

먼저 건천당주가 말하고 나섰다.

아마 지난 전투에서 꽤나 고생이 되었던 모양이다.

그러나 이쪽이 원군을 부르는 동안 놈들이 가만있을 리가 없었다.

더구나 이곳은 동정호에 더욱 가까운 곳이 아닌가?

목영은 이제 배의 수도 삼 대 삼에다가 남궁가의 창궁대까지 가세를 하였으니 차라리 속전속결로 일전을 벌이는 것이 나을 것 같았다.

"송 군사는 어찌 생각하시오?"

한쪽에 말없이 앉아 있는 송 노인을 향해 목영이 물었다.

지난 파양호의 전투에서 이미 그의 군사 운용 능력을 보았기에 목영의 눈에는 깊은 신뢰가 담겨져 있었다.

"이곳으로 오다 보니 협곡이 하나 있더군요. 잘만 이용하면 별 피해 없이 놈들을 물리칠 수 있으리라 생각됩니다."

"오호라, 군사께서 벌써 생각해 둔 바가 있으신 모양이군요. 그래, 좀 자세히 말씀해 보시구려."

목영은 송 노인의 말에 반색을 하며 재차 물었다.

그 모습을 옆에서 보고 있던 남궁철은 고개를 갸웃했다.

'아무리 뛰어나다 한들 수적 나부랭이에 지나지 않을진대, 어찌 군사들의 싸움에 정통하겠는가? 놈들은 명교의 고수들에 관군이 포함되어 있는 무리인데…….'

그는 미심쩍은 눈길로 송 노인을 바라보았다.

그의 생각엔 이런 군사 작전이라면 그래도 연왕의 군대에서 나왔다는 건천당주가 백번 나을 것 같았다.

그러나 그는 그런 말을 입 밖에 낼 수가 없었다.

사위라지만 명색이 대장군이었다.

이제 아랫사람 다루듯 말할 수는 없는 노릇이었다.

목영의 재촉에 송 노인이 다시 말을 이었다.

"협곡의 양옆으로 남궁세가의 무사들이 매복을 하고 장강수룡대가 나가 싸우는 척하다가 놈들을 유인한다면 쉽게 놈들을 물리칠 수 있을 것입니다."

"그거 좋은 생각입니다. 하하하!"

이렇게 해서 순식간에 작전회의는 끝이 났다.

이제 남은 것은 각자 자신의 위치에서 최선을 다하여 전투를 승리로 이끄는 것밖에 없었다.

남궁철과 남궁아연을 필두로 남궁가의 무사들이 매복할 협곡으로 미리 떠난 후, 장강수룡대는 다시 앞으로 배를 몰아나갔다.

한나절쯤 강을 거슬러 올라가자 명교의 배들이 진을 치고 그들을 맞이했다.

그런데 그들은 이상한 대형을 취하고 있었다.

중앙의 배가 가로로 서 있었고 양쪽으로 한 척씩의 배가 달려나올 준비를 갖추고 서 있었다.

아마도 제자리에서 돌격해 오는 적을 막으려는 수비 위주의 대형처럼 보였다.

"하하하, 놈들이 바싹 얼었구나. 저런 대형이라면 활이야 조금 더 많이 쏠 수 있겠지만 중앙으로 돌진한다면 막을 방법이 없을 게 아니냐? 모두 전속력으로 진격!"

목영은 희희낙락하여 명령을 내렸다.

이대로라면 유인이고 자시고 할 것 없이 여기에서 끝장을 볼 수도 있을 것 같았다.

쌍방 간의 거리가 백여 장에서 순식간에 칠십여 장으로 좁혀졌다.

한데 그 순간 갑자기 쾅 소리와 함께 중앙에 있던 배에서 불이 뿜어져 나왔다.

"저, 저게 무슨 소리냐?"

깜짝 놀란 목영이 건천당주를 바라보았다.

"자, 장군, 어서……!"

대포 소리에 깜짝 놀란 건천당주가 막 목영을 잡아끌며 피하려 하는데 다시 한 번 커다란 소리가 천지를 뒤흔들며 물기둥이 솟아올랐다.

쾅!

쏴아아!

"으악!"

강물이 출렁거리며 사방으로 물줄기를 튕겼다.

배도 덩달아 아래위로 요동을 쳤다. 그 충격으로 갑판 위에 서 있던 대원들이 정신없이 바닥을 뒹굴었다.

"어푸어푸, 이런 제기랄! 도대체 이게 뭐냐?"

목영 또한 바닥을 구르며 배 위로 떨어지는 물줄기를 뒤집어썼다.

물에 빠진 생쥐 꼴이 된 그는 얼굴에 묻은 물기를 털어내며 난간을 붙들고 몸을 일으켰다.

"장군, 어, 어서 달아나야 합니다! 놈들이 대포를 가지고 있습니다!"

"뭐, 대포라고?"

콰광!

그 순간 다시 배가 울릴 정도로 큰 소리가 들리며 물기둥이 솟아올랐다. 다행히 이번에는 배에서 좀 떨어진 곳에 포탄이 떨어져 물이 쏟아져 들어오지는 않았지만 여전히 배는 아래위로 심하게 요동쳤다.

제대로 일어서지 못한 대원들은 또다시 짐짝처럼 갑판 위를 굴렀다. 옆에 있는 태지당의 배도 상황은 크게 다르지 않아 제대로 서 있는 자가 없었다.

"에이, 안 되겠다! 후퇴하라!"

목영이 소리쳤다.

그러나 그마저도 쉬운 일이 아니었다.

포탄은 계속해서 날아들고 출렁거리는 배는 제대로 말을 듣지 않았다.

"뭣들 하느냐? 어서 배를 돌려라!"

목영은 답답함에 있는 대로 소리를 질렀다.

불호령이 주효했음인가?

수부들이 기를 쓰고 노를 저어대자 배가 서서히 방향을 틀었다.

한데 그 순간 양쪽에 서 있던 놈들의 배 두 척이 쏜살같이 앞으로 돌진했다.

"앗, 놈들이 접근한다!"

그들을 발견한 한 대원이 비명에 가까운 소리를 질렀다.

겨우 방향을 틀어 반밖에 돌지를 못했는데 놈들이 다가오니 어쩔 수 없이 배의 옆구리를 내준 꼴이 되고 만 것이다.

"궁, 궁수들은 무얼 하느냐?"

건천당주의 호통에 궁수들이 우르르 난간으로 몰려들었다.

그리고 수부들은 어떻게든 빨리 배를 돌리려고 있는 힘껏 노를 저었다.

겨우 배를 돌리고 막 달아나려는 순간, 배의 좌측과 우측으로 명교의 배들이 바싹 접근했다.

"쏴라!"

슈슈슉!

목영은 지체없이 명령을 내렸다.

화살들이 허공을 날아 명교의 배로 날아들었다. 그러나 이미 예상한 듯 검수들이 일제히 방패를 높이 들어 올렸다.

파바박!

화살들은 허무하게 방패에 막혔다.

한차례 화살을 날린 후 궁수들이 다시 화살을 재는 사이 이번엔 명교의 궁수들이 화살을 날렸다.

한데 그들이 날린 화살은 불화살이었다.

하늘을 가득 메운 불덩이가 날아들자 다음 화살을 준비하던 궁수들은 갑판에 번지는 불길을 잡으려 이리 뛰고 저리 뛸 수밖에 없었다.

물론 검수들도 모두 불을 끄느라 거적을 들고 우왕좌왕하였다.

거기다 몇몇은 화살에 맞아 비명을 지르며 풍덩 강물 위로 떨어져 버렸다.

"이런, 제기랄!"

목영은 검을 치켜들며 난간으로 달려갔다.

급한 대로 화살을 막으려 한 것이다.

이런 때 지난번 파양호 수복 작전에 사용했던 대궁기라도 있었다면 놈들의 코를 납작하게 해줄 수 있었을 텐데 먼 길에 불편하다 하여 모두 떼어놓고 온 것이 후회막급이었다.

어쨌든 지금은 날아오는 불화살을 막는 것이 급선무였다.

여기저기 번지는 불길을 잡으려 대형이 완전히 흐트러졌으니 자신이라도 나서는 수밖에 없었다.

목영이 앞으로 나서자 건천당주와 몇몇 대원들이 같이 앞으로 달려나왔다. 그러나 일시에 백여 발씩 날아오는 화살을 모두 막아내기엔 역부족이었다.

여기저기 화살에 맞아 뒹구는 대원이 점점 늘어갔다.

"이야!"

화가 머리끝까지 치솟은 목영은 기합성을 지르며 좌우로 정신없이 발을 튕겼다. 그의 검끝에서 피어난 둥근 원이 사방으로 퍼져 나가며 화살들을 튕겨내었다.

잠시지만 화살의 기세가 수그러들었다.

장군의 투지에 힘을 얻었음인가?

몇몇 대원들이 방패를 들고 난간으로 달려왔다. 그러나 잡은 승기를 쉽게 내어줄 명교가 아니었다.

그들은 계속해서 불화살을 쏘아 올렸다.

한데 그때 목영의 눈에 횃불을 든 사내들이 눈에 들어왔다.

그들은 궁수들의 뒤에서 화살에 불을 붙여주고 있었다.

"옳거니!"

목영은 쾌재를 부르며 명령을 내렸다.

"배를 멈추어라!"

"예?"

여기저기 흩어져 불을 끄던 사내들이 깜짝 놀라 목영을 바라보았다.

"자, 장군!"

곁에 있던 건천당주마저 지금 장군이 제정신인가 하는 표정으로 목영을 바라보았다.

"배를 멈추란 말이다!"

목영의 호통에 두둥 짧고 긴 북소리가 울려 퍼졌다.

힘차게 돌아가던 노가 그 소리에 맞춰 물속에 잠겼다.

어찌 됐든 자신들의 생사여탈권을 손에 쥔 장군의 명이었다.

배의 속도가 갑자기 줄어들자 급속도로 배의 간격이 좁혀졌다. 거리가 가까워질수록 명교의 화살은 더 더욱 위력을 발휘했다.

"으악!"

부상자가 더욱 속출했다.

"장군!"

건천당주가 제발 정신을 차리라는 듯 목영을 다시 불렀다.

그러나 목영은 앞으로 날아오는 화살을 신경질적으로 쳐내며 다가오는 명교의 배를 뚫어지게 바라보고 있었다.

'이십 장… 십오 장… 십사, 십삼, 십이, 십일.'

"귀도대는 앞으로 나서라!"

느닷없이 목영이 외침을 토했다.

"예!"

사방에 흩어져 있던 귀도대의 대원들이 일제히 앞으로 달려왔다.

"셋에 일제히 비도를 날린다! 하나, 둘, 셋!"

삼십여 자루의 비도가 날아올랐다.

그 뒤로 다시 목영이 뿌린 다섯 자루의 비도가 허공을 갈랐다.

"차앗!"

이어 목영의 기합성이 뒤를 따랐다.

힘차게 솟구친 비도가 빗줄기처럼 명교의 배 위로 떨어져 내렸다.

슈우욱!

"으악!"

앞서 있던 몇몇 궁수들이 비도에 쓰러졌다.

그리고 뒤를 이어 날아든 비도가 띄엄띄엄 서 있던 횃불을 든 사내들에게 달려들었다.

"엇?"

깜짝 놀란 사내들이 들고 있던 횃불을 휘둘러 비도를 막으려 하였다.

또 몇 사람은 비도를 피하고자 좌우로 몸을 틩겼다.

그러나 비도는 갑자기 방향을 바꾸며 사내들의 옆구리를 깊숙이 파고 들었다.

목영의 일도류가 시전된 것이다.

"으악!"

비명 소리와 함께 횃불을 들고 있던 사내들이 선상을 굴렀다.

동시에 바닥으로 떨어진 횃불이 데구르르 구르며 잔뜩 먹여놓은 기름을 사방으로 튀겼다.

삽시간에 갑판 위로 불길이 번졌다.

"에잇, 병신 같은 놈들! 빨리 불을 꺼라!"

배를 지휘하던 서취국이 짜증스런 목소리로 호통을 질렀다. 이제 다 이겼다 생각한 순간에 일격을 당하고 보니 비도 하나 제대로 피하지 못하는 수하들이 꼴도 보기 싫어졌다.

"서, 서둘러라!"

그의 뒤쪽에 서 있던 광명우사 광천기가 허둥대며 불길 쪽으로 달려가며 소리쳤다. 불도 불이었지만 봉공의 노기에 마음이 급했다.

그때 또다시 한 무더기의 비도가 날아들었다.

"엇? 피해라!"

깜짝 놀란 그는 발을 틩겨 비도를 피하며 소리쳤다.

그러나 다른 대원들은 그만큼 빠른 대응을 할 수 없었다.

"으악!"

순식간에 대여섯 명의 대원이 바닥을 굴렀다.

"이, 이놈들이?"

그는 이를 갈며 고개를 돌렸다.

배 난간에 붙어 서서 두 손이 보이지 않을 정도로 비도를 뿌려대는 사내들이 보였다.

어찌 인간의 손으로 저 많은 비도를 이렇게 빨리 뿌려댈 수 있단 말인가? 거기다 이런 위력까지.

'도저히 접근전에선 상대를 못할 놈들이구나.'

그는 답답함을 느끼며 이리저리 비도를 피할 수밖에 없었다.

그사이에도 비도에 맞아 선상을 뒹구는 대원이 부지기수였다.

"으악!"

"아이고!"

여기저기에서 비명이 꼬리를 물고 이어졌다.

정신없이 이리 뛰고 저리 뛰는 대원들.

사방으로 번져 가는 불길.

명교의 배는 점점 난장판이 되어가고 있었다.

그들이 한동안 정신을 차리지 못할 것 같자 목영은 건천당주를 바라보았다.

"됐다. 이제 가자."

"예, 장군!"

목영의 명령에 다시 노가 힘차게 돌아가기 시작했다.

작지만 승리를 거둔 기쁨에 어느 때보다 배는 힘차게 앞으로 나아갔다.

그 뒤를 태지당의 배가 따랐다.

바람처럼 달려가는 배 위에서 건천당주는 깊은 감탄의 눈빛으로 목영을 바라보았다.

'정말 묘한 사람이구나. 어느 때 보면 소심하고 그저 일신의 안위만을 생각하는 듯한데 막상 결단의 순간이 오면 조금치의 망설임도 없이 사생 결단의 각오로 달려들다니……. 더구나 상대의 허점을 짚어내는 저 능력은 감히 누가 있어 흉내라도 낼 수 있겠는가?

그 마음을 아는지 모르는지 목영은 갑판 위의 의자에 주저앉아 크게 숨을 몰아쉬고 있었다.

"쏴라!"

콰광!

"으아악!"

물기둥이 솟아오르고 배가 풍랑을 만난 것처럼 흔들렸다.

잠시 뒤처졌던 명교는 배를 정비하고 주선과 합류하여 다시 장강수룡대의 배를 쫓기 시작했다.

처음에는 서로 간에 꽤나 거리가 벌어졌었는데 늠들을 유인하기 위해 잠시 속력을 줄인 것이 화근이었다. 포의 사정권 안으로 들어오자마자 놈들이 포를 쏘아대기 시작한 것이다.

그나마 앞쪽으로는 일문의 포만 장착되어 있는 것이 다행이었다.

"좌, 좌로! 돛 줄을 더 당겨라! 앗! 우, 우로! 서둘러라!"

건천당주는 물벼락을 맞아가며 배를 지휘하느라 정신이 없었다.

대원들과 수부들이 한 덩이가 되어 좌우로 배의 방향을 바꾸며 어떻게든 포탄을 맞지 않기 위해 안간힘을 썼다.

단 한 방이면 끝장이 아닌가?

물론 물 위를 달리며 오르락내리락하는 배 위에서 쏘는 포탄이 얼마나 정확하겠냐마는 그래도 뒷걸음질치는 소가 쥐를 잡을 수도 있음이니 긴장하지 않을 수 없었다.

"조금만 힘을 내라! 이제 곧 목적지인 협곡이다!"

목영은 흔들리는 배 위에서 난간을 굳게 붙들고 소리쳤다.

사실 지금은 아무런 생각도 할 수 없는 상황이었다.

배는 좌우로 기우뚱거렸고 포성이 울릴 때마다 물벼락을 맞았다.

대원들은 돛 줄을 잡고 버티다가 우당탕탕 갑판 위를 구르기 일쑤였다. 벌써 물살에 휩쓸려 떠내려간 대원만 해도 십여 명에 이르고 있었다.

그러나 뾰족한 수가 없었다.

이대로 죽을힘을 다해서 협곡까지 가는 수밖에 다른 도리가 없었다.

그렇게 사투를 벌인 지 반 시진(한 시간).

장강수룡대는 드디어 협곡의 초입에 들어섰다.

한편 뒤를 쫓는 명교의 배 위에선 금창대주가 악을 쓰고 있었다.

"아니, 눈감고 쏘아도 이보다는 낫겠다! 도대체 수십 발의 포탄을 쏘았는데 아직도 놈들을 잡지 못했다니 이게 말이 되느냐!"

"죄, 죄송합니다. 하나 이렇게 달리면서 쏘는 것은 어차피 위협용일 수밖에 없습니다. 워낙 명중률이 떨어지는지라……."

무창에서 합류한 포수장(砲手長) 오 태감이 쩔쩔매며 머리를 조아렸다. 그러자 옆에 있던 한 교주가 거들었다.

"장군, 몸도 편찮으신데 너무 심려치 마십시오. 놈들이 죽어라 달아나기만 하니 쉽게 끝장을 보지 못한 게 아닙니까? 하나 이제 곧 폭이 좁은 협곡입니다. 지금처럼 좌우로 피하기가 어려우니 그곳에서 끝장을 내지요?"

"뭣이, 협곡?"

금창대주는 좌우를 두리번거렸다.

과연 강폭이 서서히 좁아지며 높이 솟은 절벽이 그림처럼 좌우로 늘어서 있는 것이 보였다.

"으하하하! 놈들의 뼈를 묻기에는 너무 경치가 좋구나! 오 태감!"

“예.”

“지금부터는 포탄을 아꼈다가 협곡으로 완전히 들어선 후에 집중 포화를 날리도록 해라.”

“예, 알겠습니다.”

포수장이 물러나자 금창대주는 목영에게 당한 옆구리를 만지며 이를 갈았다.

‘감히 내게 칼을 겨누었단 말이지? 대가를 톡톡히 치르게 해주마.’

우지끈! 쿠궁!

바로 그 순간, 배가 심하게 앞으로 쏠리며 멈춰 섰다.

“으악!”

“뭐, 뭐냐?”

배에 타고 있던 대원들이 앞으로 고꾸라지며 비명을 질렀다.

남궁세가의 무사들이 물밑으로 깔아놓은 쇠사슬에 배가 걸린 것이다.

장강수룡대의 배 두 척이 지나간 후, 곧바로 쇠사슬을 좌우로 당겨 뒤를 따라오던 명교의 배를 멈추게 한 것이다.

곧이어 남궁철의 외침 소리가 울려 퍼졌다.

“쏴라!”

슈슈슉!

하늘을 가득 메우며 불화살이 멈춰진 명교의 배 의로 쏟아져 내렸다.

“으악!”

“피해라!”

명교의 무리들은 허둥대며 좁은 배 위에서 이리 뛰고 저리 뛰었다.

벌써 불꽃이 여기저기 옮겨 붙고 있었다.

“불을 꺼라! 불을!”

당주들이 당황하여 대원들을 불렀지만 계속 날아오는 화살에 가만히 불만 끄고 있을 수도 없었다.

"이런 바보 같은 놈들! 에잇, 그래서 이런 일엔 관군을 동원해야 하는 것인데……!"

금창대주는 화가 나서 혼자 씩씩거렸다.

화력이 우위에 있음에도 일사불란하게 대응하지 못하고 우왕좌왕하는 것이 영 못마땅한 것이다.

'이놈이?'

옆에 있던 한 교주의 눈썹이 꿈틀했다.

이제 보니 대주라는 놈이 명교를 아주 우습게 여기는 게 아닌가?

'한번 본때를 보여줘야겠구나.'

그는 선상을 박차고 허공으로 뛰어올랐다.

"차앗!"

한 소리 기합성과 함께 그는 손을 빙글 돌렸다.

투드득!

그의 손끝에 걸린 화살들이 벽에 부딪친 듯 튕겨져 나갔다.

"흥!"

금창대주는 그 모습에 코웃음을 쳤다. 자신의 말에 발끈하고 나선 교주의 행동이 우습게 보인 것이다. 그는 그 정도쯤이야 하는 깔보는 마음으로 교주를 바라보았다.

한데 튕겨진 화살들은 힘을 잃고 떨어져 내리는 것이 아니라 허공에서 마치 바람개비처럼 팽그르르 맴을 돌았다.

타다닥!

그 화살들이 날아오는 화살들을 튕겨내었다.

"이얍!"

교주의 손이 다시 한 번 허공을 휘저었다.

그리고 두 번, 세 번…….

교주의 손이 한 바퀴 원을 그릴 때마다 그의 주우에는 팽그르르 도는 화살들이 늘어갔다. 그 화살들이 단단한 벽이 되어 날아오는 화살들을 막아내었다.

순식간에 배로 날아들던 화살비가 멈춰졌다.

"와아……!"

"저, 저런!"

명교도들도, 금창대원들도, 그리고 심지어 화살을 날리던 장강수룡대의 대원들도 그 무위에 놀라 입을 다물지 못했다.

"저럴 수가?"

금창대주조차 눈을 크게 떴다.

그때 멀리서 막 배를 돌려 돌진하던 장강수룡대의 배 위에서 이 광경을 본 목영이 깜짝 놀라 물었다.

"저, 저게 뭐냐?"

"글쎄요?"

처음 보는 광경에 건천당주도 마땅히 답을 하지 못했다.

그들이 보기엔 불화살들이 허공에서 뱅글뱅글 돌고 있으니 마치 바람개비에 불이 붙은 듯 보였다.

콰광!

드디어 명교의 배에서 대포가 불을 뿜었다.

한 교주가 화살을 막는 사이 포수들이 재빨리 대포에 불을 당긴 것이다.

"으악!"

산기슭에서 화살을 날리던 남궁가의 무사들이 비명과 함께 하늘로 치솟았다.

“헉! 저, 저런! 돌진하라!”

남궁가가 위기에 빠지자 목영은 다급한 마음에 배를 재촉했다.

쿠르르르!

장강수룡대의 배 두 척이 물을 가르며 맹렬히 앞으로 달려나갔다. 그러나 배가 가까워지자 어김없이 명교의 배에서 포탄이 날아왔다.

쾅!

오 장여에 달하는 물기둥이 솟아오르며 배가 기우뚱거렸다.

“으악!”

배가 기우뚱거리며 갑판 위에 있던 몇몇 대원들이 강물 위로 떨어졌다.

“이런 제기랄!”

목영은 난간을 잡고 버티며 머리 위로 쏟아지는 물을 고스란히 맞았다.

그러나 여기서 멈출 순 없었다.

그리한다면 이 포탄이 모두 남궁가를 향할 것이 아닌가?

“더 빨리 저어라!”

목영은 목이 터져라 외쳤다.

쾅!

포탄이 또 날아들었다.

출렁이는 물결에 배는 앞으로 가지 못하고 사납게 고개를 흔들어댔다.

우드득!

심한 요동에 용골이 비명을 토했다.

이대로라면 정통으로 포탄을 맞지 않아도 배가 부서지고 말리라.

“장군! 더 이상은 곤란합니다! 후, 후퇴하셔야 합니다!”

“이, 이……!”

목영은 말을 잇지 못하고 두 주먹을 움켜쥔 채 부들부들 떨었다.

원수 놈들을 눈앞에 두고 다시 물러서야 하다니!

더구나 남궁가의 무사들마저 자신이 위험에 빠뜨리고 만 것이 아닌가.

작전대로라면 명교 놈들의 발을 꽁꽁 묶어놓고 양쪽에서 불화살을 날려 정신없게 만든 후, 건천당과 태지당의 배가 들이닥쳐 놈들을 도륙해야 하는 것인데 저놈의 대포 때문에 모든 게 어긋나 버린 것이다.

"할 수 없지. 후퇴하라."

목영은 이를 악물며 배를 돌릴 수밖에 없었다.

멀리 산기슭에서 불화살을 날리던 남궁가의 창궁대도 포탄이 작렬하는 사이로 산길을 달리는 것이 보였다.

그들도 더 이상 견디지 못하고 뒤로 물러서고 있었던 것이다.

그나마 다행이라면 놈들의 배가 쇠사슬에 걸려 얼마 동안은 움직이지 못한다는 것이었다.

한참을 후퇴한 장강수룡대는 밤이 되자 한쪽에 배를 정박시키고 다시 작전회의에 들어갔다. 물론 오늘 전투에서 패퇴하여 분위기는 무거울 수밖에 없었다. 더구나 만반의 준비를 갖추었음에도 그놈의 대포 때문에 모든 작전이 수포로 돌아갔으니 모두가 암담한 표정이었다.

"이제 어찌했으면 좋겠소?"

목영이 힘없는 목소리로 말하며 좌중을 한번 둘러보았다.

"장군, 그보다 먼저 오늘 패배의 책임을 물어야 합니다! 그래야 진중에 군율이 설 것입니다!"

태지당의 당주인 진곤이었다.

아무리 파양호의 전투에서 좋은 계책으로 승리를 이끌었다지만 수적의 무리인 송 노인을 군사로 받드는 것이 못내 불편한 모양이었다. 더구나 오늘 그의 작전대로 했다가 수하들만 잔뜩 잃었으니 화도 날 만했다.

"그거야 놈들에게 대포가 있음을 알지 못한 때문인데 어찌 작전을 짠 군사에게 책임을 물을 수 있겠소?"

목영이 씩씩대는 진곤을 달래며 말했다. 그러나 진곤은 쉽게 물러서지 않았다.

"장군, 패배에는 원래 이유가 많은 법입니다! 그렇다고 그냥 묻어둔다면 모두가 전투는 뒷전이고 제 살 궁리만 할 것입니다!"

"어허, 이것 참."

목영은 진 당주의 태도에 이러지도 저러지도 못하고 난감한 표정을 지었다. 그러자 지금까지 조용히 고개를 숙이고 있던 송 노인이 자리에서 일어섰다.

"장군, 진 당주의 말이 백번 옳습니다. 제가 책임을 져야지요. 저를 벌하여 주십시오."

이제 송 노인마저 벌을 자청하고 나섰으니 이대로 유야무야 넘어갈 일이 아니었다. 그렇다고 그에게 벌을 준다면 누가 다음 작전을 내놓을 수 있겠는가?

또 실패한다면 그 또한 책임을 져야 할 것이니 모두가 몸을 사릴 것이 뻔했다. 해서 웬만하면 그냥 넘어가려 한 것인데 고지식한 진곤은 목영의 고충을 알지 못하고 군율만을 고집하고 있었다.

"음!"

모두가 장군의 결단을 기다리며 목영을 바라보자 그는 답답한 마음에 턱을 매만지며 허공으로 시선을 돌렸다.

그때 구세주처럼 아연이 나섰다.

"제가 낄 자리는 아니지만 그래도 함께 싸우고 있는 한 사람으로 한마디 거들고자 합니다."

"아, 어서 말씀해 보시구려."

눈치 빠른 아연이 나서자 목영은 반색을 하며 재촉했다.

아연이라면 능히 자기의 입장을 이해하고 송 노인을 옹호해 주리라 여
긴 까닭이었다.

"물론 오늘의 전투에서 참패를 하였으니 누군가는 책임을 져야겠지
요. 하나 꼭 지금 당장 벌한다고 해서 다음 전투에 승리가 보장되는 것도
아니질 않습니까? 차라리 송 군사에게 만회할 기회를 주어 오늘의 패배
를 통쾌한 승리로 저들에게 돌려줄 수 있도록 하는 것이 옳은 일일 것입
니다."

그녀는 이 송 노인에 대해 어떤 믿음이 있는 것은 아니었지만 목영이
내심 아끼고 그에게 의지하려 하니 부인 된 도리로 목영의 편을 든 것이
다.

"하하하, 그거 좋은 의견입니다. 아니 그렇습니까, 가주님?"

목영은 논란에 쐐기를 박고자 가장 연장자이며 명성이 높은 남궁철에
게 물었다. 그가 덩달아 좋은 의견이라 해준다면 더 이상 진곤이 고집을
부리기가 어려울 것이다.

"음, 그게… 헉! 그리하는 게 좋겠소이다."

하지만 남궁철은 굳이 송 노인을 옹호하고 싶은 마음이 없었다. 해서
대답을 망설였는데 그 순간 아연이 아버지의 옆구리를 쿡 찌르자 어쩔
수 없이 동의를 하였다.

"하하, 이제 남궁가의 가주께서도 그리 말씀하시니 송 군사는 어서 자
리에 앉으시오."

목영은 웃음 띤 얼굴로 송 노인에게 말했다.

어찌 됐든 자신의 의도대로 일이 해결되었으니 다행이었다.

"소인이 모든 분들께 깊은 은혜를 입었습니다."

송 노인은 목영과 아연, 그리고 남궁철에게 일일이 고개를 숙이고 또 진곤과 조지명에게도 감사를 표했다.

"끄응!"

물론 진곤은 송 노인의 눈길을 피하며 못내 불편한 기색이었지만 송 노인은 그가 단순하기 그지없는 무인으로 악감정이 있어 그리하는 것은 아니라 생각되었기에 무시하고 자리에 앉았다.

"자자, 이제 다음 작전에 대해 구체적으로 의논을 해봅시다. 좋은 의견이 있으면 말해 보시구려."

목영은 송 노인이 자리에 앉자 얼른 화제를 돌리며 좌중을 둘러보았다. 그러나 작전 이야기가 나오자 모두가 아무 말 없이 꿀 먹은 벙어리처럼 눈만 껌벅거렸다.

하긴 이 상황에서 무슨 뾰족한 수가 있겠는가?

"가주께서 한번 말씀해 보시지요."

아무도 나서는 이가 없자 목영이 남궁철을 보며 물었다.

"뭐, 나라고 무슨 수가 있겠소? 대포를 상대할 때는 근접전을 해야 하는데 그게 여의치 않으니……."

남궁철은 말끝을 흐렸다.

사위에게 별 도움을 주지 못하니 괜히 죄를 지은 기분인 것이다.

"장군, 사실 대포가 장착되어 있는 배는 한 척뿐이지요. 그러니 놈들을 분산시켜 공격한다면 효과를 볼 수 있을 것입니다."

아연의 말이었다.

그녀와 남궁철은 가족이었지만 목영이 장군의 신분인 데다 조 당주와 진 당주가 자리를 하고 있으니 꼬박꼬박 존댓말을 할 수밖에 없었다.

"음… 좋은 생각이긴 한데……. 하지만 어찌 놈들을 따로 떼어놓을 수 있겠소?"

목영은 아연에게 되물었다. 그러나 그 대목에서 아연도 말이 막혔다.

표국 일로 배를 많이 이용했다지만 수상전은 해본 적이 없었기 때문이다.

그때 목영의 물음을 송 노인이 받았다.

"마님의 의견이 정곡을 찌르셨습니다. 하나 한꺼번에 모두를 처리하고자 하면 힘든 싸움이 될 것입니다. 이번엔 놈들을 분산시켜 꼬리만 떼어내도록 하시지요."

"한번에 다 잡든, 꼬리만 잡든 그것이 문제겠소? 어찌 놈들을 떼어놓을지 그것이 문제지!"

송 노인의 말에 진곤이 다시 핏대를 세웠다.

"허허, 진 당주는 성격도 급하시오. 그럼 놈들을 따로 떼어놓을 계책을 말씀드리지요. 모두 아시다시피 무창에 이르기 전 아주 좁은 협곡이 나옵니다. 이곳은 오늘 전투를 벌였던 곳보다도 강폭이 더 좁은 곳이지요."

"또 협곡이란 말이오?"

이번엔 조 당주였다.

이미 협곡으로 놈들을 유인했다가 된통 당했는데 다시 송 노인이 협곡을 들먹이자 참지 못하고 나선 것이다.

"휴우, 정히 그러시다면 그만두지요."

송 노인은 자꾸 자신의 말을 막고 나서는 두 당즈를 바라보며 한숨을 쉬더니 아예 눈을 감아버렸다.

"허허, 이거 왜들 이러십니까? 군사는 어서 계속해 보시오."

결국 목영이 나설 수밖에 없었다.

송 노인은 목영의 말에도 한참을 망설이다 마지못한 듯 다시 말을 이었다.

"이왕 한 번 더 기회를 주기로 하셨다면 이번만큼은 전적으로 저의 의견에 따라주시기 바랍니다. 만약 또 실패를 한다면 저는 어떠한 벌이든 달게 받겠습니다."

송 노인이 두 당주를 빤히 바라보며 말했다.

"음……. 좋소. 어디 결과를 두고 봅시다."

그들도 결국은 송 노인의 말에 일단은 수긍할 수밖에 없었다.

'내가 왜 이런 고생을 사서 하는지 모르겠구나.'

송 노인은 자신을 탐탁지 않게 여기는 이들을 위해 애쓰는 이유를 스스로도 찾지 못한 채 말을 이었다.

"그곳을 통과하자면 놈들은 어쩔 수 없이 일렬로 배를 몰아야 합니다. 그때 맨 뒤의 배를 급습하여 박살을 내야 합니다. 앞의 배들은 협곡에서 배를 돌릴 수 없어 결국은 가던 길을 갈 수밖에 없을 것입니다. 물론 앞에서는 우리의 배들이 놈들을 유인해야겠지요."

"옳거니! 정말 그럴듯한 생각이구려. 한데 앞의 우리 배들이 위험하지 않겠소?"

"협곡만 무사히 빠져나간다면 안전하게 피할 방법이 있습니다. 바로 지류인 남천으로 달아나는 것이지요."

"허, 남천으로 달아난다면 물길이 얕아 결국 막다른 길로 달아나는 꼴이 아니오?"

다시 조 당주가 나섰다.

아무리 두말없이 이번 작전에 따르기로 하였지만 목숨이 걸린 일이니 대책이 있어야 할 것이었다.

"그 점은 걱정하지 않으셔도 됩니다. 그쪽으로 달아난다면 이미 협곡에서 한번 당한 저들은 좁은 강으로 유인하여 자기들의 배를 세우려는 계책이라 의심하여 결코 따라오지 않을 것입니다."

"하면 다시 강을 거슬러 와 동료들을 구하려고 달려든다면 어찌하오? 그리되면 우리는 수적으로 아주 불리해지는데."

이번엔 목영이 물었다.

"장군, 저들의 목적은 포탄을 금릉으로 무사히 운반하는 것입니다. 애써 돌아와 위험을 자초할 리가 없습니다. 더구나 근창대가 지휘를 하고 있으니 뒤처진 명교의 배를 구하기 위해 다시 돌아오는 일은 절대 없을 것입니다."

송 노인은 목영의 우려를 한마디로 날려 버렸다.

그때 한쪽에서 듣고만 있던 남궁철이 나섰다.

"한데 송 군사, 우리의 목적은 배 한 척 부수는 것이 아니질 않소. 포탄을 빼앗아야 하는데 저들을 앞서 보내면 어쩌지는 게요? 결국 파양호에서 막자는 말이오?"

맞는 말이었다.

결국 여기 모인 사람들의 임무는 포탄을 빼앗아야 하는 것이다.

그러니 이런 저런 전투에서 승리한다 해도 포탄이 금릉에 도착한다면 아무 소용이 없질 않은가.

"그것은 육상에서 해결할 문제입니다. 아마 수전은 이번이 마지막이 될 것입니다."

"아니, 육상이라니?"

"놈들을 땅으로 유인하자는 말이오?"

송 노인의 말에 좌중의 모든 사람들이 눈을 크게 떴다.

"모르긴 몰라도 저들의 일차 목표는 무창일 것입니다. 수상전을 통해 뚫고 나가기엔 너무 위험 부담이 크니까요. 그리고 땅에서와 달리 물 위에선 달아날 방도도 없지 않습니까? 분명 무창에서부터는 육로를 이용하여 금릉까지 포탄을 운반하려 할 것입니다."

“그럴 수도 있겠군요.”

“일리있는 말이구려.”

이제야 뭔가 알겠다는 표정으로 사람들은 송 노인의 말에 고개를 끄덕였다.

어느새 그를 비난하던 두 당주도 고개를 끄덕이고 있었다.

‘왜 그렇게 남편이 싸고도나 했더니 다 이유가 있었구나. 그나저나 저와 같은 자가 왜 수채에 몸을 담고 있는지 이상하구나.’

아연도 그에게 감탄할 수밖에 없었다.

이제 서로 간의 신뢰가 조성되자 저마다의 가슴에 자연히 승리에 대한 희망이 솟았다. 그들은 밤늦도록 머리를 맞대고 세부적인 사항들을 논의하며 다가올 전투를 준비했다.

이윽고 날이 밝자 그들은 각자 맡은 바 임무를 위해 다시 하류를 향해 빠른 속도로 배를 몰아나갔다.

다음날 저녁, 석양을 등지고 명교의 배들이 나타났다.

“당주님, 옵니다!”

한 대원이 건천당주에게 보고했다.

“드디어 오는구나. 오늘은 반드시 놈들을 박살 내야 한다. 자, 가자.”

기슭에 숨어 있던 배가 서서히 강심으로 모습을 드러냈다. 그 뒤로 태지당주가 이끄는 또 한 척의 배가 따라붙었다.

“돌격!”

건천당주의 명령에 두 배가 전속력으로 명교의 배들을 향해 돌진했다. 이백 장이나 떨어져 있던 양쪽의 간격이 서로 마주 달려가는 형국이니 순식간에 좁혀졌다.

한데 어찌 된 것이 이번에는 명교의 배들이 대포를 쏘지 않고 전속력으로 마주 달려나올 뿐이었다.

사실 장강수룡대는 몰랐지만 그들은 황제파에게 전할 삼백 발의 포탄을 빼면 이제 여유 분이 얼마 없었다. 지난 전투에서 함정에 빠져 마구잡이로 포탄을 낭비하다 보니 생각보다 많은 포탄을 사용하게 된 것이다.

해서 지금부터는 확실한 기회가 오기 전에는 대포를 사용하지 않기로 하였다.

대포를 사용하지 않는다 해도 그들은 자신이 있었다.

명교와 금창대의 고수들이 수두룩하니 백병전이 벌어진다 해도 장강수룡대를 몰아붙이는 것은 식은 죽 먹기가 아니겠는가.

더구나 지난번에 보여준 교주의 무공은 가히 신의 경지라 할 만하니 두려울 것이 없었다.

"그래, 이놈들! 조금만 더 오너라!"

금창대주는 지휘선의 갑판에서 다가오는 장강수룡대의 배를 보며 전의를 다졌다.

한편 장강수룡대는 명교에서 대포를 쏘지 않으니 이상하게 생각했다.

"당주님, 이제 놈들의 사정권에 들어섰습니다. 한데 이상하게 조용하군요."

"음… 너무 잠잠한 것이 뭔가 꿍꿍이가 있는 모양이다."

건천당주도 고개를 갸웃했다.

자신들의 유리함을 버리고 백병전을 시도할 리가 없었다.

뭔가 다른 이유가 있을 것이다. 그러나 지금은 딱히 이것이다 하고 생각나는 것이 없었다.

"혹시 포탄이 떨어진 것이 아닐까요?"

옆에 있던 대원이 말했다.

"그럴 리가? 지난번에도 그렇게나 많은 포탄을 쏘던 놈들인데 포탄이 떨어졌다는 건 말이 되지 않는다. 여유가 없었다면 진작부터 아꼈겠지……."

"그도 그렇군요."

건천당주의 말에 대원은 고개를 끄덕였다.

"하면 이제 어찌할까요?"

놈들의 대응이 예상과 다르니 이대로 계속 접근할 것인지, 아니면 작전대로 달아나야 할 것인지 판단이 필요했다.

"이대로 달아난다면 놈들이 의심하기 십상이다. 좀 더 접근해 보자. 다만 언제든지 배를 돌릴 수 있도록 단단히 준비하라 일러라."

"예."

대원은 대답과 함께 뒤쪽으로 뛰어갔다.

얼마 후, 이제 양측의 거리는 백 장이 채 못 되는 거리까지 좁혀졌다.

"당주님, 더 이상은 너무 위험합니다."

다시 대원이 다가와 보고했다.

아직도 놈들은 잠잠하기만 했다. 그러나 더 이상 접근한다면 달아나기가 쉽지 않을 터였다.

"배를 돌려라. 그리고 화살을 날려라."

슈슈슉!

화살을 허공으로 날리며 장강수룡대는 급하게 배를 선회했다.

"와하하하! 대포 한 방 쏘지 않았는데 놈들이 지레 겁을 먹어 꽁무니를 빼는구나. 좋다! 전속력으로 밀어붙여라!"

"와아!"

화살들은 명교의 배에 이르지 못하고 강물 속으로 모두 처박혔다.

그런데도 장강수룡대의 배들이 달아나기에 급급하니 그 모양을 본 금창대주가 박장대소를 하며 수하들을 독려했다.

덩달아 대원들도 사기가 충천하여 환호성을 지르며 배를 몰아나갔다.

백병전도 마다하지 않을 참인데 장강수룡대가 겁을 먹고 달아나니 이 대로 밀어붙이면 무창까지 무사히 갈 수 있을 것 같았다.

"여봐라, 포수장! 너무 쉽게 보내주면 놈들이 또 기고만장하여 달려들 게다. 꽁무니에 대포를 한 방 쏘아주어라! 으하하하!"

"예!"

곧이어 대포 소리가 울렸다.

쾅!

"으아악!"

"어푸어푸!"

포탄이 물줄기를 쏟아 붓자 몇몇 장강수룡대의 대원들이 비명을 지르며 강물 속으로 떨어졌다.

건천당주도 물에 빠진 생쥐 꼴이 되어 겨우 난간을 잡고 몸을 지탱했다.

"으드득! 죽일 놈들……!"

그는 이를 갈며 뒤쪽을 힐끗 쳐다보았다.

저 멀리 뒤를 쫓아오는 명교의 배가 마치 유령처럼 아가리를 벌리고 달려드는 것 같았다.

"흡!"

쳐다보는 것만으로도 등줄기에 소름을 돋았다.

"뭣들 하느냐? 어서 노를 저어라!"

그는 지휘봉을 흔들며 수하들을 다그쳤다.

"하나, 둘! 하나, 둘……!"

대원들이 죽을힘을 다해 노를 젓기 시작했다.

"녀석들이 꽁지가 빠지게 달아나는구나! 하하하! 우리도 어서 가자! 이제 무창이 코앞이다!"

그렇게 죽어라 달아나는 장강수룡대의 배를 명교의 배들이 느긋하게 뒤쫓기 시작했다.

반 시진이나 지났을까? 앞에 드디어 좁은 협곡이 나타났다.

명교의 배들은 자신들도 모르는 사이 어느새 앞서거니 뒤서거니 일렬로 늘어서고 있었다.

"장군, 또 협곡입니다!"

교주는 퍼뜩 앞의 지형을 보고 금창대주에게 다가왔다.

지난번에 호되게 당한 경험이 떠오른 것이다.

"엇? 놈들을 쫓다 보니 깜빡했구려."

금창대주도 바싹 긴장한 눈빛을 띠었다.

"얘들아! 앞을 잘 감시하도록 해라! 포수장도 단단히 준비하거라!"

"예!"

일순 배에 긴장감이 돌며 대원들이 부산하게 움직였다.

벌써 감시병은 돛대 위에서 두 눈을 부릅뜨고 사방을 둘러보기 시작했다. 조그마한 낌새만 보여도 그곳에 포탄을 먹여줄 심산이었다.

그때 갑자기 양쪽에서 굉음이 울렸다.

우르릉!

"앗!"

깜짝 놀라 고개를 돌려보니 통나무들이 산기슭을 굴러 내려와 강물로 첨벙첨벙 빠져들었다.

"저, 저것이?"

갑판 위에 있던 금창대주와 한 교주는 고개를 갸웃했다.

도대체 무슨 꿍꿍이인지 알지 못한 까닭이었다.

더구나 어디에도 사람의 모습은 보이지 않았다.

"무슨 짓일까요?"

한 교주가 금창대주에게 물었다.

"으하하하……!"

그 순간 갑자기 금창대주는 미친 듯이 웃어대며 허리를 꺾었다.

한 교주는 멍한 표정으로 그를 바라보았다.

그러거나 말거나 금창대주는 한동안 웃음을 참지 못하다가 겨우 말했다.

"하하, 놈들이 이제 미친 모양이오! 하하하! 통나무를 띄워 우리 앞을 막아보려는 수작인 것 같은데 이렇게 큰 배가 물 위에 떠 있는 통나무에 부딪친다고 무슨 기별이나 오겠소? 하하하!"

금창대주는 또다시 웃음을 참지 못했다.

그러나 한 교주는 뭔가 불길한 예감을 느꼈다. 그렇게 무모하게 나올 놈들이 아니질 않는가?

'도대체 무슨 꿍꿍이란 말인가?'

그사이 벌써 통나무들은 강물 위를 가득 메우며 물길을 따라 이리저리 떠내려왔다.

순식간에 배는 통나무들에 둘러싸였다.

그러나 금창대주의 말처럼 관군의 배는 통나무들을 좌우로 튕겨내며 쏜살같이 앞으로 튀어나갔다. 그 뒤를 명교의 봉공인 서취국이 지휘하는 또 한 척의 배가 똑같이 통나무들을 튕겨내며 앞으로 달려나갔다.

정말 통나무들은 아무런 걸림돌이 되지 않았다.

그리고 이제 마지막으로 가문덕이 이끄는 배가 통나무들 사이로 막 들어섰다.

그때 갑자기 강의 양쪽에서 함성이 울려 퍼졌다.

"와아!"

"놈들을 잡아라!"

동시에 수십 명의 사내들이 횃불을 들고 발을 튕겼다.

슈슉!

그들은 강물 위에 떠 있는 통나무를 밟으며 명교의 배를 향해 달려들었다.

"앗, 놈들이다! 막아라!"

그 모습을 본 가문덕은 혼비백산하여 배의 난간으로 달려나왔다.

그는 통나무가 우르르 떠내려올 때만 해도 내심 속도를 늦춰보려는 얄팍한 수를 부린다고 비웃음을 흘렸었다.

한데 물 위에 뜬 통나무를 발판 삼아 배로 달려들다니?

아차 싶었다.

그것을 생각하지 못하다니. 더구나 놈들은 횃불까지 준비를 하고 있었다. 배에 불을 지르려는 속셈이 분명했다.

앞서 달려간 두 배는 당분간 아무런 도움이 될 수 없었다.

좁은 협곡에서 배를 돌릴 수는 없으니 이제 다시 오려면 협곡을 벗어나 배를 돌려야 하는 것이다.

"이놈들!"

일단 앞선 사내를 향해 건양장을 뿌렸다.

어떻게든 놈들이 배 위로 오르는 것은 막아야 했다.

팡!

"으악!"

건양장을 맞은 한 창궁대원이 비명과 함께 물속으로 처박혔다.

"저, 저 늙은이가!"

목영은 그 광경에 노성을 터뜨리며 재빨리 비도를 뿌렸다.

"이얏!"

세 자루의 비도가 허공을 갈랐다.

"엇!"

또다시 손을 휘두르던 가문덕은 비도가 달려들자 급히 발을 튕기며 옆으로 물러섰다. 그러나 목영의 비도는 호선을 그리며 그를 바싹 따라붙었다.

"훙!"

이미 비도의 변화를 알고 있는 그는 코웃음을 치며 허공에 삼 장을 때렸다.

파바방!

건양장이 허공을 휩쓸자 장력에 휘말린 비도가 허공으로 날아갔다.

그러나 그사이 창궁대의 몇몇 대원들이 배 위로 뛰어들었다.

"이얏!"

챙챙!

그들은 사력을 다해 교두보를 확보하려 안간힘을 썼다.

"물러가라!"

그에 반해 명교의 대원들은 배 위로 오른 창궁대의 무사들을 몰아내기 위해 벌 떼처럼 달려들었다.

"으악!"

겨우 배 위로 오른 창궁대원들은 명교의 대원들에게 밀려 다시 강물 속으로 떨어졌다.

"이놈들! 여기도 있다!"

하지만 뒤를 이어 계속 창궁대원들은 배 위로 뛰어들었다.

밀고 밀리는 혼전 속에 점점 배로 오르는 창궁대원의 수가 늘어갔다.

또한 그들은 배로 뛰어들며 들고 있던 횃불을 사방으로 집어 던졌다.

"횃불을 막아라!"

명교의 무사들은 횃불을 막으랴, 뛰어드는 사내들을 막으랴 우왕좌왕
하기 시작했다.

바로 그때 목영이 배 위로 뛰어들었다.

"이놈들! 어디 맛 좀 봐라!"

그는 뛰어들자마자 돛을 향해 횃불을 집어 던졌다.

"앗! 막아라!"

배의 상판과 다르게 돛은 천으로 되어 있어 쉽게 불이 붙을 것이다.
명교의 대원들은 필사적으로 날아오는 횃불을 막으려 달려들었다.

"흥, 어딜!"

목영은 그들을 향해 비도를 뿌렸다.

쇄애액!

"으악!"

비명과 함께 명교의 대원들이 바닥을 굴렀다.

그사이 날아간 횃불은 돛에 부딪쳐 아래로 떨어졌다. 그리고 곧 돛 줄
이 불타기 시작하더니 불은 삽시간에 돛으로 옮겨 붙었다.

"저, 저런 육시랄 놈!"

그 모습에 화가 머리끝까지 치솟은 가문덕이 목영을 향해 달려들었다.

막 앞을 가로막는 명교의 대원들을 향해 검을 휘두르던 목영은 한쪽에
서 강맹한 장력이 다가오자 깜짝 놀라 재빨리 검에 접자결을 운용하여
한 사내를 앞으로 당기며 물러섰다.

"이런!"

가문덕은 순간적으로 수하가 자신의 장력에 달려든 꼴이 되자 손을 들
어 올려 허공을 때릴 수밖에 없었다.

팡!

그사이 목영은 다시 발을 튕겨 멀찍이 물러났다.

“이 미꾸라지 같은 놈!”

더욱 화가 난 가문덕은 길길이 날뛰며 미친 듯이 목영을 향해 장력을 때렸다.

“어이쿠!”

목영은 비명을 지르며 요리조리 발을 튕겼다.

정면으로 맞서서는 봉공을 당해낼 재간이 없으니 우선은 피하고 본 것이다.

“게 섯거라, 이놈아!”

가문덕의 호통 소리가 계속해서 그의 뒤를 쫓았다.

한편 선상 위에선 혼전이 계속되고 있었다.

돛이 불타오르며 사방으로 튕긴 불똥에 여기저기 작은 불꽃이 번지고 있는 가운데 남궁가의 창궁대와 명교의 홍, 황, 청, 백의 사 당은 한 치의 양보 없이 밀고 밀리는 접전을 벌이고 있었다.

그러나 눈에 띄는 두 사람이 있었으니 바로 남궁철과 아연이었다.

“이얏!”

남궁철의 검이 달려드는 검을 밀어내면 뒤쪽에서 뛰어오른 아연이 물러서는 사내의 가슴 위로 일검을 휘둘렀다.

“으악!”

손발을 척척 맞추며 두 부녀(父女)는 닥치는 대로 명교의 무리들을 몰아붙였다.

“청기당주, 일단 저 연놈부터 막읍시다!”

정신없이 검을 휘두르던 붉은 허리띠에 수실을 멋들어지게 늘어뜨린 사내가 옆의 사내에게 말했다.

홍기당주 권홍(權弘)이었다.

"하하하, 둘까지 갈 것 있나? 나 혼자서도 충분하네!"

옆에 있던 청기당주는 호기롭게 협봉검을 앞세우고 달려나갔다.

"이보게, 조심하게. 만만히 볼 놈들이 아닐세."

홍기당주도 덩달아 발을 튕겼다.

그러나 청기당주는 두 사람에게 달려들자마자 곤경에 빠졌다.

"이얏!"

호통 소리와 함께 검을 찔러 넣었는데 갑자기 앞에 있던 남궁철이 한 순간에 주저앉으며 하체를 찔러왔다. 깜짝 놀라 그는 엉덩이를 뒤로 빼며 엉겁결에 검을 내려쳤다.

그때 왼쪽 어깨에 화끈한 통증이 느껴졌다.

"윽!"

어느새 아연이 우로 돌며 그의 어깨를 벤 것이다.

"이야!"

분기가 치솟은 청기당주는 마구잡이로 검을 휘둘렀다.

"흥!"

코웃음을 친 아연은 그와는 반대로 검을 천천히 내려쳤다.

창궁중주.

중검(重劍)의 묘리가 담긴 만검이었다.

챙!

"헉!"

두 검이 부딪치자 청기당주는 뼛속까지 울리는 충격에 뒤뚱거리며 뒤로 밀렸다.

"가라!"

아연의 검이 그를 쫓았다.

"물러서라!"

동료의 위기에 홍기당주가 아연의 옆구리로 달려들었다. 그러나 그는 급히 서두르느라 이미 자신을 막기 위해 허공으로 몸을 튕긴 남궁철을 보지 못했다.

"여기도 있다, 이놈아!"

남궁철의 오른손이 빙글 돌아 나왔다.

바로 남궁가가 자랑하는 천뢰장이었다.

팡!

"으악!"

그리고 천뢰장에 홍기당주가 날아가는 순간 아연의 검도 청기당주의 가슴을 파고들었다.

"큭!"

쿵!

"앗, 당주님!"

두 당주가 쓰러지자 명교의 대원들은 우왕좌왕 속수무책으로 밀리기 시작했다.

아연은 흐트러진 머리카락을 쓸어 올리며 사방을 둘러보았다. 곳곳에서 창궁대의 검이 명교를 맹렬히 몰아붙이고 있었다. 불길도 더욱 거세게 타오르고 있었다. 이제 곧 대승으로 선상 전투가 막을 내리리라.

"휴우!"

그녀는 안도의 한숨을 내쉬었다. 별 피해 없이 놈들을 쳐부순 것이 마음을 놓이게 했다.

그런데 그때 한 노인의 장력에 견디지 못하고 뒤로 쭉 밀리는 한 사내가 그녀의 눈에 들어왔다.

"악!"

그녀는 깜짝 놀라 비명성을 토해내었다. 그는 바르 남편인 석목영이었던 것이다.

목영은 요리조리 피하며 가문덕을 피해 달아났다.

좁은 선상이었지만 그의 칠성둔형이 위력을 발휘하여 쉽게 잡힐 것 같지는 않았다. 그런데 예상치 못한 복병을 만나고 말았다.

타오르던 돛대의 한쪽이 부러지며 떨어져 그의 앞을 막아버린 것이다.

"엇?"

순간적으로 앞이 막혀 주춤거린 사이 가문덕의 장력이 등을 노렸다.

"제기랄!"

할 수 없이 몸을 빙글 돌리며 왼손을 후려쳤다.

쾅!

그러나 역시 명교의 봉공이 한 수 위였다. 더구나 제대로 준비도 못한 한 수였다.

"크윽!"

답답한 신음을 흘리며 그는 우당탕 뒤로 튕겨졌다.

"훙! 이놈, 어디 더 날뛰어보아라!"

가문덕은 다시 한 번 발을 튕겼다.

쿵!

배의 난간에 부딪친 목영은 다시 밀려오는 장력에 머리 속이 하얘졌다. 그렇다고 가만 앉아서 몸으로 건양장을 맞을 수는 없었다.

"이얏!"

그는 혼신의 힘을 다해 두 손으로 바닥을 밀었다.

쾅!

아슬아슬하게 목영이 배의 난간을 넘어 강물로 떨어지는 찰나 가문덕의 장력이 방금 전까지 목영이 있던 자리를 때렸다.

우지끈!

배가 심하게 흔들리며 난간은 흔적도 없이 부서져 나뭇조각만 허공을 가득 메웠다.

"이런 썅!"

다 잡은 고기를 놓쳤다는 생각에 가문덕은 발끈하여 순간적으로 평정심을 잃었다.

쇄애액!

바로 그 순간 나뭇조각 사이로 세 자루의 비도가 날았다. 목영이 강물 위의 통나무를 박차고 뛰어오르며 비도를 뿌린 것이다.

위기 뒤엔 기회라 했던가?

목영의 예상치 못한 공격에 가문덕은 순간적으로 당황했다.

"앗!"

그는 재빨리 발을 놀리며 장력을 뿌려댔다.

팡팡!

그러나 두 자루를 쳐내는 사이 마지막 한 자루가 그의 옆구리를 파고들었다.

"컥!"

'기회다!'

목영은 자신도 모르는 사이 또 한 명의 봉공을 잡을 수 있는 기회를 맞아 마음속으로 쾌재를 불렀다.

"차앗!"

핑!

탄구공이었다.

조그만 쇠구슬이 가문덕의 목줄기를 파고들었다.

"끄르륵! 이… 이런 개……!"

부릅뜬 눈으로 잠시 목영을 바라보던 가문덕은 입술을 달싹거리다 결국 선상 위로 무너지고 말았다.

쿵!

"으하하하! 놈을 잡았다! 잡았어!"

기쁨에 겨워 목영은 큰 소리로 외쳤다.

"앗, 봉공어른이 돌아가셨다! 모두 달아나라!"

그 모습을 본 명교의 대원들은 더 이상 싸울 의지를 잃고 모두 강물 속으로 뛰어들었다.

"여, 여보!"

상기된 표정으로 아연이 그의 곁으로 다가왔다.

"하하하, 놀란 모양이구려. 설마 이런 놈에게 내가 당하겠소?"

목영은 호기롭게 가슴을 쭉 폈다.

"저는 당신이 어떻게 되는 줄만 알았어요. 제발 조심하도록 하세요."

아연은 걱정스런 눈빛으로 목영을 바라보았다. 그러면서도 얼굴엔 기쁨이 한가득 담겨 있었다.

"너무 심려치 말구려."

목영은 그녀의 손을 꼭 잡았다.

언제 어느 곳에서나 자신을 생각해 주는 그녀가 너무도 고마웠다.

"흠흠! 자, 이제 배는 가만두어도 불에 타 가라앉을 것이니 이만 철수하세나."

두 사람 곁으로 다가온 남궁철이 멋쩍은 듯 헛기침을 하며 말했다.

"예, 장인어른. 그리하시지요."

그들은 다시 통나무를 밟으며 산기슭으로 발을 튕겼다.

배만 점점 불길에 휩싸여 서서히 물길을 따라 떠내려가고 있었다.

제8장
계속되는 추적

"그래, 놈들의 동향은 어떠하오?"

여서장군 목영이 건천당주를 향해 물었다.

그들은 의도대로 장강전투에서 한 척의 배를 침몰시킨 후 무창강 변에 몰래 배를 대었다. 그리고는 한 야산에 진을 치고 놈들의 동태를 알아보기 위해 무창으로 들어간 밀정들을 기다리는 중이었다.

"장군, 무창에 다녀온 군사들의 보고에 의하면 놈들은 대륙표국의 깃발을 휘날리며 다섯 대의 마차에 짐을 나누어 싣고 남창 쪽으로 출발했답니다."

"음, 남창 방향이라……."

목영은 턱을 쓰다듬으며 건천당주의 말을 되뇌어보았다.

무슨 뾰족한 수가 없을까 하는 고민이 역력하였다.

"놈들의 수는 대략 어느 정도나 된다 하던가요?"

이번엔 송 군사가 건천당주를 향해 물었다.

"예, 관군들로 보이는 놈들이 다시 합류하여 거의 일천을 헤아린다 하옵니다. 더구나 놈들은 모두 말을 타고 길을 떠났답니다."

건천당주는 공손한 태도로 송 군사에게 보고했다.

지난 전투에서 한 치의 어긋남도 없는 송 군사의 예견에 결국 마음속으로 승복하게 된 것이다. 그것은 태지당주인 진곤도 마찬가지였다.

"일천?"

"허어, 이러한 시국에 말은 어디서 그렇게 모았단 말인가?"

좌중의 사내들은 그들의 수에 깜짝 놀랐다.

현재 장강수룡대의 인원은 고작해야 사백을 헤아리고 있었다. 지난 전투에서 사상자들이 많이 발생하여 이제 추격전에 나설 인원은 그 정도밖에 되지 않은 것이다.

남궁가에서 합류했기에 그나마 사백여 명도 유지할 수 있었다. 그리고 말은 아직 한 마리도 없었다.

"장군, 수의 차이가 너무 많습니다."

태지당주가 걱정스런 목소리로 말했다.

지금 상황이라면 파양호파에 원군을 청할 수도 없었다.

그들은 이런 육상전에는 별 도움이 되지 못하는 데다 또 채를 비울 경우 동정호파의 기습을 염려하지 않을 수 없었다.

"음, 군사는 어찌 생각하시는가?"

목영이 보니 그는 건천당주의 일천이란 말에도 별 동요 없이 은근히 입가에 미소까지 그리고 있었다. 뭔가 이미 대비책이 있지 않고서야 이리 태평할 수는 없는 노릇이 아닌가?

궁금함에 얼른 물은 것이다.

"숫자야 뭐 그리 중요하겠습니까? 문제는 포탄을 뺏고 나서 북평으로 어찌 운반할 것인가이지요."

목영은 송 군사의 말에 금세 표정을 바꾸며 호탕하게 웃었다.

"하하하, 우리 군사께서 이미 복안이 있으신 모양기오. 그렇다면 걱정할 것이 없지요."

"아니, 군사께선 도대체 어쩌자는 말이오?"

궁금함을 참지 못하고 남궁철이 송 군사에게 물었다.

아무리 생각해 보아도 뾰족한 수가 없는 상황에서 마치 이미 포탄을 수중에 넣은 듯이 말하니 이해를 못할 수밖에.

"예, 수가 많다 하나 그건 걱정할 것이 없습니다. 아마 말을 대륙표국이 동원한 모양인데 말이 없다면 그 병력이 어찌 먼 길을 가겠습니까?"

"어? 으하하하하!"

"하하하!"

잠깐 동안 어리둥절해하던 좌중의 사내들은 곧 큰 웃음을 터뜨렸다.

저들은 어떻게든 빨리 포탄을 금릉으로 옮기려 하는데 말을 집중 공격한다면 점점 궁지에 빠질 것은 자명한 일이었다.

물론 다음 마을에서 어떻게든 말을 보충하겠지만 큰 마을이 아니고선 그렇게 대량으로 말을 구하기는 쉽지 않을 것이다.

"한데 군사님, 우리에게도 말이 없는데 어찌 저들을 쫓는단 말입니까?"

건천당주였다.

그의 말에 일순간 장내가 조용해졌다.

무슨 수로 이미 말을 타고 길을 떠난 저들을 쫓는단 말인가?

맞는 말이었다.

"허허허, 그 점 또한 염려할 바가 없습니다. 저들에 비해 우리가 유리한 것이 무엇입니까? 바로 파양호를 마음대로 지날 수 있다는 것이 아닙니까? 저들은 필시 남창으로 파양호를 우회하여 안휘의 무호(蕪瑚)에서 다시 배를 타려 할 것입니다. 거기서부터가 관군이 장악하고 있는 곳이니 당연히 그리하겠지요. 우리가 안경(安慶)까지 뱃길로 간다면 충분히 놈들보다 앞설 수 있을 것입니다. 그리고 말의 준비는 파양호파에 기별을 넣어놓으면 되지 않겠습니까?"

"아아!"

"그렇군요."

정말 신기묘산(神奇妙算)이 아닐 수 없었다.

모두들 벌린 입을 다물지 못했다.

그러나 송 군사는 한걸음 더 나아갔다.

"그리고 장군, 부족한 병력을 메울 또 하나의 방책이 있습니다."

"그, 그것은 또 무엇이오?"

목영이 상기된 표정으로 되물었다.

"그것은 바로 산적들이옵니다. 고우산과 구화산, 그리고 제운산에는 세가 만만치 않은 산적들이 있지 않습니까? 저들이 표물로 가장을 했으니 당연히 산적이 끼어야 옳지요."

"음, 그건 그렇소만 산적들이 포탄에 관심을 두겠소?"

"그들이 어찌 포탄임을 알겠습니까? 하니 우리가 군자금으로 쓸 황금을 이송 중이라는 소문을 퍼뜨린다면 파리가 꾀듯이 자연스럽게 산적들이 모여들 것입니다."

"으하하하! 과연 송 군사요! 하하하!"

"대단하십니다! 대단해요!"

저마다 한마디씩 송 노인을 치켜세우며 웃음소리를 토해내었다.

송 노인의 얼굴에도 흐뭇한 웃음이 맺혔다.

이렇게 해서 건천당의 몇몇 사내들이 무호로 말을 타고 출발했다.

그들은 가는 동안 내내 큰 객점마다 들러 황금을 운송하는 표국 행렬에 대해 이야기 보따리를 풀어놓을 것이다. 그리하면 산채의 간세가 반드시 그 소식을 본채에 전하게 되리라.

그리고 남은 장강수룡대의 대원들은 다시 배를 돌아 안경을 향해 길을 재촉했다.

한 사내가 석양을 바라보고 서 있었다.

석상처럼 미동도 없이 먼 하늘을 응시하던 그가 말했다.

"무사히 탈출했겠지요?"

"분명히 살아 있을 것이니 너무 심려치 마시오, 교주."

옆에 있던 노인이 말했다.

그들은 바로 명교의 교주 한소명과 봉공 서취국이었다.

제일 뒤에 있던 가문덕의 배가 불타오르는 것을 보고도 다시 돌아갈 수 없었던 것이 못내 마음에 걸리는 것이다.

그때는 좁은 협곡이라 배를 돌릴 수가 없었다.

그리고 협곡을 빠져나온 후엔 금창대주가 돌아가는 것을 막았다.

다시 돌아가다가 놈들의 매복에 걸리기라도 한다면 포탄을 잃을 수도 있기 때문이었다.

할 수 없이 재촉한 길이었지만 한 교주는 마음이 놓이질 않았다.

"무창에서 예까지 오는 동안 놈들의 추격이 없는 것을 보면 분명 가문덕이 승리를 거두었단 말이 아니겠습니까? 따라오기가 쉽지 않으니 교로 돌아가 기다리고 있겠지요."

"그리만 되었다면 원이 없겠습니다."

한소명은 다시 먼 하늘로 시선을 던졌다.

"이제 그만 내려가시지요. 모두들 기다리고 있을 것입니다."

잠시 아무 말 없이 서 있던 서취국이 교주에게 말했다.

교주는 한참이나 지나서야 발길을 떼며 말했다.

"내려가십시다."

두 사람은 산 아래로 발을 튕겼다.

"어디를 다녀오시는 게요?"

금창대주였다.

그는 타오르는 모닥불 앞에 앉은 채 고개만 돌려 물었다.

이곳은 장강의 안경포구에서 가까운 석태(石台) 근교의 야산이었다.

굽이친 산 안쪽의 계곡에 표사로 가장한 군사들과 명교의 대원들이 야영을 하고 있는 것이다. 물론 일행 중엔 황호성 국주와 몇몇 표두들, 그리고 잡일을 도맡은 일꾼들이 섞여 있었다.

그들은 모두 대륙표국 사람들이었다.

"노을에 취해 잠시 구경 좀 하고 오는 길입니다."

한소명은 애써 웃음으로 금창대주의 말을 받았다. 자신의 수족이나 마찬가지인 가문덕을 구하지 못한 것이 그의 탓인 양 생각이 들었기 때문이다.

'흥, 지금 무슨 유람 나온 줄 아는 모양이지?'

금창대주 또한 자신보다 뛰어난 무공을 보여주는 데다 명색이 금창대의 대주인데도 불구하고 고분고분하지 않은 그에게 좋은 감정이 있을 리 없었다. 그러나 겉으론 웃을 수밖에 없었다.

"하하하, 장주께서는 보기보다 무척이나 낭만적이십니다그려."

"하하하, 원 별말씀을."

두 사람이 어색한 웃음을 흘리는 가운데 불가에 앉았던 광명우사 광천기가 자리에서 일어서며 말했다.

"이쪽으로 앉으시지요."

한소명이 자리에 앉자 무창에서 합류한 우도어사 오세명이 화제를 돌렸다.

"놈들이 잠잠한 것을 보니 우리를 놓친 모양입니다."

"흥, 지금쯤 아마 열심히 장강을 뒤지고 있겠지요. 멍청한 놈들이 우리가 육로로 가리란 걸 짐작이나 하겠습니까?"

그 말을 황호성이 받았다.

그의 말투엔 다분히 감정이 담겨 있었다. 지난번 석가장의 일로 어차피 자신과는 공존할 수 없는 관계가 아닌가?

"아무튼 이대로라면 한 달 안에 금릉에 들어설 수 있을 것이오. 모두들 그때까지 정신 바싹 차립시다. 언제 어느 때 무슨 일이 벌어질지 모릅니다."

너무 평온한 행렬에 혹시라도 마음이 해이해질까 금창대주가 단호하게 좌중을 향해 말했다. 그러면서 눈빛은 한소명을 향했다.

한가하게 노을이나 감상하며 다닐 때가 아니라는 말없는 질책이었다.

그때 마침 육대승(陸大承)이 경계병들의 상황을 점검하고 돌아왔다. 그는 무창에서 군사를 이끌고 합류한 천호였다.

"장군, 현재까지 아무 이상이 없습니다."

"수고했소. 그럼 오늘밤도 수고 좀 해주시구려. 자, 내일도 새벽부터 길을 재촉해야 하니 모두들 일찍 주무시도록 하십시다."

금창대주의 말을 끝으로 그들은 모두 자신들의 자리로 뿔뿔이 흩어졌다.

밤이 깊었다.

고요한 세상.

산새마저 모두 저마다의 보금자리로 떠난 듯 숲 속엔 아무런 움직임이 없었다. 그저 간간이 불어오는 바람이 살랑살랑 나뭇가지를 흔들고 있을 뿐이었다.

그때 저 멀리 간간이 보이는 모닥불을 향해 검은 야행의로 몸을 감싼 일단의 무리가 빠르게 숲을 가로질렀다. 그들은 불빛이 가까워지자 일제히 나무 뒤로 몸을 숨겼다.

“자, 여기서 갈라지도록 하시지요. 아시겠지만 우리의 목표는 말들입니다. 무리하지 마시고 얼른 몸을 빼도록 하세요.”

일행 중 한 사내가 옆의 노인에게 말했다.

“알겠네. 자네도 몸조심하시게. 그리고 너도.”

그 노인은 사내와 다른 한쪽의 여인에게 눈빛을 주었다. 이어 그는 오른쪽으로 발을 튕겼다. 그 뒤를 백여 명의 사내들이 따랐다.

그들이 어둠 속으로 사라지자 노인의 뒷모습을 바라보던 여인이 사내를 향해 고개를 돌렸다.

“여보, 꼭 무사하셔야 해요.”

“당신도 조심하구려.”

서로 간에 짧은 눈 맞춤을 나눈 다음 여인은 왼쪽의 어둠 속으로 뛰어들었다.

이번에도 백여 명의 사내들이 뒤를 따랐다.

“우리도 가자.”

모두가 떠난 후 남은 삼십여 명을 이끌고 사내는 계속 앞으로 달려갔다.

그들은 바로 장강을 거쳐 표행 일행보다 사흘 먼저 이곳 석태 근교에 도착한 목영 일행이었다. 그들은 오늘밤 적의 말들을 목표로 기습을 나온 남궁가의 무사들과 장강수룡대의 대원들이었다.

얼마나 갔을까?

앞쪽에 경계병인 듯한 몇 명의 사내들이 보였다. 그러나 그들은 이미 저마다 서로 잡담을 나누거나 나무에 기대어 잠에 빠져 있었다. 하긴 예까지 오는 동안 아무 일이 없었으니 마음을 턱 놓고 있는 것이 당연했다.

슈슉—

목영은 그들을 보자마자 비도를 뿌렸다.

빠르게 날아간 비도가 사내들의 목줄기를 파고들었다.

"컥!"

"케엑!"

그들은 비명조차 지르지 못하고 고개를 떨궜다.

목영은 걸음을 멈추고 잠시 귀를 기울였다.

사방은 여전히 조용했다. 아직은 아무도 눈치챈 놈이 없는 모양이었다.

그는 다시 안쪽으로 발을 튕겼다.

안쪽에는 여기저기 천막이 쳐져 있었고 군데군데 모닥불이 타오르고 있었다. 그리고 천막 사이를 오가는 몇몇 사내들이 보였다.

목영은 재빨리 어둠 속에 몸을 숨겼다.

이제 잠시 후 창궁대와 수룡대가 놈들을 흔들기 시작하면 그는 말을 목표로 달려나갈 것이다.

"가주님, 모든 준비가 끝났습니다."

창궁대주 혁필(赫弼)이 낮게 말했다.

"좋다. 그럼 신호탄을 올려라."

"예."

남궁철의 명령에 한 대원이 폭죽을 꺼내 들었다.

펑!

불꽃이 하늘 위로 솟구쳤다.

슈슉—

거의 동시에 하늘을 가득 메우며 불화살이 날아올랐다.

어둠 속에서 불꽃들은 아름다운 포물선을 그리며 날아가 천막 위로 떨어졌다.

파바박!

순식간에 천막들이 불에 타오르기 시작했다.

"앗, 적이다!"

"불이야!"

사방의 천막 속에서 사내들이 허둥지둥 몰려나왔다.

그때 두 번째 화살들이 날았다.

이번엔 불꽃을 달지 않았기에 화살은 보이지도 않았다.

슈우— 퍽!

"으악!"

사내들은 속수무책으로 화살에 꿰어 쓰러졌다.

그때 중앙의 큰 천막 안에서 금창대주가 모습을 드러냈다.

"육대승, 육 천호는 어디 있느냐!"

그는 야간 경계를 책임진 천호를 소리쳐 불렀다. 그러자 저편에서 한 사내가 헐레벌떡 뛰어왔다.

"자, 장군! 사방이 포위된 듯하옵니다!"

"호들갑 떨 것 없다. 그래, 놈들이 누구인지는 알아냈느냐?"

"아, 아직……."

"이런 병신 같은 놈!"

금창대주는 답답함에 퍽 소리가 나도록 발을 굴렀다.

"일단 서둘러 방어진을 구축하도록 해라!"

“예, 장군!”

육대승은 허리를 한번 숙인 후 뒤돌아 뛰어가며 소리쳤다.

“모두 방패를 들고 원진을 형성해라!”

“모여라! 원진을 만들어라!”

주위에 있던 병사들이 그 말을 받아 소리치며 모여들었다.

“으악!”

그러나 그러는 중에도 병사들은 화살에 맞아 바닥을 굴렀다.

“뭣들 하느냐? 서둘러라!”

육대승은 고래고래 소리를 질렀다.

피해를 줄이자면 조금이라도 빨리 방패의 막을 세워야 할 것이 아닌가.

다행히 하나둘 모인 병사들이 방패를 붙이며 바닥에 주저앉기 시작했다. 그리고 우왕좌왕하던 병사들은 재빨리 그쪽으로 모여들었다. 이제 하나의 큰 원진이 형성되자 그것을 본 병사들은 서둘러 또 다른 원진을 만들어 나갔다.

장내는 순식간에 안정을 되찾아갔다.

그 모양을 본 금창대주는 잠시 고개를 끄덕이다가 소리쳤다.

“놈들이 누구인지 알아봐야겠다! 금창대는 나를 따르라!”

“예!”

그는 이십여 명의 금창대원을 이끌고 어둠 속으로 발을 팅겼다.

그 뒤로 우도어사 오세명과 우령대가 그들을 바싹 따라붙었다.

한편 반대편에서는 명교의 대원들이 맹렬히 검을 휘둘러 화살을 쳐내었다. 그러나 어둠 속에서 순식간에 눈앞으로 다가드는 화살을 쳐내기란 여간 까다로운 것이 아니었다.

그렇다 보니 간간이 화살에 맞아 쓰러지는 대원들도 눈에 띄었다.

그나마 무공이 일정 수준에 올라 있어 쓰러지는 대원들은 그리 많지 않았다.

뒤쪽에서 어둠을 응시하며 서 있던 한 교주는 빠르게 안정을 찾아가는 관군들을 보았다.

'음, 고지식하기만 한 줄 알았더니 통솔력은 제법 있는 놈이었구나.'

그는 인정하지 않을 수 없었다.

역시 이런 집단전에서는 군대의 대응이 쓸모가 있었다.

그러나 그들에게는 쓸 만한 방패막이가 없었다.

당분간은 검진에 의존할 수밖에 없는 것이다.

그렇다면 되도록 빨리 놈들에게 쇄도하여 접근전을 하는 수밖에 없었다.

"우사! 우사!"

"예."

한 교주의 부름에 한쪽에서 청조수를 휘두르던 광명우사가 뛰어왔다.

"이대로 당할 수만은 없네. 홍기당과 백기당을 데리고 가보게."

"알겠습니다."

그는 백여 명의 사내들을 데리고 앞쪽의 숲으로 뛰어들었다.

"가자."

불화살이 날아오른 순간 목영은 발을 튕겼다.

비탈을 이용해 교묘히 몸을 숨긴 채 그는 빠르게 앞으로 달렸다.

위쪽에서 남궁가의 무사들이 놈들을 향해 화살을 날리고 있으니 이쪽으로 화살이 떨어질 염려는 없었다.

그렇게 계속 안쪽으로 들어가자 뒤쪽에서 드디어 푸드득거리는 말 소리가 들렸다.

불꽃이 피어오르니 말들도 우왕좌왕하는 모양이었다.

좀 더 다가가 보니 통나무를 박아 아래위로 밧줄을 연결해 놓은 임시 마구간이 눈에 들어왔다. 임시라지만 제법 튼튼해 브였다.

"여기에 있었구나. 차앗!"

목영은 망설이지 않고 비도를 뿌렸다.

뒤를 이어 귀도대의 비도가 허공을 갈랐다.

투득.

처음의 비도가 밧줄을 잘랐다.

그리고 뒤를 이은 비도들이 말들에게 달려들었다.

히이잉!

엉덩이나 옆구리에 비도를 맞은 말들이 울음을 토하며 번쩍 발을 치켜들었다.

"누, 누구냐!"

여기저기 있던 병사들이 뒤늦게 소리를 지르며 창을 고쳐 쥐었다.

슈슉!

다시 비도가 날았다.

"앗! 으악!"

서너 명의 병사들이 한꺼번에 비명을 지르며 쓰러졌다. 그만큼 비도는 위력적이었다.

히이잉!

그리고 다시 한 번 말들을 향해 비도가 날았다.

펄쩍펄쩍 제자리에서 날뛰던 말들은 아픔을 참지 못하고 앞쪽으로 달려나오기 시작했다.

두두두두—

그러자 그 뒤를 이어 점점 많은 말들이 달려나오기 시작했다.

"됐다! 모두 말에 타라!"

목영은 재빨리 발을 튕겨 말 등 위에 올라탔다.

"이랴!"

그는 고삐를 잡아채어 말을 한쪽으로 몰았다.

목영을 태운 말이 질풍같이 달려나가자 그 뒤를 따라 말들이 떼지어 달리기 시작했다.

두두두두—

그는 말 등에 몸을 바싹 붙이고 불타는 천막이 보이는 본진을 향해 달렸다.

"앗! 피해라!"

방패를 들고 원진을 형성했던 병사들은 수백 마리의 말 떼가 달려들자 혼비백산하여 사방으로 달아나기 시작했다.

"으악!"

미처 피하지 못한 병사들이 말발굽에 밟혀 비명을 질렀다.

"하하하! 이놈들! 맛이 어떠냐?"

목영은 사방으로 비도를 뿌렸다.

덩달아 몽혼귀도대의 비도도 병사들을 향해 날았다.

"으악!"

달아나던 병사들이 비도에 맞아 비명을 지르며 쓰러졌다.

히이잉! 두두두두—

이제 말들은 더욱 속력을 내기 시작했다.

한번 내달리기 시작하자 그 누구도 통제할 수 없었다.

우지끈 첫 번째 천막이 부서져 나갔다. 그리고 두 번째, 세 번째…….

말발굽 아래 남아나는 것이 없었다.

그때 한 노인이 땅을 박차고 달리는 말 등 위로 올라섰다.

"이놈! 누군가 했더니 바로 네놈이었구나!"

그는 바로 명교의 봉공인 서취국이었다.

"하하하! 네놈도 죽으려고 무덤을 찾아왔구나!"

목영은 재빨리 비도를 뿌렸다.

"뭣이, 그렇다면 네놈이?"

서취국은 두 눈에 노기를 담았다.

목영의 말에서 이미 가문덕이 명을 달리했음을 알아챘기 때문이다.

"그래, 이놈아! 또 한 늙은이는 내가 벌써 황천으로 보내 버렸다!"

말 등을 박차고 하늘로 날아오른 서취국을 향해 목영이 다시 비도를 뿌렸다.

"흥! 이깟 비도에 가문덕이 당했단 말이냐? 어림없는 소리!"

그는 몸을 틀어 비도를 피하며 호통을 질렀다.

정녕 가문덕이 당했다는 것을 믿을 수가 없었다.

그러나 그것은 목영을 몰라도 너무 모른 것이다.

당장만 해도 그렇다.

그는 가문덕 얘기에 정신이 팔려 그냥 쉽게 생각하고 비도를 피했다. 그리고 막 다시 말 등으로 내려서려 했다.

바로 그 순간 비도가 갑자기 아래로 뚝 떨어지더니 한발 앞서 그가 내려서려는 곳의 주변을 휩쓸었다.

히이잉! 쿠궁!

말들이 다리를 꺾으며 쓰러졌다.

"헉!"

서취국은 깜짝 놀랐다. 갑자기 발밑이 움푹 꺼진 것이다.

더구나 설상가상으로 뒤에서 달려오는 말들은 멈출 생각을 하지 않고 쓰러진 말들을 뛰어넘으려 펄쩍 위로 솟구쳤다.

잘못하면 말 떼의 사이에 떨어져 그대로 말발굽의 제물이 될 찰나였다.

"차앗!"

절체절명의 순간.

서취국은 바닥을 박차며 뒤에서 덮치는 말을 향해 장력을 때렸다.

팡! 히이잉!

엉겹결에 다시 도약을 했기에 높이 뛰어오르진 못했지만 장력을 때린 반발력이 더해져 비스듬히 위로 솟구쳤다. 이대로라면 다시 말 등 위로 오를 수 있을 것 같았다.

하지만 그 순간 뒤쪽으로 몸을 날린 목영이 다시 비도를 뿌렸다.

그리고 이번엔 귀도대의 비도가 더해졌다.

히이잉!

십여 마리의 말이 동시에 비명을 지르며 쓰러졌다.

또다시 서취국은 디딜 말이 없었다.

"이놈!"

그는 이를 악물었다.

바닥으로 떨어지려는 찰나, 뒤쪽에서 달려드는 말의 앞다리를 옆으로 밀어냈다. 그러면서 다른 한 손으로 말갈기를 움켜쥐었다.

"끄응!"

갈기를 잡고 말을 아래로 당겼다.

자연히 그의 몸은 다시 공중으로 뛰어올랐다.

그러나 거기까지였다.

"가라, 이 늙은이야!"

그새 가까이 다가온 목영의 오른손이 빙글 돌아 나왔다.

빡!

"으악!"

십단금에 맞은 서취국은 허무하게 바닥으로 떨어졌다.

그 위를 말들이 밟으며 달려나갔다.

"안 돼! 봉공, 봉공!"

그 모습을 멀리서 보고 있던 한 교주는 광분하여 뛰어나왔다.

"엇, 네놈은 나중에 보자."

이미 그의 무위에 놀란 적이 있는 목영은 재빨리 말 등에 엎드려 두 발을 바싹 조였다.

두두두두ㅡ

더욱 빠른 속도로 말들이 장내를 벗어나기 시작했다.

"이야!"

점점 사이가 벌어지자 한 교주는 옆에 있던 바위 하나를 집어 던졌다.

쿵!

"이야!"

또 하나의 바위가 허공을 날았다.

히이잉!

말들은 바위가 날아오자 사방으로 흩어지며 날뛰었다.

그나마 바위에 막혀 말들이 더 이상 달아나지 못하는 것이 다행이었다. 자칫 가지고 있던 말을 모두 잃을 뻔하지 않았던가.

병사들이 달려들어 날뛰는 말들을 진정시키는 동안 한 교주는 조용히 무릎을 꿇었다. 그 앞에는 피투성이가 되어 이미 목숨을 잃은 서취국이 널브러져 있었다.

"으아악!"

그는 하늘을 향해 긴 울부짖음을 토했다.

“반드시, 반드시 네놈만은 내 기필코 죽여주리라!”
그의 두 뺨 위로 눈물이 하염없이 흘러내리고 있었다.

“됐다. 이제 철수하자.”
남궁철은 말 떼가 달려나오는 것을 보고는 옆의 사내에게 말했다.
“모두 철수하라!”
창궁대주 혁필이 그의 명령을 받아 수하들에게 전달했다.
화살을 날리던 창궁대원들과 건천당의 대원들은 일제히 활을 거두고
뒤로 물러섰다.
한데 바로 그때 몇 명의 사내들이 앞에서 달려나왔다.
“여기 있었구나!”
“꼼짝 마라, 이놈들!”
그들은 달빛에 번쩍이는 창을 휘두르며 거리를 좁혔다. 바로 숲으로
뛰어든 금창대원들이었다.
“앗, 벌써! 창궁대는 앞으로 나서라!”
남궁철은 수하들에게 소리치며 한 금창대원에게 달려들었다.
깡!
검과 창이 부딪치며 쇳소리가 울려 퍼졌다.
창대를 비껴낸 남궁철은 다시 바싹 다가서며 그의 옆구리를 찔러갔다.
“엇!”
그 사내는 당황한 듯 헛바람을 삼키더니 가까스로 몸을 굴려 남궁철의
검을 피했다.
슈슉!
그때 다른 한 사내가 바람을 가르며 창을 찔러왔다.
“헛!”

그 기세에 놀라 남궁철은 재빨리 물러서며 자세를 가다듬었다.

"음, 제법이구나. 어디 얼마나 버티는지 보자."

그는 바닥에 쓰러진 대원이 일어나기를 기다렸다가 다시 남궁철에게 달려들었다.

'이놈이 금창대주였지, 아마?'

남궁철은 전의 기억을 떠올리며 신중하게 대응하 나갔다.

슈슉, 챙챙!

두 사람은 한동안 우열을 가리기 힘들 정도로 막상막하의 공방을 벌였다. 그렇지만 따지고 보면 역시 금창대주의 무공이 한 수 위라고 할 수 있었다.

이곳은 나무가 많은 숲 속이어서 장병기인 창을 사용하는 것은 불리할 수밖에 없었다.

그런데도 금창대주는 조금도 밀리지 않았다. 그만큼 그의 무공이 대단하다고 볼 수밖에 없었다.

"와아!"

"으악!"

하지만 다른 쪽의 상황은 좋지 않았다.

오세명이 이끄는 우령대는 그럭저럭 어울려 막아내고 있었지만 문제는 창을 휘두르는 이십여 명의 금창대였다. 그들은 삼각대형을 유지하며 조직적으로 창궁대를 몰아붙이고 있었다. 벌써 사상자가 많이 발생한 듯 여기저기에서 비명이 난무하고 있었다.

'에잇, 이대로는 안 되겠구나!'

남궁철은 금창대주의 창을 후려쳐 밀어내고 앞으로 쇄도했다.

"흥!"

금창대주는 코웃음을 치며 한 손으로 창끝을 잡아 빙글 돌렸다.

깡!

다시 검과 창이 부딪쳤다.

그 순간 남궁철은 그 반발력을 이용해 뒤로 물러서며 소리쳤다.

"모두 퇴각하라!"

그 소리에 창궁대는 일제히 뒤로 달아나기 시작했다.

"앗! 놈들이 달아난다! 쫓아라!"

"게 섯거라, 이놈들!"

금창대와 우령대는 달아나는 창궁대를 쫓아 발을 튕겼다.

그러나 그 순간 뒤로 물러나 있던 수룡대원들이 일제히 화살을 날렸다.

"앗?"

"으악!"

금창대 일행은 그들을 발견하고 재빨리 바닥으로 엎드려 화살을 피했지만 몇몇 우령대원들은 미처 피하지 못하고 화살에 맞아 바닥을 굴렀다.

"이런 쌍놈의 새끼들! 게 섯지 못할까!"

더욱 화가 치민 금창대와 우령대는 고래고래 소리를 지르며 다시 창궁대의 뒤를 쫓았다.

'그래, 열심히 쫓아오너라. 잠시 후에 지옥을 맛보게 해주마.'

남궁철은 그들을 보며 회심의 미소를 지었다.

"조, 조금만 힘을 내라!"

아연은 뒤를 따르는 대원들을 독려하며 숲 속을 내달렸다.

그녀의 일행도 막 물러서려는 순간 광명우사가 이끄는 명교의 기습을 받았다. 해서 서둘러 퇴각하는 길이었다.

"잡아라!"

"당장 서라!"

뒤에서는 백여 명의 무리가 소리를 지르며 그들을 바싹 추격하고 있었다.

"흥, 가소로운 놈들. 잠시 후에 보자. 그나저나 이번에도 송 군사의 예측은 과연 어긋남이 없구나."

그녀는 새삼 그에게 감탄하였다.

이제 얼마 안 가면 이러한 상황을 예측하고 건천당주가 이끄는 장강수룡대가 매복을 하고 있을 것이다.

파바박!

이제 약속한 지점에 이르렀다.

그녀는 의미심장한 미소를 지으며 손을 번쩍 치켜들었다. 그러면서 막 좌우로 삼 장여의 거리를 두고 서 있는 아름드리 나무 사이를 지났다.

창궁대와 수룡대가 그곳을 지나가자 나무 뒤에 숨어 있던 사내가 재빨리 줄을 당겼다.

그것은 가는 철사 줄이었다.

"뭣들 하느냐! 어서 서둘러라! 뻔히 보고도 놈들을 놓아줄 셈이냐?"

광명우사의 재촉이 어둠 속에서 쩌렁쩌렁 울렸다.

"가자! 차앗!"

명교의 대원들은 달리는 속도를 배가시켰다.

그 순간 선두에 섰던 무리들이 드디어 철사 줄에 걸렸다.

"으악!"

그들은 다리에 깊은 상처를 입고 땅바닥을 구르며 비명을 질렀다.

"앗! 매복이다!"

“조심해라!”

뒤에 있던 무리들은 땅을 박차고 날아올라 철사 줄을 뛰어넘으려 하였다.

그 순간 사방의 나무 위에서 화살이 날아올랐다.

나무마다 한 사람씩 올라가 이미 단단히 준비를 하고 있었던 것이다.

“으악!”

사방에서 날아드는 화살에 십여 명의 대원들이 순식간에 쓰러졌다.

그리고 달아난 줄 알았던 아연 일행도 어느새 돌아와 공격에 합류했다.

슈슈슉—

아래위에서 화살이 허공을 가득 메웠다.

“으악!”

다시 십여 명의 명교도들이 쓰러졌다.

뒤를 이어 나무에 매달아놓은 통나무들이 여기저기에서 밀려들었다.

빡!

“커억!”

이번에는 통나무에 부딪쳐 대원들이 튕겨져 나갔다.

“후퇴, 후퇴하라!”

광명우사는 어쩔 수 없이 뒤돌아설 수밖에 없었다.

“피해 상황을 보고하라.”

“예, 명월장의 병력을 합쳐 삼백여 명의 사상자가 발생했습니다. 더 심각한 것은 말을 반수 이상 잃었다는 것입니다.”

육대승 천호는 기어들어 가는 목소리로 말했다.

“야 이놈아! 너는 도대체 무엇을 하고 있었단 말이냐!”

금창대주는 노발대발하였다.

경계를 소홀히 한 것을 탓하는 것이다.

그러나 그도 큰소리칠 입장은 아니었다.

남궁철을 쫓다가 적의 매복에 걸려 수하들만 잔뜩 잃고 패퇴한 것이다. 십여 명의 금창대원마저 목숨을 잃었으니 크나큰 전력 손실이었다.

"에이, 어쩔 수 없다. 정예 군사들만 뽑아서 일행을 오백으로 줄인다. 그리고 나머지 인원은 부상자를 데리고 돌아가도록 조치하라."

금창대주는 부상자가 많은 데다 이동 속도를 줄일 수 없으니 궁여지책으로 말의 수에 맞춰 일행의 수를 조정한 것이다.

"예, 장군."

육대승은 금창대주의 명령을 받아 쏜살같이 밖으로 뛰어나갔다.

그가 밖으로 나간 후 금창대주는 눈을 감으며 의자 깊숙이 몸을 묻었다.

'어떻게든 무호까지 무사히 가야 할 텐데……'

그의 마음은 점점 조급해지기 시작했다.

다음날 그들은 아침부터 길을 서둘렀다.

갈 길도 급하고 장강수룡대의 추적도 따돌려야 했기 때문이었다.

깊은 밤까지 말을 달려 하루 만에 근 백여 리나 되는 길을 달렸다. 군사들과 표사들이 모두 파김치가 된 것은 당연했다.

"오늘은 여기에서 밤을 지내도록 합시다. 혹시 모르니 경계를 철저히 하도록 하시오."

금창대주의 말에 표사들은 조금이라도 더 빨리 쉬기 위해 재빨리 마차와 말을 정리했다. 해시 초(밤 9시)가 되어 늦은 저녁을 먹은 후 그들은 그대로 아무데나 천막을 치고 잠을 청했다.

한데 자시(밤 11시~새벽 1시) 말이 되자 갑자기 말발굽 소리가 들려왔다.

두두두두—

"앗, 적이다!"

"뭐냐, 뭐야?"

지난밤에 혼이 난 그들은 깜짝 놀라 우르르 밖으로 몰려나왔다.

슈슉—

어둠 속에서 화살이 날았다.

"으악, 피해라!"

삽시간에 장내가 혼전에 빠졌다.

두두두두—

그리고 그 사이 말발굽 소리가 바싹 다가왔다.

"가소로운 놈들! 모두 황천으로 보내주마!"

그때 누군가 다가오는 말의 앞을 막아섰다.

바로 명교의 한소명이었다.

목영에게 세 봉공을 모두 잃은 그는 복수심에 불타 드디어 직접 손을 쓰고자 나선 것이다.

말들이 시야에 들어왔다.

삼십여 기의 말 위에 검은 복면의 사내들이 저마다 검을 치켜들고 맹렬히 돌진해 오고 있었다.

"이얏!"

그는 두 손을 활짝 펴며 공중으로 도약했다.

마치 한 마리 백조처럼 우아한 모습으로 그는 달 속으로 뛰어들었다.

"아아!"

관군들은 그의 모습에 시선을 고정시키며 숨을 죽였다.

지난번 강상전투에서 잠시 보여주었던 그의 무위에 잔뜩 기대하는 눈빛이었다.

"차앗!"

공중에 도약한 채로 한 교주는 갑자기 몸을 빙글 돌렸다.

활짝 펼친 두 손이 풍차처럼 허공을 휩쓸었다.

쐐애액— 팡!

히이잉!

그가 한 바퀴를 돈 순간 맹렬한 기운이 바닥을 향해 내리 꽂혔다.

그저 장력에 불과한 기파(氣波)였지만 허공을 가르는 소리가 마치 비도가 날아가는 듯하였다. 그리고 정확히 한 마리의 말과 한 복면인이 벽에 부딪친 듯 뒤로 튕겨졌다.

파르륵!

옷깃이 펄럭이는 소리만이 들리는 가운데 한 교주는 계속해서 맴을 돌았다.

팡팡팡팡……!

히이잉!

달려오던 말들이 연속적으로 튕겨졌다.

그리고 순식간에 장내가 조용해졌다.

"와아아!"

"잡았다!"

숨죽이며 바라보던 군사들이 환호를 지르며 쓰러진 적에게 달려들었다.

"헉! 이, 이게?"

"엇?"

그러나 곧이어 들리는 소리는 경악성.

"뭐, 뭐냐?"

금창대주가 달려나왔다.

"자, 장군! 모두 허수아비입니다!"

"뭣이라고?"

"말 위에 있던 복면인들은 모두 짚으로 만든 가짜입니다. 놈들은 뒤에서 화살만 날리고 모두 도망간 모양입니다."

"으아! 이 쥐새끼 같은 놈들에게 또 속았구나!"

금창대주는 화를 참지 못하고 펄쩍펄쩍 뛰었다.

"으하하하! 지금쯤이면 놈들이 속은 걸 알고 열불을 내고 있을 게요?"

여서장군 목영이 통쾌한 웃음을 지었다.

"그렇습니다. 송 군사의 귀계에 누가 당하겠습니까?"

건천당주 조지명이 맞장구를 쳤다.

"과찬의 말씀이십니다. 두 장군과 남궁 가주께서 몸을 아끼지 않은 투혼을 보여주신 덕분이지요. 허허허."

송 노인이 겸양의 말을 하였다.

대놓고 칭찬을 들으니 부끄러운 모양이었다.

"모든 분들이 다 최선을 다한 덕분이오. 오늘은 정말 기분이 좋구려. 생각 같아서는 이 여세를 몰아 한번 쓸어버리고 싶은데……. 송 군사는 어찌 생각하시오?"

목영은 한껏 고무된 표정으로 말했다.

연속되는 승리에 이대로라면 결정타를 먹일 수 있을 것 같았다.

그러나 솔직히 아직은 힘든 상황이었다.

아무리 소소한 전투에서 승리를 거두었다고는 하나 놈들의 전력은 지금도 장강수룡대를 압도하는 것이 사실이었다.

금창대와 도찰원의 무사들, 그리고 결정적으로 명교의 고수들이 포진되어 있었다.

그러나 그런 말을 대놓고 할 수는 없었다.

송 노인은 교묘한 말로 주위를 환기시켰다.

"장군, 뭐 굳이 우리가 힘을 쓸 필요가 있겠습니까? 우리가 장사치로 가장해서 보낸 요원들의 보고로는 이미 구화산에 고우채와 제운채의 산적들이 합류를 하고 있답니다. 우리는 그저 놈들을 충분히 지치도록 만들어 구화산으로 보내면 될 것 같습니다."

"으하하하! 그거야말로 손 안 대고 코 푸는 격이로군요. 하하하!"

목영의 웃음이 진중에 가득 울려 퍼졌다.

"하하하하!"

"호호호호!"

남궁철과 아연도 덩달아 웃음을 흘렸다.

참으로 오랜만에 통쾌하게 웃는 웃음이었다.

하지만 모두의 마음속엔 똑같은 걱정이 있었다.

바로 금창대주와 명교의 교주인 한소명이었다.

누가 있어 그들을 대적할 것이가?

'제발 산적 놈들과 싸우다 눈먼 화살 한 대만 맞아주거라.'

목영의 간절한 바람이었다.

"오랜만이오. 그래, 부상은 완쾌가 되신 게요?"

구화채주 천력신웅(天力神熊) 가소(可小)가 우측에 앉은 패력대우 소필호를 바라보았다. 지난번 부용검파와의 전투에서 목영의 비도에 맞은 상처를 물은 것이다.

"염려 덕분에 말끔히 다 나았소이다."

소필호가 얼굴을 구기며 대답했다.

채주로서 적에게 큰 부상을 당했으니 체면을 구긴 것인데 이제 다시 그 일을 물으니 영 기분이 개운치 않은 것이다.

"그래도 그 정도로 놈들을 막은 것이 다 소 채주의 공이오. 아, 그놈들이 보통 놈들이오? 남궁가만 없다 뿐이지 황산파의 주력이 아니오?"

분위기가 미묘해지자 제운채의 유성구가 말하며 나섰다.

그는 질풍광호(疾風狂虎)라는 별호답게 선이 우람하면서도 전체적인 인상이 날렵해 보이는 사내였다.

"암요, 그렇구말구요. 한데 이번에 그 표행 건에 대해선 어찌들 생각하십니까?"

가소도 얼른 분위기를 바꾸며 맞장구를 쳤다.

이번에 또 힘을 합쳐 큰 건을 하나 해내야 하는 것이다.

"생각하고 자시고 할 게 없습니다. 이번에 큰 건 하나 올리고 운남으로 달아납시다. 그리만 된다면 이제 우리도 이 지긋지긋한 산적 생활을 끝낼 수 있습니다. 다섯 대에 가득 실린 황금이라면 운남에서 떵떵거리며 호족 생활을 할 수 있습니다."

화제가 표행 건으로 옮겨가자 유성구는 들뜬 목소리로 말했다.

"한데 놈들의 병력도 만만치 않습니다. 생각해 둔 방법이라도 있으십니까?"

소필호의 말이었다.

무턱대고 달려든다고 고스란히 황금을 바치고 물러날 놈들이 아니었다. 상대는 관군이 아닌가?

"그런데 사실 아무리 곰곰이 생각해 보아도 마땅한 방법이 없습니다. 소 채주에게 혹시 좋은 생각이 있으신지요?"

제일 먼저 소문을 접하고 제운채와 고우채에 소식을 전한 가 채주였다.

사실 좋은 수가 있었다면 이렇게 도움을 청하지도 않았을 것이다. 그만큼 자신의 몫이 줄어드는 것이니.

"그렇다면 우리 안 노인의 의견을 들어봅시다. 아마 걱정거리를 싹 날려 드릴 게요. 안 노인, 어서 말해 보구려."

소필호는 자랑스런 얼굴로 안 노인을 바라보았다.

누가 뭐래도 세 채 중 고우채의 위상을 한 수 높게 보아주는 것이 다 이 안 노인의 존재 때문이었다.

"예, 그럼 말씀 올리겠습니다."

왜소하지만 반짝이는 눈빛이 뭔가 있어 보이는 안 노인이 목소리를 가다듬으며 말을 이었다.

"놈들은 분명 구화산을 옆으로 돌아 청양으로 향할 것이옵니다. 마차를 몰고 곧바로 구화산을 넘기는 힘이 드니 다소 시간이 걸리더라도 돌아가는 길을 선택하겠지요. 그러자면 꼭 단고개를 넘어야 합니다."

"옳거니!"

"단고개라……."

유성구와 가소는 거기까지만으로도 마음이 흥분되는 것을 느꼈다.

이런 논리 정연한 예측을 들어보기는 처음이었다.

'흐흐, 부채주의 말이 사실이었구나.' ·

유성구는 웃음을 지으며 고개를 끄덕였다.

고우채에서 돌아온 무 부채주가 말하지 않았던가?

고우채에 신산이 하나 있더라고.

"한데 단고개를 오르다 보면 구화산으로 오르는 갈림길이 나옵니다. 바로 까치길이지요. 우리는 이곳에서 놈들을 막아 이 까치길로 유인을 해야 합니다."

"그곳은 구룡바위와 만나는 길이 아니오?"

구화채의 채주 가소가 안 노인의 말을 받았다.

"그렇습니다. 바로 그곳이지요. 그곳에 매복을 해서 화공을 쓰면 놈들은 다시 철쭉 계곡 쪽으로 방향을 잡을 것입니다. 이때 계곡의 초입을 지키고 있다가 마차가 빠져나간 후 입구를 막아버리면 놈들은 독 안에 든 쥐요, 마차는 우리 차지가 되는 것이지요."

"우하하하!"

"헤헤헤헤!"

이제 황금이 손 안에 있는 것만 같았다.

채주들은 웃음에 겨워 어쩔 줄을 몰랐다.

"바로 이때가 기회입니다. 놈들이 마차가 통과한 후 입구를 막는 순간 마차는 산적들의 수중에 떨어지게 되지요. 그때 산적들만 물리친다면 손쉽게 마차를 탈취할 수 있습니다."

"옳거니!"

"하하하, 이거 괜히 산적들에게 미안한 마음이 드는구려. 우하하하!"

목영의 말이었다.

활동하고 있는 첩자들의 보고로 구화산채의 움직임을 보고 송 군사가 예측한 진행이었다.

더해 마지막에 마차를 탈취할 계략을 집어넣은 것이다.

"그야말로 제갈공명이 울다 갈 계책이군요."

아연도 이젠 존경의 눈빛으로 송 노인을 바라보았다.

그러면서 그녀는 얼마 전부터 하기 시작한 생각을 굳혔다.

'이번에 일이 모두 마무리가 되면 우리 석가장으로 필히 데려가야겠구나.'

장강의 수적으로 생을 마감하기엔 너무 아까운 사람이었다.

아연의 생각을 아는지 모르는지 송 군사는 멋쩍은 웃음을 지었다.

두두두두―
"말이다!"
경계병의 목소리가 울렸다.
그러나 이젠 아무도 나오지 않았다.
벌써 삼 일째.
매일 밤마다 두세 번씩 말들이 달려들었다.
그리고 말 위엔 으레 허수아비가 앉아 있었다.
괜히 잠만 설친 꼴이 되어 이제는 아무도 신경을 쓰지 않았다. 아니,
신경 쓰기엔 너무나 지쳐 있었다.
두두두두―
말발굽 소리가 점점 가까워졌다.
"워워!"
경계병들은 횃불을 들고 앞으로 나서서 달려온 말을 진정시키려 하였
다.
히이잉!
갑자기 앞을 막아서자 말들은 발을 높이 치켜 올렸다.
그 순간 말 아래쪽에서 불쑥 하나의 손이 튀어나왔다.
"컥!"
경계병들은 비명조차 지르지 못하고 목을 부여잡으며 쓰러졌다. 그사
이 말 아래에 붙어 있던 검은 그림자가 바닥으로 내려와 횃불을 쥐었다.
"가자!"
어느새 다른 말의 아래쪽에서도 흑의인들이 튀어나와 모두 횃불을 들
고 있었다. 그들은 되도록 조용히 말을 끌고 안쪽으로 걸음을 옮겼다.

따각따각.

이제는 걸어가는 말발굽 소리에 그나마 깨어 있던 몇몇 병사들마저 경계병들이 말을 정리하고 있다 여기고 다시 잠을 청했다. 안쪽 깊숙이 들어온 그 흑의인들은 앞선 사내의 손짓에 모두 말 위로 올라섰다.

'흐흐, 바보 같은 놈들.'

그는 씨익 입술 끝을 말아 올리며 손을 치켜 올렸다가 내렸다.

두두두두!

말들이 쏜살같이 앞으로 달려나갔다.

선두에 섰던 사내는 모든 말들이 좌우로 뛰어나간 후 맨 마지막으로 말에 박차를 가했다.

히이잉!

두두두두!

그 사내들은 말을 달리며 닥치는 대로 천막에 불을 질렀다.

"앗! 불이야!"

"뭐, 뭐냐?"

여기저기에서 놀란 외침과 함께 병사들이 튀어나왔다.

그러나 아직 사태를 파악하지 못한 그들은 허둥거릴 뿐이었다.

"잘들 가라. 이놈들."

쇄애액!

흑의인들이 사방으로 비도를 뿌리기 시작했다.

쇄애액!

"으악!"

"앗, 적이다! 피해라!"

뒤이어 나오던 병사들도 허둥대기는 마찬가지였다.

그럴수록 비도는 더욱 위력을 발휘했다.

쇄애액!

"으악!"

천막은 타오르고 여기저기 병사들이 뒹굴며 신음을 흘렸다.

"도대체 이게 무슨 일이냐? 육 천호, 육 천호!"

금창대주가 뒤늦게 나왔다.

"자, 장군! 놈들이 기습을 한 모양입니다!"

"뭣이라고! 이런 병신 같은 놈!"

금창대주는 참지 못하고 천호의 뺨을 후려갈겼다.

짜악!

"어이쿠!"

천호는 뒤로 두 걸음을 물러서며 왼쪽 뺨에 손을 올렸다.

"경계를 단단히 하라고 그렇게 일렀거늘……. 너 같은 놈은 진중에 더 이상 필요없다!"

급기야 금창대주가 검을 빼 들었다.

"장군, 잘못했습니다! 살려주십시오!"

그는 눈알이 튀어나올 듯 놀란 표정으로 무릎을 꿇었다.

"이제 와서 사정한다고 봐줄 줄 아느냐?"

금창대주는 그대로 검을 내려치려 하였다.

그때 몇몇 금창대원들이 대주에게 달려들었다.

"장군, 고정하시옵소서! 누가 책임을 맡고 있다 해도 결과는 마찬가지였을 것입니다! 하루 종일 백 리 길을 달린 데다 밤마다 시달리고 있는데 경계병들인들 제정신이겠습니까?"

그 말에 금창대주는 손에서 힘을 뺐다.

백번 천 번 맞는 말이었다.

"에잇, 어서 장내를 정리하고 피해 상황을 보고하라!"

그는 손을 내리며 뒤돌아섰다.

이제 흑의인들은 전속력으로 말을 달려 장내를 거의 빠져나왔다.

"하하하, 정말 식은 죽 먹기구나!"

단 삼십여 기의 말로 오백여 명이 머무는 진중을 헤집고 나온 것이니 호기가 치솟을밖에.

"그러게 말입니다! 하하하!"

함께 온 몽혼귀도대도 따라 웃었다.

"흥!"

그때 코웃음 소리와 함께 맹렬한 장력이 앞을 막았다.

"앗! 피해라!"

목영은 호통 소리를 내지르며 펄쩍 허공으로 뛰어올랐다.

팡!

히이잉!

귀도대는 목영의 호통 소리가 끝나기도 전에 재빨리 고삐를 잡아채어 좌우로 흩어졌다.

장력은 목영을 노린 모양이었다. 정확히 그의 말 머리를 강타했다.

발을 꺾으며 말이 비명을 내질렀다.

"장군!"

다시 땅으로 내려서는 목영을 수하들이 불렀다.

그러나 선뜻 돌아갈 수가 없었다. 달리는 말이 순식간에 거리를 벌렸다.

"내 걱정 말고 모두 돌아가라."

오히려 이런 때는 수하들이라도 먼저 보내는 것이 나았다. 어차피 저들의 실력으론 고수들의 싸움에 도움이 되기 어려웠다.

그는 명령을 내리며 숲 속으로 발을 튕겼다.

싸울 때 싸우더라도 더 이상 놈들의 수가 불어나는 것은 막아야 했다.

"장군!"

귀도대는 안타까운 심정으로 목영을 불렀다.

"놈들이 저기 있다!"

그때 안쪽에서 우르르 병사들이 뛰어나왔다.

귀도대는 할 수 없이 다시 말을 달렸다.

샤샤샥!

수풀을 헤치며 목영은 열심히 앞으로 내달렸다. 좀 전의 무위로 보아 놈은 명교의 교주가 분명했다.

'놈과 일 대 일로 상대하기는 벅찬데…….'

어떻게든 이 자리를 모면해야 했다.

그러나 벌써 놈은 옆으로 바싹 다가들고 있었다.

"겨우 여기냐? 어디 그 잘난 실력 좀 보자."

그는 달리던 속도 그대로 나무를 박차며 목영의 앞쪽으로 도약했다.

"차앗!"

한껏 젖혀졌던 그의 허리가 튕겨지며 손을 뻗어내었다.

팡!

"헉!"

목영은 그 기세에 기겁을 하며 옆으로 몸을 피했다.

쾅!

아름드리 나무가 그대로 우지끈 부러져 나갔다.

'저런 괴물 같은 놈!'

"흥, 미꾸라지같이 잘도 피하는구나."

그는 한 나뭇가지를 밟고 다시 도약했다.

파바방!

이번엔 연속적으로 삼 장이 날아왔다.

“이런, 제기랄!”

더 이상 피하고만 있을 수는 없었다.

“차앗!”

오첩십단금을 맞쏘았다.

펑!

“우욱!”

두 장력이 허공에서 부딪치자 그 여파에 목영은 주르륵 뒤로 밀렸다.

‘이대로 맞서서는 방법이 없겠구나.’

목영은 뒤로 물러서다가 슬쩍 바닥을 박차고 나무 위로 뛰어올랐다.

“차앗!”

그리고 이번엔 선공을 가했다.

우르릉!

파동공명장이었다.

사방의 나무가 흔들리며 잎사귀를 떨구었다.

그리고 허공을 가득 메운 잎사귀들 사이로 세 자루의 비도를 뿌렸다.

슈우욱!

“흥!”

한 교주는 펄쩍 뛰어올라 몸을 풍차처럼 휘돌렸다.

파바바방!

비도가 방향을 잃고 사방으로 튕겨졌다. 이어 목영을 향해 다시 장력
이 날아들었다.

건곤대나이신장.

명교 최고의 무공이었다.

“이런!”

목영은 자신의 공격이 너무나 허무하게 무위로 돌아가자 신음을 흘렸다.

“차앗!”

어쨌든 날아오는 장력을 막아야 했다.

그는 검을 빼 들었다.

스르렁!

검명이 귓가에 울렸다.

“오너라!”

운중만개(雲中滿開).

꽃봉오리를 피우듯 검끝에서 사방으로 검기가 퍼져 나갔다.

그러나 역시 건곤대나이신장은 너무 강했다.

목영의 검막을 뚫고 들어와 그대로 목영의 가슴을 때렸다.

팡!

“으악!”

목영은 비명과 함께 날아가 쿵 소리를 내며 나무 기둥에 부딪치곤 그대로 아래로 곤두박질쳤다.

“으윽!”

그는 억지로 일어서려다 다시 주저앉고 말았다.

그때 한 교주가 그의 삼 장 앞에 내려섰다.

“겨우 그 실력으로 네놈이 세 봉공을 모두 죽였단 말이냐? 참으로 어처구니가 없구나. 하긴 네놈의 얄팍한 수에 넘어갔다 해도 그 또한 부족함이겠지. 모든 것은 결과가 말해 주는 법. 이제 그간 가라.”

그의 손이 천천히 치켜 올라갔다.

‘후우웁.’

목영은 깊은 숨을 들이쉬며 기를 모으기 위해 안간힘을 썼다.

그러나 기는 사방으로 흩어져 단전에는 단 한 줌의 기도 남아 있지 않았다. 하필 복부에 장력을 맞은 것이다.

"결국 여기가 끝인가? 흐흐흐!"

그는 허탈한 웃음을 흘렸다.

쉽게 생각한 기습 작전이었는데 자신의 목숨을 내놓아야 하다니. 진작 송 노인의 말을 들었어야 했다.

"장군, 절대 쉽게 생각하고 깊숙이 들어가면 아니 되옵니다. 송구하오나 놈들에겐 고수들이 많습니다. 발목이 잡힌다면 자칫 목숨을 잃을 수도 있습니다. 빈말이 아니니 꼭 주변만 맴돌다 돌아오셔야 합니다."

떠나는 그에게 신신당부하던 송 노인이었다.

"제기랄!"

이젠 모든 것이 부질없는 짓이다.

팡!

장력이 몰려들었다.

가슴에 답답한 압박이 전해졌다.

반사적으로 목영은 자기도 모르게 검을 들어 올렸다.

포운지세.

너무나 익숙한 사문의 검법이었다.

한데 그 순간 검끝에 대해와 같은 기운이 몰려들었다.

"어?"

이유는 알 수 없었다. 아니, 중요하지 않았다.

목영은 그대로 검을 빙글 돌렸다.

펑!

가죽 북 터지는 소리와 함께 한 교주의 장력이 사방으로 흩어졌다.

"헉!"

마음을 놓고 있던 한 교주는 혼비백산하여 다시 장력을 뿌리며 발을 튕겼다.

"이얏!"

목영은 다시 검을 치켜 올리며 재빨리 몸을 일으켰다.

유운첩첩.

중첩된 기운이 다시 한 교주의 장력을 튕겨내었다.

팡!

"이, 이런!"

한 교주는 반탄력에 중심을 잃고 물러설 수밖에 없었다.

"흡!"

찰나의 순간, 목영은 다시 숨을 들이켰다.

아주 적은 양이지만 단전에 기가 느껴졌다.

"이얏!"

그는 발을 튕기며 십단금을 내쏘았다.

그러나 좀 전의 그 대해와 같은 기운은 느껴지지 않았다.

"엇? 도대체 이게 어찌 된 일이냐?"

그러나 우물쭈물할 새가 없었다.

한 교주가 다시 손을 뻗어내고 있었다.

'더 이상은 힘들겠다. 일단 달아나는 수밖에.'

쐐애액!

목영은 비도를 뿌리며 몸을 튕겼다.

팍!

허공으로 도약한 그는 그대로 나뭇가지를 박차며 소리쳤다.

"다음에 보자, 이놈아!"

어둠 속에 이미 그의 모습은 온데간데없어지고 그의 목소리만 울려 퍼졌다.

"이앗!"

파방!

한 교주는 신경질적으로 비도를 쳐내며 허공을 응시했다.

'보통 놈이 아니었구나. 한데 승기를 잡아놓고 왜 달아났단 말인가? 모를 일이로구나.'

잠시 고개를 갸웃하던 그는 본진을 향해 몸을 날렸다.

"자, 장군!"

"여보!"

"이보게, 여서장군! 어찌 된 일인가?"

건천당주와 아연, 그리고 남궁철이 놀란 얼굴로 그를 맞았다.

이곳은 그들이 매복한 야산과 놈들의 행렬 사이의 중간쯤 되는 곳이었다. 아연을 비롯한 그들은 기습을 나갔던 몽혼귀도대가 돌아와 목영의 소식을 전하자 부랴부랴 놈들의 본진으로 달려가던 길이었다.

한데 느닷없이 목영이 부상당한 몸으로 그들의 앞에 나타났으니 놀랄 수밖에.

"별일 아닙니다. 어서 돌아갑시다."

그러나 목영의 얼굴은 창백하기 이를 데 없었다.

"여보, 정말 괜찮겠어요?"

아연은 걱정스런 표정으로 다시 한 번 물었다.

"그래요. 걱정… 쿨럭!"

그러나 결국 목영은 한 사발의 피를 토했다.

"아악, 여보!"

"이보게!"

그들은 서둘러 목영을 말에 태워 본영으로 돌아왔다.

밤새 목영은 신음을 흘리며 비몽사몽을 헤매다 날이 밝아서야 겨우 눈을 떴다.

그는 늦은 아침을 먹고 모두에게 출발을 명했다.

여기에서 추적을 멈출 순 없었다.

일행은 급히 짐 마차를 한 대 비워 목영을 태우고 다시 추적을 시작했다.

이제 이틀이면 구화산에 도착하게 되는 것이다.

길을 가는 내내 목영은 마차에 앉아 어제의 알 수 없는 경험을 떠올렸다.

'검끝에 모인 그 대해와 같은 기는 어디에서 왔단 말인가?'

곰곰이 생각해 보아도 해답을 쉽게 찾을 수가 없었다.

"허, 정말 모를 일이구나. 그렇지만 뭐, 언젠가는 깨닫게 되겠지."

목영은 여느 때와 같이 의문을 묻어두고 편안하게 잠에 곯아떨어졌다.

제9장

구화산 전투

"옵니다."

제운채의 부채주 무우호가 작게 속삭였다.

그 말에 채주 유성구가 벌떡 일어섰다.

"모두 전투 준비."

양쪽으로 늘어선 산적들이 활에 화살을 걸었다.

잠시 긴장된 순간이 이어지고 드디어 단고개로 오르는 길에 대륙표국의 표행이 모습을 드러냈다.

"이제 이곳만 지나면 어려운 길은 모두 끝이 납니다. 이후부턴 무호까지 죽 평지이니 훨씬 쉬울 것입니다."

황호성이 아는 체를 하며 말했다.

하긴 표행의 경험이 많으니 각 지방의 지리에 대해선 훤할 만도 하였다.

"어디 문제가 길에 있었던가? 뒤를 쫓고 있는 그 찰거머리 같은 놈들이 문제지."

금창대주는 짜증난 목소리로 툴툴거렸다.

그 말에 무안해진 황호성은 괜한 헛기침만 해댔다.

"에험, 험험!"

바로 그때 손을 번쩍 들어 올렸던 유성구가 재빨리 손을 내리며 외쳤다.

"쏴라!"

쇄애액!

파바박!

갑자기 허공을 가득 메우며 화살이 날아들었다.

"앗, 적이다!"

히이잉!

사람과 말이 날뛰며 화살을 피하느라 일행은 순식간에 혼란에 빠졌다.

쇄애액!

또다시 연이어 화살이 날았다.

"으악!"

여기저기에서 비명이 난무하며 병사들이 쓰러졌다.

갑작스런 공격에 속수무책이었다.

"에잇, 안 되겠다! 모두 전속력으로 돌파하라!"

금창대주는 채찍을 휘둘러 말을 달려나갔다. 산속에서 화살을 날려대니 다른 방도가 없었다.

두두두두—

말발굽 소리가 산을 울리는 가운데 일제히 속력을 내어 고갯길을 올랐다.

우르릉, 쾅쾅!

한데 갑자기 고개 위에서 통나무와 커다란 바윗덩이가 굴러 내려오는 것이 아닌가?

"이, 이런!"

눈앞이 캄캄했다.

순간적으로 어찌 대처해야 할지 몰라 우물쭈물하는데 누군가 그를 불렀다.

"장군, 이쪽으로!"

우도어사 오세명이었다.

금창대주가 돌아보니 그의 손끝이 샛길 하나를 가리키고 있었다.

"모두, 이쪽으로!"

금창대주는 말의 방향을 꺾었다.

두두두두—

말들이 쏜살같이 옆길로 달려들었다.

그렇지만 이미 굴러 내려오는 통나무와 바윗덩이가 지척이었다.

이대로라면 앞쪽의 몇몇은 몸을 피한다지만 포탄을 실은 짐 마차와 그 뒤의 병사들은 모두 압사당하고 말 것만 같았다.

"차앗!"

그 절박한 순간에 한 사내가 앞으로 나섰다.

한 교주였다.

그는 그대로 날아올라 통나무와 바위 사이로 뛰어들었다.

팡팡!

그는 내려서자마자 닥치는 대로 장력을 뿌렸다.

그의 장력에 튕겨진 바위와 통나무들이 굴러 내려오던 방향을 바꿔 길 옆으로 처박혔다.

“어, 어서 서둘러라!”

광명우사 광천기는 수하들을 독려했다.

다행히 얼마 지나지 않아 마차와 대원들 모두 샛길로 들어설 수 있었
다.

“장주님, 어서!”

광명우사의 재촉에 한 교주는 힐끔 뒤를 바라보았다.

모두 피한 듯하자 그도 마지막으로 발을 튕겼다.

“모두 정지!”

한참을 달려온 금창대주는 손을 번쩍 치켜들어 표행을 멈췄다.

사방이 조용한 것을 보니 일단 공격은 끝이 난 모양이었다.

“허 참, 이렇게 쫓기기만 하다니! 분통이 터질 일이구나! 젠장!”

그는 이번의 공격도 당연히 장강수룡대의 짓이라 여겼다.

지금까지 그들에게 계속해서 잠도 자지 못하고 시달려 왔으니 그리 생
각하는 것도 무리는 아니었다.

“육 천호, 전원 전투 대형을 갖추도록 하라! 그리고 앞뒤로 경계병을
세우게!”

“예!”

육 천호는 큰 소리로 대답하고 몸을 돌렸다.

“모두 전투 대형을 갖추어라!”

그는 수하들에게 소리치며 뒤쪽으로 달려갔다.

그때 황호성 국주와 명교 일행이 곁으로 다가왔다.

“아, 그렇지 않아도 부르려던 참이었소. 국주, 이곳은 어디로 가는 길
이오?”

그는 앞쪽을 힐끔 쳐다보며 황호성에게 물었다.

"예, 장군. 이 길은 까치길이란 곳입니다. 바로 구룡바위로 오르는 길이지요. 거기에서 두 갈래로 길이 갈라지는데 좌측 길은 철쭉 계곡으로 빠지는 길이고, 우측의 오르막길은 구룡바위 위로 해서 다시 단고개와 만나게 됩니다."

"음, 그래? 마차가 지나갈 정도는 되는가?"

"충분하옵니다."

"그렇다면 길은 제대로 찾아왔구나. 이쪽으로 해서 다시 단고개로 가도록 하세."

한데 금창대주가 막 거기까지 얘기했을 때 양쪽의 산등성이에 수백 명의 사내들이 모습을 드러냈다.

"하하하, 겨우 여기까지 와서 뭘 그렇게 꾸물거리느냐? 잔말 말고 마차만 남겨놓고 모두 물러가거라!"

구화채의 부채주 상구였다.

"야 이놈들아, 이러고도 네놈들이 무사할 것 같으냐? 언제든지 내 손에 걸리기만 해봐라! 단칼에 베어주마!"

금창대주는 이를 부드득 갈았다.

생각 같아서는 당장 달려 올라가 요절을 내주고 싶었지만 지금 할 수 있는 일이라곤 그저 제자리에서 욕이나 해주는 수밖에 없었다.

"아무래도 이놈들이 아직도 정신을 못 차린 모양이다. 얘들아, 공격해라."

상구는 웃음을 잃지 않은 채 수하들에게 명령했다. 이런 싸움이야말로 땅 짚고 헤엄치기가 아닌가?

슈슈슉!

또다시 사방에서 화살이 빗발치듯 날아오기 시작했다.

"앗, 막아라!"

병사들은 일제히 방패를 머리 위로 들어 올렸다.

파바박!

역시 이번엔 전투 대형을 갖추고 있었기에 화살은 아무런 소득이 없었다. 간혹 방패 사이로 떨어지는 화살에 쓰러지는 병사도 눈에 띄었지만 그 수는 미미했다.

산등성이에서 그 모양을 본 상구가 다시 명령을 내렸다.

"안 되겠다! 돌을 굴려라, 돌을!"

"와아!"

산적들은 이미 쌓아놓았던 돌멩이를 아래로 던지기 시작했다.

빡!

"으악!"

머리통만한 돌멩이가 날아오자 이제 방패는 아무 소용이 없었다. 머리 위로 치켜든 방패가 산산이 부서지고 그 충격에 병사들은 비명과 함께 쓰러졌다.

"이놈들이, 엇?"

다시 수하들이 쓰러져 나가자 노기가 뻗친 금창대주가 번쩍 고개를 들었다.

그런데 두 눈 한가득 들어오는 바윗덩이.

집채만한 바위가 막 굴러 내려오기 시작하고 있었다.

"피, 피해라!"

그는 말까지 더듬거리며 허둥지둥 말에 올랐다.

"이랴, 이랴!"

금창대주는 말 등에 바싹 엎드려 채찍을 휘둘렀다.

"모두 달아나라!"

"으악!"

병사들은 앞뒤도 분간하지 못하고 비명을 지르며 사방으로 도주하기 시작했다. 그러자 이번엔 달아나는 병사들을 향해 화살이 날아들었다.

슈슈슉!

"으악!"

이제 병사들은 갈피를 잡지 못하고 우왕좌왕하였다.

그 모습을 보며 구화채 부채주 상구는 허리를 젖히고 커다란 소리로 비웃었다.

"하하하, 꼴좋다! 이제 보니 달아나는 데는 아주 도가 튼 놈들이구나! 으하하하!"

"이놈들이?"

화를 참지 못한 집법전주 장익이 드디어 수하들을 데리고 위쪽으로 발을 튕겼다.

"어? 으하하하! 놈들이 발악을 하는구나! 얘들아, 요절을 내주어라!"

"와아!"

상구의 명령에 산적들이 대감도를 휘두르며 산을 내려오기 시작했다.

"그래, 어디 한번 해보자!"

장익은 오히려 놈들이 거리를 좁히며 내려오자 쾌재를 부르며 검을 고쳐 쥐었다.

"차앗!"

일 장으로 거리가 좁혀지자 그는 바닥을 박차고 몸을 날리며 검을 휘둘렀다.

"으악!"

세 명의 산적이 일검에 피를 뿌렸다.

"앗!"

그의 기세에 산적들이 주춤했다.

“흥, 이놈들! 더 날뛰어보거라!”

그의 검이 다시 춤을 추었다.

그리고 집법전의 고수들이 바로 합류했다.

“차앗!”

그들은 맹렬한 기세로 산적들을 몰아붙였다.

하지만 중과부적이라 하지 않던가?

그들 삼십여 명이 계속해서 몰려 내려오는 수백 명의 산적을 당해낼
순 없었다.

“이얏!”

산적들은 그들을 사방에서 포위하고 도를 휘두르기 시작했다. 그리고
어느새 나무 위로 올라간 산적들이 화살을 날리기 시작했다.

슉!

가까운 곳에서 날아오는 화살의 위력은 아무리 고수라도 검으로 막아
낼 만한 것이 아니었다.

“윽!”

하나둘 집법전의 고수들이 쓰러져 갔다.

“이얏!”

장익은 울분에 찬 외침을 토했다. 그의 검에 불끈 힘이 들어갔다.

“으악!”

순식간에 십여 명의 산적이 피를 뿌리며 바닥을 굴렀다.

“흥, 물러서라!”

그 순간 상구의 목소리가 울렸다.

산적들이 부채주의 명령에 주춤 뒤로 물러서는데 털썩 나무 위에서 그
물이 떨어져 내렸다.

“이, 이런!”

장익과 대원들은 깜짝 놀라 그물에서 빠져나오려 발버둥 쳤다. 그러나 그사이 수십 대의 화살이 날았다.

파바박!

"큭!"

결국 그는 무릎을 꺾고 말았다.

"앗, 전주!"

한소명은 멀리서 저도 모르게 비명을 질렀다.

그는 마차로 달려드는 바위들을 걷어내며 겨우 마차를 몰아 이제 막 전장을 벗어나는 길이었다.

이제 되었구나, 한시름 더는 순간 뜻하지 않은 집법전주의 죽음을 본 것이다.

"우우우!"

슬픔과 노여움이 뒤범벅된 그의 호곡성이 터졌다.

"앗, 모두 후퇴하라! 보통 놈이 아니다!"

상구는 재빨리 산 위로 달아나기 시작했다.

순식간에 산적들은 사라지고 한소명은 천천히 산 위로 올라 장익의 시체를 부둥켜안은 채 눈물을 흘렸다.

"네놈들의 피눈물을 보고야 말리라!"

얼마나 달렸을까?

그들 앞에는 거대하게 하늘로 치솟은 바위가 앞을 가로막았다.

"국주, 이곳은 어디요?"

금창대주는 황 국주를 바라보았다.

"학학, 예. 이, 이곳이 바로 구룡바위입니다."

그는 숨을 헐떡이며 대답했다.

"그렇다면 저 우측 길로 가야겠구려. 우선 예서 대열을 정비하고 단고개를 넘도록 합시다. 놈들이 언제 또 달려들지 모르니."

금창대주의 말에 그동안 달려오느라 지친 병사들이 말에서 내려 저마다 나무에 등을 기댔다.

하지만 그들에게는 쉴 틈도 없었다.

갑자기 구룡바위 위로 사람들의 모습이 불쑥 솟아올랐다.

"하하하, 어서들 오시오! 나는 천력신웅 가소라 하오! 당장 마차를 버리고 달아난다면 살 수 있을 것이고 아니면 모두 예서 뼈를 묻게 될 것이오! 무슨 말인지 알아들었을 테니 열을 세도록 하겠소. 하나, 둘, 셋……!"

"저, 저건 또 뭐냐?"

금창대주는 지금까지 장강수룡대의 공격인 줄 알았다가 느닷없이 가소라는 자가 나서자 갈피를 잡지 못했다.

"가소? 천력신웅?"

옆에서 그의 이름을 되뇌이던 황호성이 무릎을 쳤다.

"장군, 놈은 이곳 구화채의 산적입니다!"

"뭣이? 산적 나부랭이가 관군을 핍박한단 말이냐? 이런 개 같은 경우가!"

금창대주는 분을 참지 못하고 씩씩거렸다.

"결코 만만히 볼 놈들이 아니옵니다. 이 안휘의 고우, 제운, 구화를 바로 강남삼채라 일컫습니다. 그만큼 세가 대단한 산적들입니다. 관군이 토벌을 수도 없이 시도했으나 모두 실패한 것을 보아도 능히 놈들의 실력을 짐작할 수 있을 것입니다."

"허, 나라 꼴이 말이 아니구나."

금창대주는 한심한 생각이 들었다.

그때 다시 사내의 목소리가 들렸다.

"결국 벌주를 택하겠다는 말이구나! 애들아, 공격해라!"

"쏴라!"

쇄애액!

화살이 다시 날아들었다.

"모두 원진을 갖추어라!"

더 이상 도망만 치고 있을 수는 없었다.

금창대주는 창을 빙글빙글 돌리며 화살을 쳐냈다. 곧이어 금창대가 합류하고 우령대가 검을 휘두르기 시작했다.

또 육 천호가 이끄는 병사들도 방패를 치켜들고 위에서 내려오는 화살을 막았다.

이제 어느 정도 방어 진형이 갖추어지자 다시 금창대주가 소리쳤다.

"내가 올라갈 터이니 조금만 버티거라!"

한데 금창대주보다 한발 앞서 한 사내가 그쪽으로 달려갔다.

"장군, 이쪽은 우리가 맡지요!"

한 교주였다.

집법전주의 죽음으로 화가 머리끝까지 치솟은 그는 놈들에 대한 적개심으로 직접 그들을 도륙하고자 나선 것이다.

그 뒤를 광명우사 광천기가 따르고 또 팔당의 대원들이 따라나섰다.

"장주가 갔으니 이제 곧 놈들을 박살 낼 것이다! 조금만 참아라!"

금창대주는 큰 소리로 지친 수하들의 사기를 북돋았다.

그러나 한 교주와 명교의 대원들이 오른쪽 길을 따라 모두 자취를 감춘 후, 갑자기 길의 초입에 불길이 솟아올랐다.

우르릉— 화아악!

불붙은 장작더미와 덤불들이 쏟아져 내리며 길을 막은 것이다.

그것은 이곳에서 그들의 세력을 둘로 나누고자 한 안 노인의 계략이었
다.

"앗! 불이다!"

명교의 한 대원이 뒤로 떨어져 내리는 불길에 깜짝 놀라 외쳤다.

불길은 길을 따라 이십여 장이 되는 것 같았다. 이제 더 이상 뒤로 돌
아갈 수는 없는 것이다.

"신경 쓸 것 없다. 일단 위쪽의 산적들을 물리치고 볼 일이다."

한 교주는 불길을 뒤로하고 계속해서 위쪽으로 발을 팅겼다.

"놈들이 계속 올라오고 있습니다."

수하의 보고에 가 채주는 명령을 내렸다.

"놈들이 올라오고 있다. 어서 불화살을 날려라."

이제 아래를 불바다로 만든 후 재빨리 퇴각해야 하는 것이다.

"쏴라!"

슈슈슉!

불화살이 허공을 날았다.

그리고 이어 덤불들과 불붙은 장작더미가 아래로 떨어져 내렸다.

"으악! 이게 뭐냐?"

"불이야!"

삽시간에 구룡바위 아래에 불길이 솟아올랐다.

더구나 놈들은 이미 철저히 준비한 듯 여기저기 잔뜩 깔려 있던 덤불
과 나무에 불길이 번지기 시작했다.

눈여겨보지 않았었는데 이미 기름을 먹여놓은 모양이었다.

불길은 순식간에 사방에서 일어나 병사들에게 쇄도했다.

"으악, 사람 살려!"

“앗, 뜨거!”

벌써 옷에 불이 붙어 길길이 날뛰는 병사들이 속출했다.

그러나 문제는 그게 아니었다.

포탄!

만약 마차에 가득 실린 포탄에 불이 옮겨 붙는다면 이 계곡을 한번에 날려 버리고도 남으리라.

“마, 마차를 보호해라!”

금창대주는 고래고래 소리를 지르며 마차 곁으로 달려갔다.

황호성 이하 표사들이 마차 주위의 덤불들을 걷어내며 불길이 옮겨 붙지 못하도록 필사적으로 막고 있었다.

“황 국주, 어서 마차를 몰고 탈출해라! 어서!”

“예, 장군! 모두 나를 따르라!”

황호성은 손수 마차 위에 올라 채찍을 휘둘렀다.

두두두두—

다섯 대의 마차가 맹렬히 철쭉 계곡 쪽으로 질주하기 시작했다.

“우리도 가자!”

금창대주도 말에 올라 막 뒤를 따르려 하였다.

그때 이미 지나온 까치길 쪽에서 족히 수백은 되어 보이는 사내들이 달려나왔다.

“놈들이 달아난다! 잡아라!”

그들은 일제히 화살을 날리기 시작했다.

히이잉!

“으악!”

말들의 비명이 난무하는 가운데 몇몇 병사들이 바닥을 굴렀다.

“이놈들이?”

금창대주는 말 머리를 돌렸다.

뒤를 따라 십여 명의 금창대원이 합류했다.

"차아앗!"

그는 달려가는 속도 그대로 무리의 가운데를 파고들었다.

"으악!"

그의 창에 맞은 산적들이 사방으로 튕겨졌다.

그는 분풀이를 하듯 맹렬히 창을 휘둘렀다.

파바바박!

사람이든 나무든 간에 그의 창에 휩쓸린 것은 남아나는 것이 없었다.

"으악, 안 되겠다! 모두 달아나라!"

산적들은 순식간에 사방으로 흩어져 달아났다.

"어딜?"

그는 왼쪽으로 달아나는 산적을 향해 말고삐를 채었다.

"이얏!"

팡!

사자투성장이 달아나는 산적의 등판에 내리 꽂혔다.

"으악!"

그 산적은 비명과 함께 풀숲으로 처박혔다.

그 순간,

히이잉!

갑자기 바닥이 꺼지며 말이 아래로 떨어지기 시작했다.

'함정?'

금창대주는 말 등을 박차고 허공으로 날아올랐다.

히이잉!

결국 말은 구덩이 속으로 떨어져 애처로운 울음을 토했다.

"이런 괘씸한 놈들!"

그의 분기가 하늘을 찔렀다.

그러나 여기서 시간을 끌 수는 없었다.

"장군, 어서 마차와 합류해야 합니다."

한 대원이 그의 팔을 잡았다.

"에잇, 가자!"

그는 금창대원들과 말을 함께 타고 철쭉 계곡 쪽으로 달려가기 시작했다.

한편 구룡바위 위로 올라간 한 교주를 맞이한 것은 텅 빈 바위들뿐이었다.

"이놈들이 그새 모두 달아나 버렸구나!"

광명우사는 발을 구르며 안타까운 듯 소리쳤다.

그때 아래쪽을 보던 한 대원이 소리쳤다.

"앗, 마차가 위험합니다!"

"뭣이?"

명교도들은 우르르 바위 끝으로 몰려와 아래를 바라보았다.

아래는 온통 불바다였다.

그리고 그 불길 한가운데 마차가 놓여 있었다.

"저, 저!"

그들은 깜짝 놀라 말을 잇지 못했다.

포탄이 불길 속에 있다니.

상상할 수도 없는 일이었다.

다행히 곧 금창대주가 달려오고 황 국주가 불길을 뚫고 달려나가는 모습이 보였다.

“이런, 빨리 내려가야겠다. 길을 찾아보아라.”

한 교주는 뻔히 보고 있으면서도 아무런 일도 할 수 없다는 것에 분노가 솟아올랐다.

“교주님, 아까 황 국주의 말을 들으니 이 길이 단고개와 통해 있다 하더이다. 어쩔 수 없이 단고개로 나가 다시 돌아오는 수밖에 없을 듯합니다. 바위 뒤쪽은 온통 절벽입니다.”

재빨리 뒤쪽을 살피고 온 광명우사가 말했다.

“뭣이? 이렇게 급한 때에 먼 길을 돌아가야 한단 말이냐? 허허, 놈들에게 철저히 속았구나, 속았어!”

마음은 급한데 먼 길을 돌아가야 한다니 한 교주는 선뜻 발걸음을 떼지 못하고 한숨을 쉬었다. 그리고 그 한숨은 금세 아래에서 날뛰는 산적들에 대한 노기로 바뀌었다.

“바로 저 죽일 놈들이 우리의 마차를 노리는 것이냐? 산적 나부랭이가? 결코 용서하지 않으리라! 감히 명교의 일을 방해하다니! 가자!”

그는 두 주먹을 움켜쥐며 뒤돌아섰다.

한데 그가 막 뒤돌아서는 순간 바위 뒤쪽을 가리키며 한 대원이 소리를 질렀다.

“교주님, 저기 이상한 천 조각이 나풀거립니다!”

“천 조각?”

한 교주는 이상한 생각에 고개를 돌렸다.

분명 바위 위에 있던 산적 놈들은 순식간에 이곳에서 사라져 버렸다.

물론 위쪽 길을 이용했다고도 생각할 수 있지만 놈들이 이 와중에 먼 길을 돌아 다시 단고개로 나갈 이유가 없었다.

‘혹시?’

섬광처럼 머리를 스치는 생각이 있었다.

"우사, 자세히 살펴보게."

교주의 말에 광명우사가 재빨리 달려갔다.

그는 상체를 숙여 이곳저곳을 살펴보다가 소리쳤다.

"있습니다, 교주님! 쇠 말뚝이 촘촘히 박혀 있습니다!"

놈들이 달아난 길이 분명했다.

"이놈들, 어디 맛 좀 보아라. 모두 저곳으로 간다.'

명교의 사내들은 서둘러 쇠 말뚝을 밟고 아래로 너려가기 시작했다.

구룡바위 쪽에서 불길이 오르자 철쭉 계곡 쪽을 맡고 있던 패력대우 소필호는 벌떡 자리에서 일어났다.

"흐흐흐, 계획대로 모든 일이 술술 풀리고 있구나. 애들아, 곧 마차가 올 것이다. 단단히 준비해라."

"예!"

삼백여 명에 이르는 고우채의 수적들은 결연한 눈빛으로 아래쪽을 주시하기 시작했다. 이제 곧 마차가 계곡을 통과하면 앞에 산더미처럼 쌓아놓은 돌과 나무를 쏟아 부어 길을 막으면 되는 것이다. 그리고 화살이나 날리며 시간을 끌면 구룡바위에서 내려온 구화채의 식구들이 계곡의 밖에서 마차를 빼앗을 것이다.

그러면 만사가 끝이었다.

"흐흐흐, 황금이 다섯 대나 된단 말이지?"

생각만으로도 짜릿한 전율이 흘렀다.

"채주님, 옵니다!"

그는 혼자만의 생각에 빠졌다가 옆에서 들리는 소리에 퍼뜩 정신을 차렸다.

"어디, 어디?"

두두두두—

멀리 마차의 모습이 나타났다.

"드디어 오는구나."

그는 마차를 뚫어지게 바라보며 수풀 사이로 몸을 숨겼다.

"앗? 놈들이 저기 있다!"

구룡바위를 내려와 소롯길을 달리던 명교의 교주 한소명은 계곡 위에 잔뜩 웅크리고 있는 사내들을 보고 걸음을 멈췄다.

"교주님, 틀림없는 매복입니다."

"매복?"

그때 멀리서 말발굽 소리가 울리기 시작했다.

두두두두—

"이놈들이 마차를 노리고 있었구나. 안 되겠다. 모두 쳐라."

명교의 대원들은 우르르 방향을 바꿔 계곡 위로 발을 팅겼다.

"모두 꼼짝 마라!"

"물러서라, 이놈들!"

그 소리에 잔뜩 긴장하고 있던 소필호는 뒤를 돌아보았다.

"엇? 막아라!"

그는 새까맣게 몰려오는 명교의 대원들을 보고 깜짝 놀라 명령을 내렸다. 전혀 예상치 못한 놈들이 결정적인 순간에 나타났으니 가슴이 철렁했다.

슈슈슉!

계곡 아래를 향해 활을 겨누던 산적들이 몸을 돌려 명교도들을 향해 화살을 날렸다. 하지만 명교의 대원들은 재빨리 산개하여 검을 휘둘렀다. 그리고 산적들이 다시 화살을 재는 짧은 순간 계곡 위로 뛰어올랐다.

"이얏!"

"와아!"

순식간에 함성을 지르며 양측의 사내들이 뒤엉켜 싸우기 시작했다.

두두두두ㅡ

그 와중에도 마차는 계속해서 계곡을 향해 달려오고 있었다.

"조금만, 조금만 더!"

소필호는 마차와 달려드는 명교도들을 번갈아 바라보며 버팀목을 꼭 쥐었다. 이 버팀목을 당기면 한순간에 돌과 통나무가 계곡을 뒤덮게 되는 것이다.

"흥, 그렇게는 안 되지."

이미 소필호의 의도를 눈치챈 한 교주는 필사적으로 앞을 막아서는 산적들에게 달려들었다.

팡팡!

건곤대나이신장이 정확히 일장에 한 사람씩 산적들을 튕겨내었다.

"으악!"

이제 곧 방어 진형이 뚫릴 것만 같았다.

"안 되겠다. 폭풍조는 놈들을 막아라."

"예."

소필호의 주위를 굳게 지키던 삼십여 명의 사내들이 손잡이가 긴 기형도를 빼 들었다.

드디어 고우채의 자랑인 폭풍조가 나선 것이다.

"가자!"

윙윙…….

사내들은 기형도를 빠른 속도로 회전시키며 앞으로 튀어나왔다.

"흥, 별짓을 다 하는구나!"

산적을 몰아붙이던 한 명교의 대원이 달려나오는 폭풍조를 보고 코웃음을 치며 검을 휘둘렀다.

챙!

"으악!"

그러나 단 한 번에 그의 검은 멀리 튕겨지고 곧바로 다가드는 도가 그의 가슴을 베었다.

"앗?"

기세 좋게 산적들을 몰아붙이던 한 교주는 비명 소리에 깜짝 놀라 고개를 돌렸다.

"이놈들이?"

그의 눈에 핏발이 섰다.

그 순간 다섯 명의 폭풍조가 일시에 한 교주에게 달려들었다.

상하 좌우로 달려드는 회풍도(回風刀)가 한 교주를 산산이 찢어발길 것만 같았다.

"얍!"

그러나 한 교주는 물러서지 않았다.

아니, 오히려 그의 오른발이 한 걸음 앞으로 나왔다.

그와 동시에 허리가 굽혀지고 그의 손바닥이 바닥을 때렸다.

팡!

그의 몸 주위로 강한 기파가 일어났다.

"크윽!"

달려들던 사내들은 비명과 함께 뒤로 벌렁 쓰러졌다.

그들이 휘두르던 기형도가 바닥을 굴렀다.

"이놈, 가라!"

다시 세 명의 폭풍조가 달려들었다.

“어리석은 놈들!”

그는 오른쪽 발을 살짝 팅겼다.

그의 몸이 가벼운 깃털처럼 빙글 돌았다.

파바방!

그리고 그의 손이 허공을 때렸다.

“으악!”

세 사내들도 피를 뿌리며 뒤로 날아갔다.

두두두두—

바로 그때 마차가 계곡으로 들어섰다.

“옳거니, 이제 되었다!”

소필호는 버팀목을 잡은 손에 불끈 힘을 주었다.

“흥, 네놈 뜻대로 될까?”

다가오는 마차 소리에 신경을 곤두세우고 있던 한 교주는 소필호의 일거수일투족을 놓치지 않았다.

이제 소필호가 버팀목을 당겨 돌무더기를 쏟아 부으면 만사가 끝나는 것이 아닌가?

그렇게 되도록 내버려 둘 수는 없었다. 어떻게든 그를 막아야 했다.

순간, 떨어진 폭풍조의 기형도가 그의 눈에 들어왔다.

“차앗!”

일부러 큰 소리로 주위를 환기시키며 그의 발이 바닥을 스쳤다.

과연 의도대로 소필호가 저도 모르게 기합성에 놀라 고개를 돌렸다. 그리고 그는 보았다.

슉—

한 교주의 발끝에 채인 기형도가 빠르게 날아오고 있었다.

“앗?”

소필호의 눈이 화등잔만해졌다.

퍽!

어느새 기형도가 그의 가슴을 파고들었다.

"이, 이런 제기랄……!"

자신의 가슴에 박힌 기형도를 믿을 수 없는 듯 바라보다가 그의 몸이 무너져 내렸다.

한데 공교롭게도 넘어지는 그의 육중한 몸이 버팀목을 덮쳤다.

끼이익, 콰광, 우르릉!

결국 돌덩이들이 계곡 아래로 쏟아져 내렸다.

"이랴, 이랴!"

연신 채찍을 휘두르며 마차를 몰던 황호성은 우르릉 소리에 깜짝 놀라 위를 쳐다보았다.

"아뿔사!"

크고 작은 돌들이 떨어져 내리고 있었다.

큰 것은 멀리서 보기에도 집채만해 보였다.

"빨리, 빨리 서둘러라!"

쫘아악, 쫘아악!

다른 방법이 없었다. 그대로 달려 먼저 계곡을 벗어나는 수밖에.

채찍이 계속해서 말 엉덩이를 때렸다.

히이잉!

마차는 더욱 빨리 앞으로 튀어나갔다.

그 뒤를 네 대의 마차가 바싹 따라붙었다.

두두두두—

우르릉, 콰광!

결국 뽀오얀 먼지를 허공으로 피워 올리며 돌무더기가 계곡을 뒤덮었다. 가까스로 계곡을 빠져나온 황호성은 튕겨져 나오는 파편들을 피해 멀찍이 마차를 몰았다.

"휴우~ 겨우 살았구나!"

다행히 다섯 대의 마차가 모두 무사했다.

그 주위로는 오십여 명의 표사들이 마차를 에워싸며 제자리에 멈춰 섰다. 계곡이 막힌 이상 당분간 동료들과 합류하기는 어려울 것이다.

그들은 잠시 숨을 고르며 계곡 쪽을 바라보았다.

'이제 어찌해야 하나?'

황호성은 선뜻 결정을 내리지 못하고 고민하였다.

이대로 여기에서 일행을 기다려야 하는지, 아니면 더 멀리 도망쳐야 하는지.

그때 쩌렁쩌렁한 목소리가 울려 퍼졌다.

"하하하, 이놈들! 꼼짝 말아라!"

"앗?"

어느새 사방을 포위하며 수백 명의 산적들이 달려오고 있었다.

"저, 저런⋯⋯!"

금창대주는 입을 다물지 못했다.

쾅광!

산을 뒤흔드는 폭음과 함께 계곡은 완전히 막혔다.

마차를 따라 계곡으로 말을 몰았던 도찰원의 우령대가 반수 이상이나 돌무더기에 깔렸다.

"이런 쌍놈의 새끼들!"

그렇지만 화만 내고 있을 때가 아니었다.

이미 앞서 나간 마차가 고립된 것이 더 큰 문제였다.

"일단 말을 버리고 계곡을 통과한다."

금창대주는 말에서 내려 높이 쌓인 돌무더기를 박차고 날아올랐다. 그 뒤를 금창대와 남은 우령대원들이 따랐다.

멀리 뒤쪽에서 그 모습을 본 제운채의 유성구는 고개를 갸웃했다.

"어라? 분명 소 채주가 놈들을 막기로 하였는데……."

이상했다.

고우채가 놈들을 막는 동안 구화채가 마차를 빼앗기로 이미 약조가 되었는데 계곡 위에선 아무런 움직임이 없으니 초조할 수밖에.

이대로 놈들이 계곡을 넘어간다면 구화채가 마차를 빼앗아 달아나기가 어려울 것이다.

"에잇, 놈들을 쳐라!"

어쩔 수 없이 제운채라도 나서야 했다.

"와아! 멈춰라!"

"네놈들은 우리와 놀아보자!"

산적들은 앞 다투어 소리를 지르며 달려나갔다.

이제 이 고비만 넘기면 자신들은 부자가 되는 것이 아닌가?

뒤에 있던 일부는 이미 돌무더기로 오르고 있는 금창대를 향해 화살을 날렸다.

슈욱!

"이놈들이 끝끝내 발목을 잡는구나! 차앗!"

금창대주는 새까맣게 날아드는 화살에 돌무더기로 오르기를 포기하고 다시 아래로 뛰어내렸다.

챙챙!

벌써 아래쪽에선 우령대와 산적들이 혼전을 벌이고 있었다.

“가라!”

그는 달려드는 산적들을 향해 창대를 휘둘렀다.

“으악!”

세 명의 산적을 한꺼번에 날려 버린 그는 그대로 앞으로 쇄도하며 산적들을 유린하기 시작했다.

“앗!”

결국 계곡으로 떨어져 내리는 돌무더기를 바라보며 한 교주는 비명성을 토했다.

“다 죽여주마!”

그는 광분하여 사방으로 장력을 뿌렸다.

파바방!

“으악!”

사방으로 달아나던 폭풍조가 그의 장력에 튕겨져 나갔다.

이제 산적들은 모두 사방팔방으로 달아나기에 바빴다.

채주가 죽어 통제를 잃어버린 데다 가공스런 한소명의 무공에 더 이상 싸울 의욕마저 잃어버린 것이다.

“섯거라, 이놈들아!”

광명우사와 팔당의 대원들이 달아나는 산적의 뒤를 쫓아 사방으로 발을 튕겼다.

한 교주는 잠시 쫓고 쫓기는 그들을 바라보다가 계곡의 끝으로 발걸음을 옮겼다. 아래쪽이 궁금했기 때문이다.

‘마차는 무사할까?’

그는 앞으로 고개를 내밀었다.

“저, 저런!”

막 아래쪽을 내려다본 그는 깜짝 놀라고 말았다.

마차를 에워싸고 산적들이 벌 떼처럼 달려들고 있었다.

"이야아!"

그는 마치 호랑이가 포효하듯 괴성을 지르며 계곡 아래로 발을 튕겼다. 중간중간 삐죽이 나와 있는 나무를 밟으며 그는 순식간에 포탄을 가득 실은 마차로 달려갔다.

가소가 대감도를 휘둘렀다.

창!

한 표사가 어렵게 막아냈지만 그는 그 반탄력을 견디지 못하고 한쪽 무릎을 꿇었다.

"흥, 가소로운 놈."

가소의 대감도가 그 표사의 머리 위로 떨어졌다.

퍽!

또 한 표사가 쓰러졌다.

이제 뒤쪽에는 남아 있는 표사가 한 사람도 없었다.

"상구야, 얼른 마차로 올라라."

길이 열리자 그는 옆에서 다시 달려드는 표사를 막으며 부채주를 불렀다.

이제 마차 위의 황호성과 두 표사만 몰아내면 마차를 수중에 넣을 수 있었다. 다른 표사들은 마차의 앞쪽에서 사력을 다해 산적들을 막고 있었다.

"비켜라!"

부채주 상구와 몇몇의 산적들이 마차 위로 뛰어올랐다.

"앗? 벌써 뒤쪽으로!"

위에서 아래를 향해 열심히 검을 휘두르던 황호성과 표사는 뒤쪽으로 산적들이 올라오자 깜짝 놀라 머리칼이 곤두섰다.

"흐흐, 이제는 포기하시지."

상구는 슬슬 대감도를 흔들며 빈정거렸다.

"에잇!"

보다 못한 한 표사가 그에게 달려들며 검을 휘둘렀다. 그리고 또 한 표사는 공중으로 뛰어올랐다.

아래위에서 동시에 공격해 보려는 생각이었다.

"흥, 제법이구나."

상구는 도를 크게 휘둘러 그들을 밀어내었다.

"어이쿠!"

그들은 일검에 뒤로 밀려 마차 아래로 떨어졌다.

'이, 이런 젠장할!'

이제 혼자 남게 된 황호성은 두 다리가 바들바들 떨려옴을 느꼈다.

대륙표국의 국주요, 부잣집 도련님인 그에게 목숨을 걸 의기가 없음은 당연했다.

'그렇다면 나도.'

그는 표사들처럼 부딪친 반탄력을 이용해 마차 아래로 달아날 궁리를 하며 검을 크게 휘둘렀다.

한데 이번엔 천력신웅 가소가 그의 검을 맞았다.

뒤를 정리하고 막 마차로 오르다가 달려드는 그를 본 것이다.

"얍!"

챙!

"으악!"

황호성은 팔이 떨어져 나가는 듯한 충격에 비명을 지르며 뒤쪽으로 휠 휠 날아갔다. 그리고는 그대로 길옆의 도랑에 처박히며 정신을 잃었다.

"으하하하, 드디어 마차를 빼앗았구나! 얘들아, 뭣들 하느냐? 어서 길을 열어라!"

가소는 기분 좋은 웃음을 흘리며 마부석에 앉았다.

이제 다섯 대의 마차는 모두 산적들의 차지가 되었다.

"와아!"

채주가 맨 앞의 마차에 오르자 산적들은 신이 나서 표사들을 좌우로 밀어붙였다.

금세 길이 열렸다.

"가자!"

두두두두—

"서라, 이놈들!"

그 순간 한 사내가 뒤에서 순식간에 거리를 좁히며 달려들었다.

계곡 위에서 내려온 명교의 교주 한소명이었다.

"차앗!"

그는 달려오던 속도 그대로 허공으로 날아올랐다.

"앗? 막아라!"

산적들이 그의 앞을 막아섰다.

그러나 한 교주는 도를 휘두르는 한 산적의 공격을 몸을 뒤틀어 흘리고 그의 어깨를 밟으며 머리 위로 날아올랐다.

쿵!

드디어 그의 신형이 맨 뒤의 마차에 올랐다.

"앗?"

마부석에 앉아 고삐를 흔들던 구화채의 조장 서승박은 깜짝 놀랐다. 이제 마차를 빼앗아 달리기 시작했는데 꼬리가 따라붙다니.

"병신 같은 놈들!"

그는 뒤를 책임진 조원들을 향해 욕을 하며 흔들리는 마차 위로 몸을 돌렸다.

"흐흐, 목숨이 아깝거든 그냥 뛰어내리거라, 이 애송이 놈아."

그는 중심을 잡기 위해 잔뜩 몸을 웅크리고 대감도를 흔들었다.

그러나 뭔가 이상했다.

놈은 태연한 얼굴로 몸을 꼿꼿이 세운 채 피식 웃음을 흘리는 게 아닌가?

'이놈이?'

그는 아직도 사태를 파악하지 못하고 노기를 띠었다.

그 순간 한 교주의 손이 가볍게 흔들렸다.

팡!

"으악!"

그는 이미 정신을 놓은 채 허공을 날고 있었다.

한편 앞쪽에서도 한 사내가 달리는 마차를 막아섰다.

"웬 놈이냐? 비켜라!"

가소는 그를 보았지만 마차를 세울 생각이 전혀 없었다. 그는 더욱 세차게 채찍을 휘둘렀다.

두두두두—

마차는 속력을 더하며 앞으로 튀어나갔다.

"우하하하! 고맙다, 이놈들!"

목영은 마차가 속력을 높이며 달려오자 한껏 비웃음을 흘리며 껑충 공중으로 솟아올랐다.

이어 허공을 날아가는 비도.

“헛!”

가소는 헛바람을 삼키며 대감도를 마구 휘둘렀다.

그러나 비도는 교묘한 호선을 그리며 옆구리를 파고들었다.

퍽!

“으악!”

결국 가 채주는 옆구리에 비도를 맞고 바닥으로 떨어졌다.

“자, 한 놈 잡고.”

그는 달려오는 마차를 밟고 다시 허공으로 뛰어올랐다.

자연스럽게 두 번째 마차가 그에게 다가왔다.

쐐애액!

또다시 날아가는 비도.

“으악!”

두 번째 마차를 몰던 산적도 비명과 함께 아래로 떨어졌다.

이어지는 그의 비도에 세 번째, 네 번째의 마차도 순식간에 텅 비었다.

그리고 그 자리는 숲에서 말을 달려나온 사내들이 재빨리 차지했다.

“이랴, 이랴!”

그들은 계속해서 말을 몰아나갔다.

목영과 함께 마차를 기다리던 건천당의 대원들이었다.

그사이 목영은 네 번째 마차를 박차고 날아올랐다.

“하하하, 이번이 마지막이구나!”

쐐애액!

그러나 마지막 마차에 타고 있던 사내는 가볍게 비도를 튕겨내었다.

팡!

“앗!”

목영은 깜짝 놀랐다. 다섯 번째의 마차에 타고 있는 사내는 바로 명교의 교주인 한소명이 아닌가?

"역시 네놈이었구나."

한소명 또한 목영을 보고 눈을 부릅떴다.

"이얍!"

두 사람은 동시에 손을 내뻗었다.

건양장과 십단금이 허공에서 부딪쳤다.

팡!

"어이쿠!"

목영은 주욱 뒤로 밀리며 네 번째 마차를 지나 세 번째 마차 위로 쿵 소리와 함께 떨어졌다.

언제 보아도 가공할 만한 건곤대나이신장이었다.

"에잇, 어쩔 수 없지. 한 대는 포기하는 수밖에."

그는 다시 네 번째 마차로 몸을 날리며 비도를 뿌렸다.

쐐애액!

한꺼번에 십여 자루의 비도가 허공을 갈랐다.

"훙!"

한 교주는 눈앞으로 달려드는 십여 자루의 비도어도 꿈쩍하지 않고 연속적으로 장력을 날렸다.

파바방!

날아오던 비도가 사방으로 튕겨져 나갔다.

그러나 그가 비도를 쳐내는 사이 이미 목영의 손을 떠난 탄구공이 말을 노렸다.

피빙!

히이잉!

마차를 끌던 네 마리의 말이 비명과 함께 순식간에 쓰러졌다.

쾅, 우지끈!

곧이어 굉음과 함께 마차가 바닥으로 무너져 내렸다.

마차에 실었던 상자들도 허공으로 튕겨져 날아올랐다.

"이런?"

예상치 못한 공격에 한 교주는 깜짝 놀라 마차를 박차고 날아올랐다.

"저 찢어죽일 놈!"

그는 분함에 이를 갈았지만 사실 떨어지는 충격에 포탄이 터지지 않은 것만도 그에겐 천만다행이었다.

"하하하, 다음에 또 보세!"

목영은 멀어지는 한소명을 향해 천연덕스럽게 손을 흔들고 있었다.

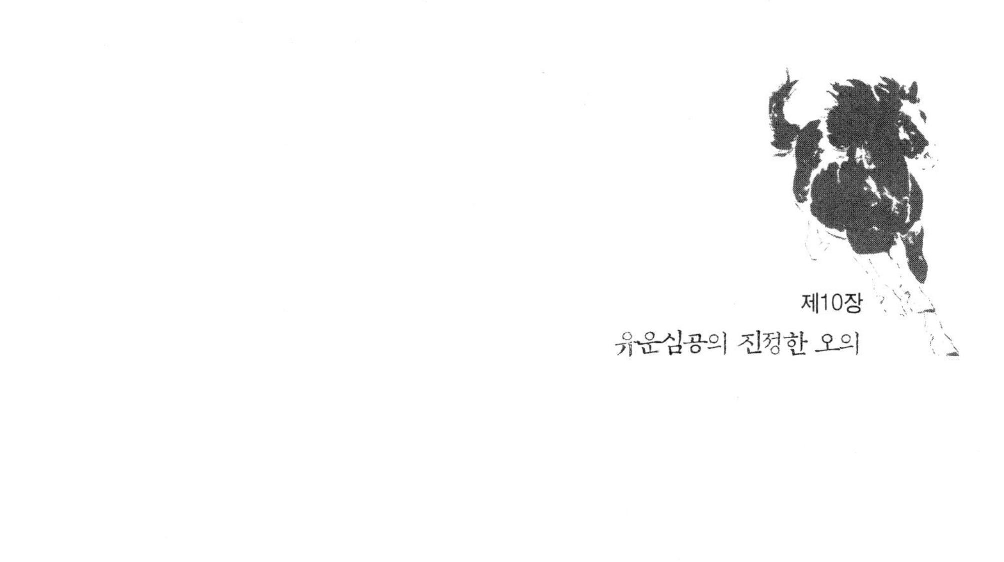

제10장
유운심공의 진정한 오의

"**장군**, 정찰을 나갔던 병사들의 보고입니다."

육 천호가 부리나케 달려와 금창대주에게 고개를 숙였다.

"그래, 놈들의 흔적을 찾았느냐?"

밤새 앉지도 못하고 천막 안을 왔다 갔다 하던 금창대주가 초조한 기색으로 물었다.

"예, 놈들은 마차를 몰아 석태 쪽으로 내달리고 있답니다."

"그래? 그렇다면 포탄을 파양호로 가져갈 셈이구나. 당장 추적해야겠다. 전군에 출동을 명하라."

"예!"

육 천호가 서둘러 뛰어나가자 금창대주는 주먹을 불끈 쥐었다.

"이놈, 어디 두고 보자. 빼앗는 것보다 지키는 것이 얼마나 어려운 것인지 뼈저리게 느끼게 해주마."

그는 지금까지 잠 한숨 제대로 자지 못하고 노심초사하며 포탄을 지키던 생각에 이제까지 받은 것을 고스란히 돌려줄 결심이었다.

"장군, 놈들의 꼬리를 잡았다지요?"

한소명이었다.

모두 출발 준비를 마치고 막 말에 박차를 가하려는 순간 금창대주에게
그가 다가왔다.

"그렇소. 놈들이 석태 방면으로 달아나고 있다는구려."

급한 마음에 대답하는 그의 목소리가 퉁명스러웠다.

"장군, 죄송하오나 저희는 잠시 이곳에 머물다가 뒤를 따르도록 하겠
습니다."

"아니, 왜요?"

갑작스런 말에 금창대주는 놀란 표정을 지었다.

"이번 전투에서 아끼던 수하가 죽었습니다. 아무리 전장이라고는 하
나 장례를 치러주고 싶습니다."

한소명이 다시 한 번 머리를 조아렸다.

"끄응, 맘대로 하시구려."

금창대주는 결국 한기를 풀풀 날리며 말에 박차를 가했다.

포탄을 두고 뺏고 뺏기는 혈전이 계속되고 있는데 한가하게 장례식 운
운하고 있으니 화가 날 수밖에.

그의 뒤를 따라 금창대와 도찰원의 우령대가 길을 떠난 후 광명우사가
조용히 한소명에게 다가왔다.

"교주님, 어쩌실 생각입니까?"

그는 이미 장례식 운운한 것이 뭔가 다른 이유가 있음을 깨달은 것이
다.

"아무리 생각해도 지금 석태 방면으로 간다는 그놈들은 미끼일 가능

성이 크다. 분명 우리를 속이려는 수작이야."

"예?"

우사는 두 눈을 화등잔만하게 떴다.

"하면?"

"우리는 안경 일대를 뒤진다. 놈들이 포탄을 어디로 운반하든 강을 이용하는 것이 이치에 맞지 않느냐? 에서 제일 가까운 포구가 안경이니 그 주위에서 배를 타려 할 게다."

"허, 역시 교주님이십니다."

광명우사는 새삼 존경의 눈빛으로 한소명을 바라보았다.

밤이었다.

달빛이 밝았지만 숲 속의 구석구석을 비추기엔 턱없이 부족했다.

그 숲 속의 어둠을 뚫고 까만 인영들이 조심스럽게 이동하고 있었다.

족히 수백은 되어 보였다.

조심스럽게, 그러면서도 제법 빠른 속도로 나가던 그들은 어느 한곳에 이르자 모두 몸을 낮추었다.

"흥, 겨우 여기 숨어 있었구나."

앞선 한 사내가 앞을 주시하며 작게 속삭였다.

그들의 앞에는 여기저기 흩어져 있는 수십 개의 천막이 있었다. 그리고 그 사이사이로 타오르는 모닥불이 보였다.

"장군, 한데 어찌 움직이는 놈들이 아무도 없군요?"

그는 의아한 듯 옆의 사내를 바라보았다.

바로 지난 전투에서 겨우 목숨을 건진 황호성이었다.

"피곤하기도 할 게다. 하루 종일 달아나느라 언제 쉴 새가 있었겠느냐?"

옆에 있던 사내가 그 말을 받았다. 금창대주였다.

"하긴."

황호성은 금창대주의 말에 고개를 끄덕였다. 그들도 밤만 되면 지쳐 쓰러져서 제대로 번을 서지 못하고 번번이 장강수룡대에게 당하지 않았던가?

"저기 잠든 놈들이 보입니다."

옆에 있던 육 천호가 앞을 가리켰다.

과연 모닥불 뒤쪽으로 나무에 등을 기댄 검은 그림자가 보였다.

"번을 서는 놈이 없으니 우리에겐 절호의 기회다. 자, 모두 준비해라."

금창대주의 명령에 병사들이 사방으로 흩어졌다.

"쏴라!"

진형이 갖추어지자 금창대주가 손을 번쩍 치켜들었다.

슈슈슉!

"와아!"

화살을 날린 후 그들은 함성을 지르며 쇄도했다.

그러나 아무런 움직임이 없었다.

비명 소리가 난무하고 여기저기 놈들이 천막 안에서 허둥거리며 우르르 몰려나와야 하는데 사방이 너무나 조용했다.

"이게 뭐야?"

믿을 수 없는 눈으로 사방을 두리번거리던 금창대주는 바로 옆의 천막을 향해 검을 휘둘렀다.

부우욱!

안은 텅텅 비어 있었다.

"장군, 잠든 놈이 아닙니다! 허수아비입니다!"

한 병사가 나무 밑에서 짚으로 만든 인형을 들어 올리며 소리쳤다.

"이런, 제기랄! 놈들에게 또 속았구나! 으아악!"

너무나 분하고 열불이 올라와 금창대주는 마구 소리를 질렀다.

"서둘러라."

목영이 연신 수하들을 재촉했다.

이곳은 안경에서 십 리쯤 아래로 내려온 강변이었다.

그들은 포탄을 탈취한 후 밤낮으로 말을 재촉하여 이곳 안경 근처로 달려왔다. 이제 이곳에서 배로 강을 건넌 후 태지당주가 포탄을 하북으로 운반해 가기로 하였다.

이미 연왕 측에서도 이 포탄을 무사히 가져가기 위해 심어령 장군이 군사를 몰고 달려오는 길이었다. 어떻게든 놈들이 눈치채기 전에 강을 건너기만 하면 그 후엔 걱정할 것이 없었다.

잠시라도 놈들을 따돌리기 위해 건천당주는 병사들을 데리고 석태로 길을 잡았다. 그가 곳곳에 남긴 흔적을 따라 놈들은 분명 그쪽으로 달려 갔을 것이다.

하지만 곧 들통이 날 테고 그렇게 되면 놈들은 분명 이 장강으로 달려 올 것이다.

놈들이 오기 전에 깨끗이 일을 끝내야 했다.

병사들은 서둘러 상자를 들고 배로 뛰었다. 하지만 몰래 하는 일이어서 밝게 불을 밝힐 수가 없었기에 생각보다 일은 더뎠다.

어렵게 세 대 분량의 포탄을 옮기고 이제 마지막 마차의 짐만 남았다.

그런데 그 순간 갑자기 어둠 속에서 화살이 날아올랐다.

슈슈슉!

"으악!"

상자를 들고 나르던 병사 몇몇이 미처 피하지 못하고 쓰러졌다.

"웨, 웬 놈들이냐?"

깜짝 놀란 목영이 어둠을 향해 소리쳤다.

병사들도 잔뜩 긴장하여 모두 나르던 포탄을 내려놓고 검을 들었다.

"흐흐흐, 이런 얄팍한 수에 우리가 속을 줄 알았더냐? 가소로운 놈. 모두 쳐라!"

"와아!"

어둠 속에서 한소명의 목소리가 울리고 곧이어 명교의 대원들이 협봉검을 빼어 들고 달려나왔다.

"앗, 벌써? 막아라!"

목영의 명령에 포탄을 나르던 태지당의 병사들이 검을 치켜들며 달려나왔다. 그리고 남궁가의 무사들까지 합류하였다.

챙챙!

사방에서 불꽃 튀는 접전이 벌어졌다.

그러나 명교는 철저한 준비를 갖추고 기습을 감행한 반면 장강수룡대는 얼떨결에 맞이한 전투였다. 조직적으로 달려드는 명교의 검에 그들은 계속해서 뒤로 밀릴 수밖에 없었다.

더구나 놈들을 다른 쪽으로 유인하기 위해 건천당의 병력은 빠진 상태가 아닌가?

"으악!"

비명과 함께 점점 밀린 장강수룡대는 배를 등진 채 반원형을 이루고 겨우 버티는 형국이 되고 말았다.

"우사, 좌측을 뚫으시오."

뒤쪽에서 전황을 살피던 한소명은 좌측의 반발이 만만치 않자 광명우사를 그쪽으로 보냈다.

"예, 교주."

말이 끝나기 무섭게 우사는 발을 튕겼다.

"차앗!"

그의 청조수가 달빛에 번뜩였다.

퍽!

"으악!"

남궁가의 창궁대원이 마치 호랑이에게 채인 듯 옆구리의 살이 한 움큼 떨어진 채 비명을 토했다.

"저, 저놈이?"

화가 머리끝까지 치솟은 남궁철이 광명우사를 향해 달려들었다.

챙!

그러나 쉽게 물러설 우사가 아니었다.

그는 재빨리 몸을 틀며 검배를 때렸다.

이어지는 청조수가 남궁철의 복부를 노렸다.

"훙!"

남궁철은 창궁밀밀의 검식으로 앞을 방어하며 한 걸음 뒤로 물러섰다. 청조수가 허공을 가른 후 그는 재빨리 검을 세워 가슴을 노렸다.

"제법이구나."

광명우사는 다시 우측으로 몸을 피했다.

두 사람의 대결은 쉽게 끝날 것 같지 않았다.

남궁철이 광명우사를 맞아 격전을 치르는 동안 아연의 검은 더욱 바쁘게 움직였다. 그녀의 주위엔 남궁가의 창궁대가 명교의 오행기와 어우러져 있었다.

수적으로 불리한 위치에 있었기에 창궁대는 조금이라도 더 빨리 검을 움직여야 했다.

　명교의 인물들 중 단연 발굴의 실력을 보이는 사내는 새로이 오행인의 자리에 오른 화운기였다. 그는 홍색삼인검의 달인답게 천변만변 변화를 일으키며 어깨를 노리는 듯하다가 어느새 옆구리를 찔렀고 다리를 노리는 듯하다가 목을 찔렀다.

　벌써 그의 주위엔 쓰러진 창궁대원이 한둘이 아니었다.

　"이놈, 어디 나와 한번 겨뤄보자."

　정신없이 앞을 막아서는 명교도를 베던 그녀는 끊임없이 이어지는 창궁대원의 비명 소리에 화운기의 앞을 막아섰다.

　"오라, 남궁가에 여걸이 하나 났다더니 바로 네년이었구나."

　그는 바로 아연을 알아보고 검을 찔러왔다.

　"어림없다, 이놈!"

　아연은 그의 검을 쳐올렸다.

　하지만 그의 검은 갑자기 세 갈래로 갈라지며 상중하를 동시에 노리며 달려들었다.

　"헉!"

　아연은 깜짝 놀라 껑충 뒤로 물러섰다.

　그러나 물러서는 그녀를 따라 그의 검이 다시 한 번 변화를 일으켰다. 검의 잔상이 순간적으로 여섯으로 늘어났다.

　"이런!"

　더 이상 물러나는 것은 자살 행위였다.

　계속해서 변식을 일으키는 그의 검을 멈추게 하지 못한다면 검의 막에 갇혀 결국 쓰러지고 말 터였다.

　"이얏!"

　아연은 뒷발에 힘을 주며 검을 휘둘렀다.

　천천히 떨어지는 검.

중검의 묘리가 담긴 창궁중주였다.

채챙!

홍색삼인검이 결국 튕겨져 나갔다.

가벼운 변검에 비해 느린 중검이었지만 회초리가 나무 기둥을 때려봐야 결국 튕겨지는 것은 회초리일 뿐이었다.

"이년이?"

회심의 절초가 막히자 분기가 솟아오른 화운기는 더욱 빨리 검을 휘두르며 달려들었다.

그러나 아연은 동요하지 않고 계속해서 중검으로 상대를 하였다.

결국 그는 서서히 뒤로 물러설 수밖에 없었다.

그때 옆에 있던 토행기의 남선옥이 아미자를 휘두르며 화운기를 돕고 나섰다.

이제야 싸움은 팽팽한 균형을 이루게 되었다.

한편 우측의 태지당은 명교의 팔당을 맞아 고전을 면치 못하고 있었다. 태지당주 진곤이 수하들을 독려하며 고군분투를 하였지만 워낙 수적인 차이가 심한 데다 자신들은 애초에 관군이다 보니 무림의 고수들을 상대하기가 힘이 들었다.

"이얏!"

진곤은 사방팔방으로 정신없이 검을 휘둘렀다.

"가라, 이놈들!"

그러나 그의 검은 번번이 명교의 검에 막히고 사이사이 찔러 들어오는 검에 벌써 여기저기 상처를 입어 소매가 피로 홍건했다.

"안 되겠다. 우선 우측을 막아야겠구나."

뒤쪽에서 전장을 살피던 목영은 진곤을 향해 발을 튕겼다.

사실 그가 쉽게 움직이지 못한 것은 교주 한소명 때문이었다.

명교의 뒤쪽에서 매서운 눈빛을 뿌리며 자신을 주시하고 있으니 쉽게 움직이지 못한 것이다.

누가 뭐래도 이 자리에서 가장 고수는 그였고 그의 움직임이 이번 전투의 향배에 큰 영향을 미칠 수밖에 없었기에 목영은 그를 노리며 상황을 주시하고 있었던 것이다.

하지만 이제 우측의 방어선이 뚫릴 지경에 처했으니 자신이 먼저 움직일 수밖에 없었다.

그만큼 그와의 일전은 불리해지겠지만 어쩔 수 없었다.

"이얏!"

비도가 허공을 갈랐다.

퍽!

"으악!"

매섭게 달려들던 홍기당주가 갑작스레 옆구리를 파고드는 비도에 나가떨어졌다. 그 뒤를 이어 이십여 자루의 비도가 명교의 대원들을 노리고 달려들었다.

이제 이십여 명밖에 남지 않은 몽혼귀도대가 목영과 함께 비도를 날린 것이다.

"앗, 피해라!"

"으악!"

이십여 명의 사내들이 비도에 맞아 뒤로 날아갔다.

주위의 사내들도 서로 앞 다투어 비도를 피하느라 바닥으로 몸을 굴렸다.

그러자 전세는 순식간에 역전이 되었다.

눈앞의 적을 놔두고 다른 데 신경을 써야 하니 자연 그들의 검은 힘을 잃을 수밖에 없었다.

"이때다! 모두 몰아붙여라!"

진곤이 검을 쥔 손에 불끈 힘을 주며 앞으로 튀어나갔다.

"와아!"

태지당의 대원들은 함성으로 사기를 북돋우며 힘을 내었다.

"이얍!"

다시 목영이 몸을 날렸다.

쐐애액!

비도가 마치 하늘에서 유성우가 내리듯 쏟아져 내렸다.

"으악!"

바로 그 순간 목영을 향해 강맹한 장력이 날아들었다.

기회를 노리던 한소명이 드디어 손을 쓴 것이다.

그는 지난번 목영의 마지막 한 수에 놀랐던 경험으로 쉽게 나서지 못하고 그를 주시하고 있었다. 기세만으로 팽팽한 대치를 이룬 상태였는데 장강수룡대가 밀리자 결국 목영은 더 이상 참지 못하고 몸을 날렸다.

그 기회를 틈타 한 수 득을 보고자 한 것이다.

목영은 황급히 몸을 뒤틀며 검을 휘둘렀다.

유운첩첩.

꽝!

검기와 장력이 허공에서 부딪쳤다.

그러나 고수들의 싸움에선 한 호흡의 차이가 승패를 가르는 법.

목영은 뒤로 쭉 밀려났다.

"이 비겁한 놈!"

욕을 해댔지만 상황을 되돌릴 순 없었다.

이미 목영은 입가에 한줄기 혈선을 그리고 있었다.

"흐흐흐, 승패를 가늠하는 전장에서 비겁하다니. 네놈이 한 짓을 생각해 보거라. 가소로운 놈."

어느새 한소명은 싸우는 무리의 머리 위를 훌쩍 뛰어넘어 목영의 앞에 날아 내리고 있었다.

파르륵!

강바람에 마주 선 두 사내의 옷깃이 사납게 펄럭거렸다.

"여보!"

아연의 외침이 들렸다.

목영은 좌우를 둘러보았다.

그새 싸우던 두 세력이 서로의 간격을 벌린 채 목영과 한소명을 바라보고 있었다.

멀리 안타까운 아연의 눈빛이 보였다.

그녀는 당장이라도 뛰어나올 자세였지만 남궁철이 그녀를 막고 있었다. 그녀가 뛰어나가면 명교의 무리도 곧바로 달려들 것이니 결국 아연은 목영에게 다가갈 수도 없을 것이다.

그리고 이제 남궁철로서는 목영에게 한가닥 희망을 걸어보는 수밖에 없었다. 자신들이야 어떻게든 버틸 수 있겠지만 태지당은 계속해서 뒤로 밀리던 형세가 아닌가? 역시 명교의 대원들을 막기에 연왕의 군사들은 무리가 있었다. 전세를 역전시킬 수 있는 길은 목영밖에 없었다.

목영이 진다면 모든 것이 물거품이 되는 것이고 그가 이긴다면 이놈들을 몰아낼 수 있을 것이다.

목영은 다시 한소명을 응시했다.

"당신 말이 맞소. 갖은 술수가 난무하는 전장에서 비겁하다는 말은 어울리지 않는구려. 하나 상황이 이리되었으니 이번만은 서로가 정정당당하게 겨루어봅시다."

물론 목영이야 말은 그렇게 했지만 기회만 된다면 몽혼분을 한주먹 먹여줄 심산이었다. 그러나 이미 내상을 입은 몸으로 얼마나 버틸 수 있을는지 목영은 가슴이 답답했다.

'기회가 오려나?

목영은 검을 하단세로 옮기며 두 발을 벌리고 섰다.

오랜만에 잡아보는 유운검의 기수식이었다.

"자, 오너라."

목영의 외기가 그의 주위로 모여들며 더욱 거센 바람을 일으켰다.

"간다."

짧은 한마디.

그 말이 입을 떠난 순간, 한소명의 몸이 팽그르르 맴을 돌며 둥실 떠올랐다.

"차앗!"

그의 양팔이 마치 풍차처럼 쫘아악 펼쳐졌다.

그리고 가죽 북이 터지는 소리가 아홉 번 이어졌다.

팡팡팡!

압축된 공기가 요란한 소리를 내며 목영에게 밀려들기 시작했다.

"이얏!"

목영도 땅을 박차고 뛰어올랐다.

유운일로에 이은 유운여세.

목영은 유운검을 차근차근 풀어내며 건곤대나이신장에 맞섰다.

그러나 장이 중첩될수록 점점 압력도 가중되었다.

"큭!"

결국 그는 운중만개로 여덟 번째 장을 흩뜨리며 뒤로 주욱 밀렸다. 더 이상 검을 움직이기도 힘들었다.

팡!

아홉 번째 장력이 날아들었다.

"이얍!"

목영은 유운첩첩을 펼치며 급히 몸을 우측으로 튕겼다.

그러나 피하기엔 너무 늦었다.

퍽!

"으악!"

목영은 비명과 함께 뒤로 날아가 바닥에 처박히고 말았다.

"여보!"

"이보게!"

아연과 남궁철이 동시에 발을 튕겼다.

"흥, 어딜!"

그 순간 광명우사와 화운기가 그들의 앞을 막아섰다.

챙!

그들은 그 자리에 멈출 수밖에 없었다.

일수에 그들을 뿌리칠 방법이 없었다.

"여보!"

아연은 울부짖으며 검을 휘둘렀다.

그러나 화운기는 슬슬 피하며 맞서려 하지 않았다.

급한 것은 아연이지 그가 아니었다.

"비켜라, 이놈!"

아연의 검이 부르르 떨었다.

하지만 오히려 그 순간 화운기의 검이 곧장 허리를 찔러 들어왔다. 감정이 북받쳐 크게 휘두른 검식은 이미 허점을 드러내고 있었던 것이다.

"아악!"

화끈한 통증에 아연은 비명을 지르며 무릎을 꿇었다.

"앗, 아연아!"

깜짝 놀란 남궁철은 천뢰장을 뿌렸다.

"엇!"

화운기가 물러서자 그는 재빨리 아연을 안고 다시 뒤로 물러섰다.

창궁대가 서둘러 그들을 둘러싸며 대형을 취했다.

오행기도 그들에 맞서 모두 검을 치켜들었다.

팽팽한 긴장이 흐르는 사이 목영은 천천히 몸을 일으켰다.

"쿡쿡, 제기랄!"

그는 이제 자신의 목숨이 풍전등화의 위기에 빠진 데다 부인과 장인, 그리고 태지당의 수하들까지 모두 자신이 위험에 빠뜨렸다는 생각에 처연한 웃음을 토했다.

"흐흐흐, 여기가 너와 나의 인연이 끝나는 곳이었구나. 잘 가라."

한소명은 담담한 눈으로 목영을 한번 바라본 후 둥실 몸을 띄워 올렸다.

한데 바로 그 순간, 텅 빈 단전으로 물밀듯이 장대한 기운이 모여들었다.

"아!"

지난번과 똑같은 현상이었다.

하지만 이번엔 분명히 느낄 수 있었다.

백회혈과 회음혈을 통해 외기가 몸속으로 빨려 들어오고 있었다.

'그래, 바로 외기였구나.'

이제 그는 깨달을 수 있었다.

외기는 외기가 아니요, 내기는 내기가 아니었음을.

지금까지 자신은 무의식적으로 백회혈과 회음혈을 막아 두 기(氣)를 따로따로 사용해 왔다. 외기를 이용한 것이 비도술이요, 내기를 이용한 것이 검과 장이었다.

심지어 두 기를 충돌시켜 파동공명장까지 만들지 않았던가?

한데 이제 보니 그 두 개의 기는 다르면서도 같은 것이었다.

내기는 기해, 회음, 음교를 거치며 걸러진 음한 기운이며 외기는 음의 기운을 따라 몸 주위로 모인 양의 기운이었던 것이다.

음과 양이 어우러짐은 세상만사의 이치인데 자신은 억지로 그것을 따로 떼어놓은 꼴이었다.

'구름은 한곳에 머무르지 않고 그저 흘러갈 뿐이니 잡으려 해도 잡을 수 없다. 흐르면서 머무를 수 있는 것이 곧 원이니 몸 안에 하나의 원을 만든다면 능히 구름을 품을 수 있으리라. 원이 또 하나의 원을 낳아 원 밖에 원이 있고 원 안에 원이 있어 서로가 상응한다면 삼라만상의 태동과 소멸이 여기에서 비롯됨이니 이것이 곧 태극이요, 무극이리라.'

그는 순간적으로 유운심공의 구결을 되짚어보았다.

원이 또 하나의 원을 낳아 상응한다면 그것이 곧 태극이요, 무극이라 하지 않았던가.

'그랬었구나.'

이제 자신의 단전으로 몰려오는 이 대해와 같은 기는 한소명의 장력에 순간적으로 단전이 비며 막혔던 회음혈과 백회혈이 뚫렸기에 몸 주위에 있던 양의 기운이 단전으로 밀려든 것이란 걸 그는 깨달을 수 있었다.

"잘 가거라."

한소명의 장력이 밀려왔다.

"우우우!"

목영은 커다란 장소성을 토해내며 검을 들어 올렸다.

그리고 허공에 하나의 원을 그렸다.

무운창파(無雲蒼波).

맑고 푸른 하늘이 그의 검끝에서 피어났다.

그 하늘이 점점 퍼져 나가 온 세상을 밝게 비추었다.

그리고 한줄기 봄바람이 살랑 불었다.

십단금.

빡!

“으악!”

한소명은 불신의 눈으로 목영의 눈을 바라보았다.

다 죽어가던 놈이 갑자기 신의 경지를 보이다니.

그러나 결과가 말해 주고 있었다.

자신의 패배였다.

“쿨럭!”

그는 한 사발의 피를 토했다.

“호호호, 여기까지였던가?”

그는 그 말을 끝으로 결국 고개를 꺾었다.

“앗? 교주님!”

광명우사와 오행인이 그의 곁으로 달려왔다.

그들은 재빨리 교주의 신형을 안아 들고 목영을 바라보았다. 목영을
바라보는 그들의 두 눈엔 분노와 증오가 가득했다. 그러나 감히 달려들
지는 못했다.

“돌아가라. 이제 더 이상의 싸움은 무의미하다.”

목영은 검을 검집에 넣으며 우사를 바라보았다.

그는 말없이 목영을 뚫어지게 바라보다가 몸을 들렸다.

“가자!”

썰물이 빠져나가듯 명교의 사내들이 장내를 떠나고 강변엔 때 아닌 환

호성이 터졌다.
　"여서장군 만세!"
　바람처럼 달려온 아연이 그의 두 손을 꼭 잡았다.

제11장
장강십팔채의 통일

"교, 교주님이 돌아가시다니!"

밀영각주 황선필이 침통한 표정을 지었다.

"조 원주, 이대로 물러날 순 없소! 이 참에 파양호파를 쓸어버립시다!"

광명우사가 아무 말 없이 앉아 있는 조민영을 향해 말했다. 우사의 말에도 한동안 말없이 앉아 있던 조민영이 그를 향해 고개를 돌렸다.

"우사, 그렇지 않아도 곧 파양호파를 접수할 생각이오."

"오, 그렇지! 조 원주도 그렇게 생각하고 있었구려!"

광명우사와 황선필이 반색을 하였다.

"하나… 그것은 장강십팔채의 통일을 위해서지 명교를 위해서가 아니오."

이어지는 조민영의 말에 그들은 어리둥절한 표정을 지었다.

"장강십팔채의 이름으로?"

그들은 조민영의 말을 이해하지 못하고 다시 되뇌어보았다.

“그렇소. 이제 나는 더 이상 명교의 호교원주가 아니며 장강십팔채는 명교를 위해 희생할 아무런 이유가 없소.”

“뭣이라고?”

“네놈이 결국 배신을!”

광명우사와 황선필은 순간적으로 치밀어 오르는 분노에 치를 떨며 벌떡 일어섰다.

“그만 떠나시오.”

조민영은 조금의 동요도 없이 차분한 신색으로 조용히 일어섰다.

“이놈!”

“이런 배은망덕한!”

우사와 황선필은 동시에 손을 뻗었다.

청조수와 곤음지가 동시에 조민영을 압박해 들었다.

“할 수 없구려.”

조민영은 안타까운 눈빛으로 두 사람을 바라보다가 빙글 몸을 한 바퀴 돌렸다.

파방!

“크억!”

“우욱!”

두 사람은 비명을 지르며 구석으로 처박혔다.

“네, 네놈이 어떻게 건곤대나이신장을?”

황선필은 피를 토하면서도 의문을 지우지 못했다.

“잊으셨소? 성화령을 당신들께 전해준 게 누구요? 생각하면 너무나 당연한 일인 것을. 허허허, 잘들 가시오.”

조민영은 몸을 돌렸다.

우사와 황선필은 억울한 듯 눈을 부릅뜬 채 고개를 꺾었다.

"총채주님, 명령하신 대로 모두 처리했습니다."

적룡각의 무적도 추상문이었다.

그는 집법전의 고수들과 오행인 화운기를 제거하고 오는 길이었다.

이로써 장강채에 있던 명교의 중요 인물들을 모두 제거한 것이다.

이제 떠날 사람은 떠나고 남고자 하는 사람들은 남게 될 것이다.

'홀로 서기까지 참으로 오랜 시간을 참아왔구나.'

조민영은 멀리 외로이 떠 있는 달에 시선을 주었다.

'이제 나만 남은 것인가?'

새삼 인생무상이란 말이 가슴에 사무쳤다. 그러나 마냥 이렇게 감상에 젖어 있을 때가 아니었다. 마무리까지 멋지게 해치워야 했다.

"동정호파 전 수채에 출정을 명한다."

조용한 목소리가 울렸다.

그러나 추상문의 가슴은 더없이 벅차올랐다.

"총채주님의 명을 받듭니다!"

뒤돌아 뛰어가는 그의 발걸음이 어느 때보다도 당당했다.

태지당이 포탄의 운송을 위해 떠나고 목영 일행은 건천당과 합류하여 파양호로 돌아왔다. 아연과 남궁철은 포탄을 운반해 가는 태지당주와 함께 북평으로 돌아갔다. 오랫동안 집을 비웠으니 가족들의 소식이 궁금했기 때문이다. 남궁철은 북평을 거쳐 다시 안휘의 본가로 돌아갈 것이다.

한데 채로 돌아온 지 얼마 지나지 않아 무하채주 구염이 급박한 소식을 전했다.

"장군, 큰일났습니다! 동정호파 놈들이 떼지어 몰려오고 있습니다!"

"뭣이라고?"

목영은 머리가 지끈거렸다.

죽을 고비를 넘겨가며 한 가지를 해결했는데 쉴 새도 없이 또 일이 터지다니?

"이런, 제기랄!"

목영은 화가 치밀어 올랐다. 그러나 어쩔 수 없는 일.

수룡각에서 작전회의가 열렸다.

"놈들의 규모는 얼마나 된다고 합니까?"

우선 상황을 파악하는 것이 급선무였다.

"예, 듣기로 상류의 다섯 수채까지 모두 동원되었다고 하니 일만은 훌쩍 넘을 것입니다."

"허허, 이거 정말 큰일이군요."

건천당주가 혀를 찼다.

그들은 다해봐야 오천을 헤아리는데 일만이라니 눈앞이 캄캄했다.

상류의 다섯 수채까지 왔다면 동정호파의 네 수채와 합하여 아홉 채가 아닌가?

그야말로 장강십팔채의 오 할에 해당하는 세력이었다.

"군사, 이 일을 어찌했으면 좋겠소?"

목영은 송 노인을 바라보았다.

이제 믿을 데라곤 그밖에 없었다.

또 한 번 신출귀몰한 계책으로 놈들을 물리쳐 주기를 간절히 바랐다.

한데 어찌 된 것이 이번엔 송 노인마저 묵묵부답이었다.

그는 무슨 생각을 하는지 지그시 눈을 감은 채 말이 없었다.

"송 군사!"

참다못한 구염이 그를 다시 한 번 불렀다.

그제야 송 노인은 눈을 뜨고 목영을 바라보았다.

“장군, 아직 그들이 당도하려면 며칠 시간이 있으니 나중에 다시 논의를 하시지요.”

그러나 이어지는 그의 말은 전혀 희망적이지 않았다.

나중에 다시 논의하자니, 결국 뾰족한 수가 없다는 말이 아닌가?

“허!”

“이것 참!”

모든 당주들의 표정에 당황한 빛이 역력했다.

그렇다고 윽박질러서 나올 계책이 아니었다. 다음날을 기약하는 수밖에 없었다.

하지만 다음날도 마찬가지였다.

송 노인은 또다시 나중에 논의하자며 말을 얼버무렸다.

“이런, 제기랄! 놈들이 코앞에 닥쳤는데 무슨 다음날이란 말이오!”

결국 목영은 화를 내고 말았다.

그도 그럴 것이 이제 놈들이 무혈을 지났다 하니 이틀이면 이 파양호에 들이닥칠 거리였다.

지금껏 아무런 대책을 세우지 못했으니 답답할 수밖에.

그러나 송 노인의 대답은 똑같았다.

“장군, 놈들이 어찌 나올지 본 후 계책을 정해도 늦지 않습니다. 그것이 가장 확실한 방법이 아니겠습니까?”

그러면서 그는 생각했다.

‘있지도 않을 싸움의 계책이 무슨 필요란 말인가? 이 파양호를 점령하고 있는 동안 보여준 그의 성품으론 같은 장강십팔채끼리 전면전을 벌인다는 것은 결코 상상할 수도 없는 일이거늘. 더구나 파양호를 점령할 생각이었다면 오천의 인원으로 속전속결을 했겠지. 만여 명의 인원으로 보급을 어찌 감당한단 말인가? 결국 그렇다면 비무인데……. 과연 장군께

서 그를 이길 수 있을까? 상대는 신의 경지에 이르렀다는 반선룡인
데…….'

그는 근심 어린 표정으로 목영을 바라보다가 눈을 감았다.

다음날 본진이 도착하기에 앞서 동정호파의 사신이 먼저 당도했다.

상강채주 비룡 오귀문이었다.

"오랜만이외다."

그는 이미 안면이 있는 파양호의 채주들과 인사를 나누고 목영에게 말
했다.

"총채주께선 양측이 전면전을 벌일 경우 서로 간의 원기만 크게 손상
되니 여서장군과 일 대 일 비무로 결전을 대신하고자 하십니다. 장강채
의 율법에 따라 이긴 자가 총채주가 되는 것이지요. 장군의 뜻은 어떠하
십니까?"

그의 말에 잠시 장내가 술렁거렸다.

자신의 세력이 우위에 있음에도 일 대 일 비무를 청하다니?

더구나 상대는 무당의 제자요, 명교의 교주를 물리친 고수 중에 고수
가 아닌가?

장내의 모든 사람들이 목영의 입을 바라보았다.

이제 그의 한마디로 파양호파의 운명이 달라질 수도 있었기 때문이다.

"좋소. 사흘 후 강상에 뗏목을 띄우고 일전을 겨루기로 합시다."

이렇게 해서 장강총채주의 자리가 두 사람의 한판 승부로 가려지게 되
었다.

파양호에 마련된 사방 십 장에 달하는 뗏목 주위로 커다란 두 척의 배
가 마주 보고 닻을 내렸다. 한쪽의 배에는 파양호파의 채주들이 자리를

하였고 또 다른 한쪽에는 동정호파와 상류의 다섯 수채의 채주들이 자리를 하였다.

"하하하! 오랜만이오, 방 채주. 그간 잘 지내셨소?"

자수채의 적미룡(赤眉龍)이 손을 흔들었다.

"자수강의 적미룡이 예까지 납시다니 먼 길 오느라 고생이 많았겠구려."

방연은 얼른 그 말을 받았다.

서로 간에 웃으며 인사를 나누었지만 속으로는 서로 다른 사람을 응원하고 있는 것이다.

누가 채주가 되느냐에 따라 채의 이권이 엇갈리기 때문이었다.

서로 간에 인사를 마치자 구염이 자리에서 일어났다.

그러자 기다렸다는 듯 북소리가 울려 퍼졌다.

둥둥둥!

"와아!"

양쪽 배의 수적들이 함성을 질렀다.

이제 드디어 결투가 시작되는 것이다.

구염은 함성이 가라앉길 기다려 손을 번쩍 치켜들었다.

"이제 여기에 장강십팔채의 열다섯 채주들과 많은 동도들이 자리를 함께 하였소! 모두가 오늘 비무의 증인이 되어 위대한 장강십팔채의 총채주를 뽑게 될 것이오! 그럼 지금부터 장강의 율법에 따라 비무대회를 시작하도록 하겠소!"

둥둥둥!

"와아!"

다시 한 번 북소리와 함성이 울려 퍼졌다.

"모두 알겠지만 승패는 한 사람이 기권을 하거나 죽었을 때만이 끝나게 될 것이오. 다만 이번엔 강상에서 치르는 비무대회인만큼 양측이 합의한 대로 한쪽이 물에 빠져도 승패가 난 것으로 간주할 것이오. 자, 이제 양측의 대표들은 앞으로 나서시오.”

장내가 술렁거리는 가운데 먼저 목영이 천천히 자리에서 일어섰다.

그리고 맞은편에서도 한 사내가 몸을 일으켰다.

두 사람은 짧은 눈빛을 교환한 후 누가 먼저랄 것도 없이 뗏목 위로 뛰어내렸다.

“와아, 저 사람이 여서대협이구나!”

“오오, 반선룡이다! 반선룡!”

두 사람이 나타나자 양쪽의 수적들은 저마다 난간에 붙어 서서 조금이라도 잘 보기 위해 고개를 길게 빼었다.

“원강의 반선룡 조민영이오.”

먼저 조민영이 포권으로 예를 취했다.

“석목영이오.”

목영은 간단히 이름만을 말했다.

여기서 무당의 제자 운운할 수도 없고 그렇다고 딱히 자신이 속한 수채도 없으니 다른 말을 붙이기가 영 껄끄러웠다.

“그럼 시작하지요.”

조민영은 인사가 끝나자 곧바로 양손을 활짝 펼쳤다.

파르륵!

기세가 일어나며 옷깃이 펄럭이기 시작했다.

‘결코 만만히 볼 놈이 아니로구나.’

목영은 그의 기도에 마음을 다잡으며 검을 빼 들었다.

사실 그는 비무로 총채주를 정하자는 말에 속으로 쾌재를 불렀다.

자신이 누구인가?

명교의 교주를 물리친 무당의 제자가 아닌가?

유운심공의 진정한 뜻을 깨달아 일취월장한 후 그는 이제 누구와 겨룬다 해도 지지 않을 자신이 있었다.

한데 허허롭게 다가오는 조민영의 기세는 강한 듯 약하고 세차면서도 부드러웠다.

하지만 아무리 그래도 장강십팔채의 총채주, 바로 수적이었다.

그는 꿈에도 자신이 지리라고는 생각하지 않았다.

한동안 팽팽한 대치가 이어지고 드디어 조민영이 둥실 몸을 날렸다.

"앗?"

그 순간 목영은 깜짝 놀랐다.

저 무공은 바로 건곤대나이신장이 아닌가?

"차앗!"

조민영의 몸이 허공에 뜬 채로 팽그르르 돌았다.

그리고 쏟아지는 장력.

팡팡팡팡!

"제기랄!"

목영은 투덜거리며 검을 휘둘렀다.

이제 끝인 줄 알았건만 또다시 건곤대나이신장을 맞이해야 하다니.

일 장, 이 장, 삼 장…….

계속해서 밀려드는 장력.

목영은 유운검을 풀어내기 시작했다.

그러나 조민영의 장력은 하나가 강하면 다음은 부드럽고 또 그 다음은 강했다.

목영의 신형이 휘청거렸다.

도무지 자신의 힘을 조절하기가 어려웠다.

어느새 목영은 뗏목의 끝으로 몰렸다.

이제 단 한 수만 더해지면 그는 강물 속으로 떨어질 것만 같았다.

이렇게 단 한 번 공격도 해보지 못하고 패배할 수는 없었다.

"이얏!"

목영은 발을 튕기며 비도를 뿌렸다.

쐐애액!

다섯 자루의 비도가 허공을 가르며 조민영에게 쇄도했다.

"오호, 암기술에도 일가견이 있다더니 역시!"

조민영은 감탄사를 쏟아내며 갈지자로 몸을 튕겼다.

그러나 그 정도로는 비도를 떨쳐 낼 수 없었다. 비도는 이리저리 방향
을 바꾸며 빠르게 거리를 좁혔다.

"차앗!"

결국 피하기를 포기한 조민영은 장력을 뿌렸다.

파바방!

비도가 사방으로 비산했다.

그 순간 조민영과의 거리를 단숨에 좁히며 목영이 손가락을 튕겼다.

핑!

"헛?"

처음으로 당황한 비명을 토하며 조민영이 재빨리 좌로 움직였다.

기회였다.

목영은 달려들던 기세 그대로 십단금을 쏘았다.

파르륵!

부드러운 바람이 조민영을 향해 달려들었다.

"이얏!"

조민영 또한 두 손을 마주 뻗어내었다.

건곤대나이신장.

팡!

서로의 장력이 허공에서 부딪쳤다.

그러나 급한 순간에 제대로 대응을 하지 못한 조민영은 결국 비명을 지르며 뒤로 날아갔다.

풍덩!

그는 결국 강물 속으로 빠지고 말았다.

"어이쿠, 저런!"

"와아!"

양쪽의 배에서 희비가 교차했다.

동정호파의 배에서는 안타까운 한숨이 터져 나왔고 파양호파의 배에서는 환호성이 터졌다.

"여서장군 만세!"

"장강총채주 만세!"

잠시 후 동정호파의 배에서도 함성이 들려오기 시작했다.

"장강총채주 만세!"

그들도 신임 총채주에게 잘 보이려는 마음은 한결같은 것이다.

목영은 고개를 갸웃하며 조민영이 빠진 강물을 바라보았다.

뭔가 이상했다.

마지막에 맹렬히 달려들던 조민영이 순간적으로 힘을 거둔 것 같았다. 확실히 손에 전해오는 느낌이 그랬다.

그리고 허공을 날아가며 웃음 짓던 그의 얼굴.

하나 길게 생각할 수가 없었다.

어느새 자리에 있던 채주들이 모두 비무대로 뛰어내려 와 그의 뒤에 부복을 하였다.

"총채주님, 감축드리옵니다!"

그는 의문을 떨쳐 버리고 활짝 웃으며 두 손을 높이 흔들었다.

이제 그는 명실상부한 장강십팔채의 총채주가 된 것이다.

파양호 변의 숲 속에 한 사내가 모습을 드러내었다.

기다리던 다른 사내가 그에게 툴툴거리며 말을 건넸다.

"총채주님, 왜 그에게 총채주의 자리를 양보하신 겁니까?"

사내는 호탕하게 웃으며 말했다.

"하하하, 사람은 물러날 때를 알아야 하는 법이 아니더냐? 더구나 딱히 내가 양보했다고도 할 수 없다. 그도 충분히 강했으니까. 아무튼 이제 나는 자유인이 되었으니 세상 유람이나 해야겠다. 그리고 나를 따라오려거든 더 이상 그 총채주란 말은 하지 말거라."

"하면 뭐라 부른단 말입니까?"

"음… 그래, 형님이라 하면 되겠구나."

그는 잠시 생각하는 듯 턱을 매만지다가 말했다.

"혀, 형님이라니요?"

사내는 눈을 부릅뜨며 황급히 말을 이었다.

"차라리 조 대인이라 부르겠습니다!"

"조 대인? 하하하, 그것도 좋구나."

그는 다시 한 번 호탕한 웃음을 뿌리며 말에 올랐다.

"자, 그만 가자."

사내가 말을 달려나가자 다른 사내도 허겁지겁 말에 올랐다.

"같이 가요, 조 대인 어른."

그도 서둘러 말에 박차를 가했다.

그는 무적도 추상문이었다.

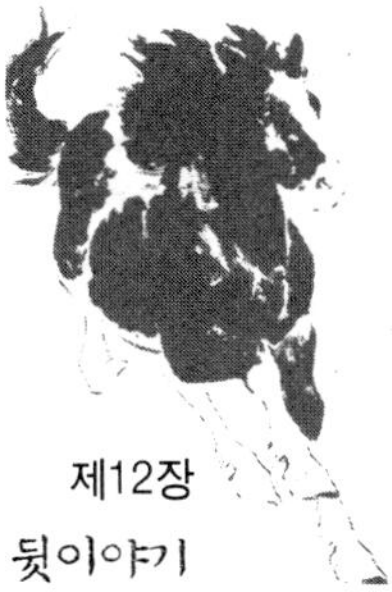

제12장
뒷이야기

동정호파를 접수한 목영은 명월장마저 손에 넣었다.

그리고 그곳에서 화통보록을 찾아냈다.

그는 그야말로 연왕 측의 일등공신이 된 것이다.

삼 년 후 결국 연왕은 건문제를 몰아내고 황제가 되었다.

신화약의 덕을 톡톡히 본 것이다.

전쟁이 끝나자 세상은 급격히 안정을 찾아갔다.

그 와중에 대륙의 상권이 완전히 바뀌었다. 그동안 첫 번째 자리를 굳게 지키던 대륙상가는 건문제의 몰락과 함께 자취도 없이 사라지고 그 자리를 자연스럽게 석가장이 차지했다.

석가장은 소금과 장강을 이용한 동서무역을 독점하여 일거에 막대한 부를 축적했다. 물론 그 모든 일의 시행은 석가장의 총관이 된 송 노인이 하나에서부터 열까지 세세하게 일을 챙겼다.

자손 만대가 부귀영화를 누리게 되었으니 이제 목영에겐 아무런 걱정
이 없었다.

한데 하나 있는 자식놈이 문제였다.

석무화.

그렇게 착하고 총기 발랄하던 녀석이 며느리를 맞이하며 완전히 딴판
이 되었다. 남궁가의 중매로 모용가의 외동딸인 모용혜를 며느리로 맞이
했는데 아, 누가 무가의 자식 아니랄까 봐 제 시어머니를 쏙 빼닮았다.

허구한 날 벌벌 기는 아들 녀석이 안쓰러워 결국 목영은 특단의 조치
를 내려 아들 녀석을 무당으로 보내기로 하였다.

멀리 무당산의 칠십이 봉이 바라다 보이는 조그만 마을의 객점으로 이
십여 기의 말을 탄 사내들과 마차 한 대가 다가와 멈추어 섰다. 맨 앞에
서 말을 달리던 한 청년이 말에서 내려 마차로 다가갔다.

"아버님, 오늘은 예서 쉬었다가 가시는 게 좋을 것 같습니다."

청년이 말하며 마차 문을 열었다.

"그렇게 하자꾸나."

열린 마차 문으로 한 중년의 사내가 밖으로 나왔다.

마차를 타고 오며 꽤나 피곤했던지 그는 두 팔을 천천히 휘두르며 큰
숨을 두세 번 몰아쉬었다.

제법 바람이 매서운데도 주인으로 보이는 듯한 중년인이 밖으로 나와
공손히 인사를 하며 맞았다.

"석 대협님, 정말 오랜만에 오셨습니다. 어서 안으로 드시지요."

"하하하, 번번이 이렇게 환대를 해주니 고맙구려."

그는 아는 체를 하며 안으로 들어갔다.

이 일행은 바로 무당산으로 향하고 있는 석목영과 석무화, 그리고 호

위대 무사들이었다. 결국 아비 덕에 석무화는 무당파에 입문을 하게 된 것이다.

"무화야, 무당에 들거든 늦었다 생각될 때가 가장 빠른 때라는 것을 잊지 말고 열심히 해보거라. 무공을 떠나서 무당산의 호연지기를 가슴에 담을 수 있다면 앞으로 남은 인생에 커다란 도움이 될 게다."

웃으며 하는 얘기였지만 속으로야 부인의 치마폭을 벗어나 보거라 하는 말이었다.

'아버님, 소자의 근심 걱정은 모두 집에 있는데 여기에서 무슨 걱정이 있겠습니까. 그저 무당산에 오래오래 머무른다면 그야말로 남은 인생의 홍복이지요.'

참으려 해도 절로 나오는 웃음을 감추며 무화는 건성으로 대답했다.

"예, 아버님. 너무 걱정 마십시오. 소자가 열심히 할 것입니다."

"그럼, 그래야지."

두 부자(父子)는 서로 눈을 빤히 쳐다보다가 동시에 커다란 웃음을 토해내었다.

"으하하하!"

"하하하하!"

大 尾

청 어 람 신 무 협 판 타 지 소 설

제1회 신춘무협 공모전에 『보표무적』으로
금상을 수상한 작가 장영훈의 신작!!

일도양단(一刀兩斷) / 장영훈 지음

한 겹 한 겹 파헤쳐지는
음모의 속살을 엿본다!

『일도양단』
(一刀兩斷)

그의 이름은 기풍한.

**천룡맹(天龍盟) 강호 일급 음모(一級陰謀) 진압조(鎭壓組)
질풍육조(疾風六組)의 조장이다.**

임무를 위해 출맹한 지 사 년이 지난 어느 겨울날 새벽,
돌아온 그에게 천룡맹 섬서 지단 부단주가 말했다.

"질풍조는 이미 해체되었네."

그리고…
그의 존재를 알던 모든 이들이 죽었다.

청어람 신무협 판타지소설

2005년 고무판(WWW.GOMUFAN.COM) 「장르문학 대상」 최고의 영예, 대상(大賞) 수상작!

한칼에 세상이 갈라지고,
한걸음에 무림이 격동친다!

『좌검우도전』
(左劍右刀傳)

좌검우도전(左劍右刀傳) / 이령 지음

강한 자(强漢者)가 뿜어내는 거대한 힘과
강인한 매력에 빠져든다!

"너는 반드시 힘을 가져야 한다. 네 의지로… 세상을 뒤엎어 버려라."

"강자를 약자로 만들고, 명예를 똥칠하고, 돈을 빼앗아라.
협의도(俠義道)가, 마도(魔道)가 얼마나 더러운 것인지 알려주어라."

"오냐, 아무것에도 얽매이지 말고 네 마음대로 세상을 휘저어라.
너의 이름은 수강호(讐江湖)가 아니더냐? 강호를 향해 마음껏 복수하거라!
유오독존(唯吾獨尊)! 그것이 나의 소원이다."

청 어 람 신 무 협 판 타 지 소 설

최고의 신무협 작가 『설봉』의 최신작!

다시 한번 당신을 잠 못 들게 만들 불후의 대작!

사자후
獅 子 吼

사자후(獅子吼) / 설봉 지음

깊게 깊게 빠져드는 몰입의 세계!
온몸을 전율케 하는 찌를 듯한 강렬함을 느낀다!

그에게서는 묘한 악취가 풍겼다. 그가 창을 겨눴을 때……

화염이 이글거리는 눈동자를 보았을 때……

비로소 악취의 정체를 짐작해 냈다.

피와 땀이 켜켜이 쌓여 자연스럽게 뿜어져 나오는 살인마의 냄새.

그는 허명(虛名)을 좇아 비무를 즐기는 낭인(浪人)이 아니라 야성(野性)이 살아서 꿈틀거리는 진짜 살인마였다.

투지가 끓어올라 활화산처럼 꿈틀거렸다.

그의 눈길을 정면으로 맞받으며 묘공보(妙空步)를 밟기 시작했다.

우리의 첫 만남은 그렇게 시작되었다.

- 환봉개(幻棒丐)의 회고록(回顧錄) 中에서 -